무한투 4

류진 新무협 판타지 소설

초판 1쇄 찍은 날 § 2002년 3월 18일
초판 1쇄 펴낸 날 § 2002년 3월 30일

지은이 § 류진
펴낸이 § 서경석

편집장 § 문혜영
편집책임 § 김희정
편집 § 장상수 · 박영주 · 권민정
마케팅 § 정필 · 강양원 · 김규진

펴낸곳 § 도서출판 청어람
등록번호 § 제1081-1-89호
등록일자 § 1999. 5. 31
어람번호 § 제2-0068호

주소 § 경기도 부천시 원미구 심곡1동 350-1 남성B/D 3F (우) 420-011
전화 § 032-656-4452 팩스 § 032-656-4453
http://www.chungeoram.com
E-mail § eoram99@chollian.net

ⓒ류진, 2002

값 7,500원

ISBN 89-5505-281-2 (SET)
ISBN 89-5505-326-6 04810

무한투

無限鬪

류진 新무협 판타지 소설

4 열외인간(列外人間)

도서출판
청어람

CONTENTS

제26장

열외인간(列外人間)

제26장 열외인간(列外人間)

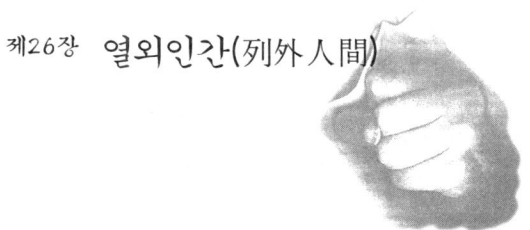

"푸우—!"

드라칸은 모래 속에서 머리를 내밀었다. 그의 육감대로 주위는 어둠에 물들어 있었다.

"흡혈귀가 살 곳은 못 되는군."

눈 닿는 곳이 모두 모래인 사막은 지긋지긋했다. 고성(古城)에 있는 자신의 관도 그리웠고, 그보다 더욱 간절한 것은 인간의 피였다. 벌써 일주일째 인간을 구경도 못했다. 그동안 먹은 것이라고는 고작 사막에 사는 쥐 피와 그것과 별반 다르지 않은 이상한 짐승이 전부였다.

물론 뱀 같은 파충류의 피만 아니라면 웬만큼 버틸 수 있지만, 미식가인 그에게 짐승의 피는 햇빛과 성수, 마늘 다음으로 끔찍했다. 그는 투덜거리며 모래 속의 침낭을 꺼냈다. 낙타의 가죽으로 만든 침낭은 휴대하기에도 편했고 보온성도 뛰어났다. 물론 자신은 돌조차 얼려 버릴 정도로 추운 사막의 밤에도 그리 춥다는 것을 못 느끼지만.

"그런데 이 녀석은 어디 있는 거야?"

그는 주위를 돌아보며 소리쳤다.

"체르샤! 어디 있냐? 체르샤!"

자고 일어나면 지형이 바뀌니 원래 파고들었던 곳이 어디인지 종잡을 수가 없었다. 여기저기를 돌아다니며 십 분 이상을 외치고 나서야 모래 위로 솟아오른 체르샤의 머리를 볼 수 있었다.

모래를 머리 위에 얹은 체르샤는 늘어지게 하품을 하더니 불분명한 발음으로 물었다.

"벌써 밤인가요?"

"멍청한 놈! 흡혈귀라면 당연히 밤이 왔다는 걸 느낄 본능 정도는 가지고 있어야지!"

체르샤는 대꾸없이 머리에 모래를 털어내더니 침상을 모래 속에서 꺼내 둘둘 말았다. 드라칸은 체르샤에게 자신의 침상을 던졌다.

"잘 챙겨!"

"네."

두 개의 침낭을 모두 작게 만 체르샤가 입맛을 다셨다.

"배고프지 않으세요? 이 근처에는 쥐 같은 동물이 살 것 같지 않은데."

드라칸은 주위를 두리번거리는 체르샤에게 빽 고함을 질렀다.

"쥐 따위 말고 사람 찾을 생각을 해! 사람 말이야!"

"여기에 어디 사람이 살겠어요? 일주일 전에 들렀던 그 오아시스 같은 곳이 아니면 사람이 살 만한 곳이 없잖아요."

확실히 사람을 찾기 위해서는 오아시스로 가야 했다. 하지만 오아시스를 찾기 위해 사막을 이리저리 날아다닐 수는 없는 노릇이었다.

"젠장! 어쨌든 지금 내겐 신선하고 달콤한 인간의 피가 필요해. 쓰읍!"

드라칸은 절로 흐르는 침을 닦았지만 이내 그만큼의 침이 다시 턱을 타고 흘러내렸다.

"저도 인간의 피가 먹고 싶기는 마찬가지라구요. 하지만……."

어디선가 체르샤의 말을 끊는 낙타 울음소리가 들렸다. 야생 낙타가 아니라면 틀림없이 곁에 사람이 있을 터였다. 드라칸은 체르샤에게 조용히 하라고 이른 후 귀를 기울였다. 잠시 후 왼쪽에 위치한 산만큼 커다란 모래언덕 뒤에서 소리가 들렸다.

드라칸은 날듯이 모래 위를 달렸다.

"가, 같이 가요!"

체르샤가 침낭을 들고 허둥지둥 따라갔다. 모래언덕의 정상에 올라가자 백오십 야드(1야드:0.9144미터) 저쪽에 두 채의 천막이 보였다. 낙타나 양 가죽을 엮어 만든 파오였다.

"흐흐흐……."

드라칸은 웃음을 흘리며 모래언덕을 뛰어 내려갔다. 박쥐가 되어 훌훌 날아가고 싶었지만 변신을 하려면 옷을 벗어야 하는 등의 번거로움이 따랐다.

'원래 맛있는 음식은 천천히 아껴 먹는 법이지.'

생각과는 달리 드라칸은 단숨에 파오 근처까지 다다랐다. 파오 주위에는 여덟 마리의 낙타들이 기둥에 매어져 있었다. 그중 한 마리가 그의 접근을 눈치 채고 푸르륵거렸다. 드라칸은 재빨리 낙타에게 다가가서 목을 잡고 그대로 비틀어 버렸다.

우둑! 소리와 함께 낙타는 비명도 없이 몸을 뉘었다.

"흐흐… 그럼 식사를 해볼까."

드라칸은 손바닥을 마주 비비며 파오의 입구를 걷었다. 안에는 네 명의 사내가 곤히 잠들어 있었다. 여자는 한 명도 없었다. 아쉽기는 했지만 이런 사막에서 인간의 피 맛을 볼 수 있는 것만으로도 감지덕지였다.

사내들은 자면서도 머리에 모자 같은 것을 쓰고 있었는데, 자세히 보니 하얀 천으로 그냥 둘둘 말아놓은 것이었다. 피부색도 까무잡잡한 것이 별로 맛은 없어 보였다. 그래도 침은 긴 송곳니를 타고 흘렀다.

드라칸은 흐른 침을 양쪽 손바닥에 묻힌 후 세차게 비볐다. 이러면 몸 안에 있는 슬립린이 가루 형태로 분비되는데 그것을 인간에게 뿌리면 네 시간 동안은 불에 넣어도 깨지 않는다.

그는 충분한 슬립린을 손에 쥐고 인간들의 얼굴 부근에 뿌렸다. 모두 낮게 코를 골고 있었는데 그 소리가 자취도 없이 사라졌다. 너무도 깊은 잠에 빠졌기 때문이다.

드라칸은 손수건에 물을 묻혀 인간들 목을 깨끗이 닦은 후 왼쪽 인간의 목에 이빨을 박았다. 이빨에 난 작은 구멍을 통해 피가 식도로 빠르게 넘어왔다. 날아갈 듯한 전율이 솜털을 곤두서게 만들었다. 어떤 환각제도 인간의 피만큼 그를 흥분시키진 못했다.

꿀꺽! 꿀꺽!

목젖이 위아래로 흔들리는 소리가 천사의 하프 연주처럼 귀를 간지렀다. 한 명의 피를 모두 빤 드라칸은 다음 인간에게 옮겨갔다. 원래 한 사람이면 족하지만 그는 너무 오래 굶었고, 또 앞으로 얼마나 굶주릴지 알 수 없었다. 먹을 수 있을 때 최대한 포식을 해두는 것이 좋았다.

네 명은 단 삼십 분 만에 가죽만 남은 앙상한 모습으로 변했다.

"꺼억—!"

긴 트림을 한 드라칸은 입 주위에 묻은 피를 닦으며 체르샤를 떠올렸다.

"이 녀석은 뭘 하고 있는 거야?"

그는 삼 야드 정도 떨어진 파오로 걸음을 옮겼다. 낙타 가죽으로 만들어진 출입구를 양쪽으로 열고 들어가자 무릎을 꿇고 있는 체르샤가 보였다. 등을 보인 체르샤는 세 구의 시체를 앞에 두고 무슨 일엔가 열중하고 있었다. 옆으로 비스듬히 돌아 두 걸음쯤 다가가자 붉은색이 배어 나오는 주머니 같은 것이 보였다.

그 주머니는 바닥에 열 개가 넘게 놓여 있었다. 무엇인지 알 만했다.

"체르샤, 너 또 그 짓거리냐!"

체르샤는 화들짝 놀라더니 이내 아무렇지 않은 얼굴로 말했다.

"어차피 다 먹지도 못할 텐데 아깝잖아요. 이 사람들을 모두 죽인 것이 꺼림칙하지만 뭐, 내가 죽이지 않아도 어차피 드라칸님께 모두 죽을 테니……."

체르샤는 중얼거리며 돼지 방광에 계속 피를 담았다. 흡혈귀의 몸에서 분비되는 안티캔질린을 미리 인간의 몸속에 넣었는지 피는 응고되지 않았다.

저런 것을 보면 체르샤도 분명 흡혈귀는 흡혈귀인데, 세상에서 가장 한심한 흡혈귀인 것만은 틀림없었다. 스무 개의 돼지 방광에 피를 모두 담은 체르샤는 '더 담을 방광이 없는 것이 안타깝군' 하며 일어섰다.

"그걸 대체 어떻게 가지고 갈 생각이냐?"

"이동할 때는 침낭에 넣고 밤에는 다른 곳에 두면 되죠."

"결국 네 식량을 내가 짊어지고 가야 한단 소리구나."

체르샤는 뒷머리를 긁적였다.

"뭐, 따지자면 그럴 수도 있지만 드라칸님께서도 드셔보시면 만족할 겁니다."

드라칸은 체르샤의 안면에 얼굴을 바짝 들이밀었다.

"나보고 더러운 돼지 방광에 고귀한 이빨을 꽂으란 말이냐?"

"뭐, 싫으시면 어쩔 수 없구요."

그는 한참 동안 체르샤를 노려보다 긴 한숨을 쉬고 몸을 돌렸다.

"빨리 이 지긋지긋한 사막을 벗어나자."

드라칸은 파오 밖으로 나와서 옷을 훌훌 벗었다. 따라나온 체르샤가 바닥에 떨어진 옷을 가지런히 챙겼다.

"우리가 지금 가는 방향이 확실한 거지?"

그의 물음에 체르샤는 품에서 수정구를 꺼내 살피더니 고개를 끄덕였다.

"맞아요. 이젠 상당히 가까워졌어요. 그래도 한참 가야 하기는 하지만."

"만약 완벽한 흡혈귀가 없으면 그땐 널 가만두지 않겠다."

드라칸의 엄포에도 불구하고 체르샤는 자신이 있는지 얼굴색 하나 변하지 않았다.

"걱정 마세요. 완벽한 흡혈귀는 틀림없이 존재하니까요."

그는 제발 체르샤의 말이 맞기를 바라며 양팔을 옆으로 쭉 벌렸다. 근육을 뒤틀고 뇌리에 자신이 변해야 할 모습을 떠올리자 몸이 변하기 시작했다.

　우두둑! 우두둑!

　뼈가 엇갈리는 소리가 한참 울린 후 그의 모습은 커다란 박쥐로 변했다. 원래의 그보다 족히 두 배는 되었다.

　"빨리 올라타!"

　이 모습으로 말을 할 때면 성대가 기묘하게 떨려 기분이 나빴다. 체르샤는 돼지 방광을 넣은 침낭을 먼저 올려놓고 등 아래쪽으로 몸을 실었다.

　"꽉 잡아! 저번처럼 떨어지지 말고!"

　드라칸은 경고를 한 후 땅을 힘껏 박찼다. 혼자 날 때보다 수월하진 않았지만 이 정도 무게는 충분히 감당할 수 있었다. 그는 단숨에 육백 피트 높이까지 날아올랐다. 검은 먹물 속에 담긴 세상은 온통 모래였다. 마치 모래의 바다를 보는 듯했다.

　'정말 이 사막이 끝나기는 하는 걸까?'

＊　　　　＊　　　　＊

　"푸우—!"

　호괴는 눈 속에서 튀어나와 거칠게 숨을 몰아쉬었다. 반 시진 동안 숨도 쉬지 않고 눈 안에 파묻혀 있는 것은 생각보다 고역이었다. 하지만 아무리 나빠도 붕에게 먹히는 것보다는 나았다.

　호괴는 주위를 두리번거려 행여 있을지 모를 붕을 찾았다. 다행히 처참하게 쓰러진 나무만이 시야를 채우고 있을 뿐 붕의 모습은 보이지 않았다. 호괴는 어깨에 걸쳐진 나뭇가지를 걷어내고 몸을 눈 위로 완전히 끌어 올렸다. 털 몇 가닥이 솔잎에 걸려 빠져나갔다. 쓰러진 나무 위에 올라서서 본 풍경은 마치 태풍이 휩쓸고 지나간 자리 같았다.

커다란 산에 있는 나무의 대부분이 뿌리째 뽑히거나 허리가 부러져 산 여기저기 널려 있었다.

"어지간히도 난리를 쳤군."

호괴는 중얼거리고 주적자가 파묻힌 곳을 보았다. 거대한 나무 아래 깔린 주적자의 주검을 다시 확인하고 싶은 생각은 없었다. 묘를 만들 어주는 쓸데없는 짓 또한 하고 싶지 않았다. 저대로 나무와 함께 썩어 서 흙이 되는 것이 이 세상에 생물로 태어난 모든 것들에게 가장 합당 한 최후가 될 것이다.

호괴는 사위를 둘러보며 머뭇거렸다. 갑자기 사라져 버린 목표가 갈 피를 잡을 수 없게 만들었다. 호괴는 주둥이 근처에서 잠시 머물렀다 사라지는 입김을 보다가 이내 바람 부는 쪽으로 방향을 잡았다. 어차 피 정처없는 길이니 어느 길로 가면 어떠하랴.

호괴는 아쉬운 눈길로 주적자가 묻힌 곳을 일별한 후 걸음을 옮겼 다. 쓰러진 나무가 온 산을 덮고 있었기 때문에 눈 속에 발을 묻지 않 아도 되었다. 그녀가 네 개의 나무를 건너뛰었을 때 뒤쪽에서 미약하 게 눈을 헤집는 소리가 들렸다. 호괴는 '혹시!' 하는 마음으로 뒤를 돌 아보았다.

뽀드득. 뽀드득.

소리와 함께 눈 위에 자그마한 발자국이 나기 시작했다. 실체는 보 이지 않는데 발자국만 생기는 이유는 호괴가 아는 한 하나밖에 없었다.

"화백!"

호괴의 목소리가 형체를 만든 것처럼 화백이 모습을 드러냈다. 산발

한 머리와 여기저기 찢어진 옷자락에서 배어 나오는 피가 처참하게 느껴졌다. 화백은 힘겹게 나무 위에 올라선 후에야 호괴에게 시선을 주었다. 호괴는 황급히 화백에게로 뛰어갔다.

"살아 있었군!"

화백의 초점없는 눈동자가 급격히 축소돼 모아지더니 호괴 목덜미 털을 움켜쥐었다.

"주 공자님은! 주 공자님은 어떻게 되었지?"

호괴는 아픔을 느끼며 몸을 뒤로 뺐다. 그 때문에 털이 한 움큼 빠지기는 했지만, 그것가지고 너무도 절박한 모습의 화백을 탓하기는 싫었다. 호괴는 주적자가 묻힌 나무 밑으로 시선을 던지며 말했다.

"죽었어."

담담함이 지나쳐 냉정하게까지 들렸다. 화백은 호괴의 시선을 따라 눈길을 돌리더니 허겁지겁 그쪽으로 뛰어갔다. 그녀의 자그마한 몸은 금세 허리까지 눈에 파묻혔다. 눈을 헤치며 주적자를 깔아뭉갠 나무로 다가가는 화백의 모습에서 처연함이 느껴졌다.

"이봐, 이미 죽은 사람이야. 그걸 꼭 눈으로 확인해야겠어?"

호괴의 만류에도 불구하고 화백은 멈출 생각을 하지 않았다. 나무까지 다가간 화백은 그대로 눈 속을 파고들어 갔다. 그녀의 작은 몸뚱이는 금세 자취를 감췄다.

"화백이 인간에게 정을 느끼다니……."

그녀의 중얼거림과 함께 거대한 나무가 차츰 앞쪽으로 밀려났다. 눈 속에서 저 거대한 나무를 움직일 정도로 화백의 힘이 세다는 것을 처음 알았다. 호괴는 서 있던 나무에 엉덩이를 붙이고 그 모습을 물끄러미 쳐다보았다. 주적자의 끔찍한 주검이 떠오르자 안타까움이 찾아왔다. 그것이 주적자의 죽음 그 자체인지, 아니면 그 죽음이 안고 사라져 버린 정기 때문인지 그녀 자신도 알 수 없었다.

나무의 움직임이 멈춘 후 눈이 튀어 올랐다. 화백이 주적자의 시체를 꺼내기 위해 눈을 치우고 있는 것이리라. 나무 한쪽에 앉은키만큼의 눈이 수북하게 쌓인 후 화백의 머리가 나왔다. 그녀는 허리를 잔뜩 구부리고 조심스럽게 눈 위로 올라오고 있었다. 머리와 등이 눈 밖으로 나오고 난 후 주적자의 시체가 모습을 드러냈다.

밝은 곳에서 본 주적자의 주검은 눈 속에 있을 때보다 더 끔찍해 보였다. 머리와 몸통을 붙여주고 있는 것은 뼈가 아니라 질긴 가죽이었고 한쪽 팔과 다리는 떨어져 나가 보이지 않았다. 질질 흘러나온 내장에서는 아직도 황토색의 무언가가 꾸역꾸역 토해지고 있었다. 화백이 아무리 조심하려 해도 자꾸 떨어져 나가는 주적자의 일부를 어찌할 수는 없었다.

나무 위에 주적자의 시체를 가지런히 편(?) 화백은 그것을 망연자실한 얼굴로 내려다볼 뿐이었다. 눈앞에 보이는 현실을 받아들이고 싶지 않다는 내심이 얼굴에 그대로 드러났다. 화백의 눈이 물빛으로 물들더니 볼을 타고 눈물 한 방울이 떨어졌다. 너무도 투명한 그것은 이미 빠져 버려 퀭한 주적자의 동공 안으로 사라졌다.

"이봐, 주 공자는 죽었어."

호괴는 달래듯 말했다. 어찌 보면 주적자의 죽음이 화백의 탓일 수도 있는데 왠지 그녀가 밉지 않았다. 화백의 저 모습이 육백 년 전 '그'가 죽었을 때 그녀가 보였을 모습과 너무도 닮아 있어서인지도 모른다.

휘이이잉—

바람은 부딪치는 나무가 없다는 것을 이제야 깨달은 듯 새삼스럽게 불어왔다. 말아 올려진 눈발이 그녀들의 어깨에 잠시 내려앉았다가 멀리 달아났다. 주적자의 몸속에 파고든 눈은 그대로 그의 일부가 되어 버렸다.

"살릴 수 없겠지?"

화백은 독백처럼 물었다. 호괴는 '내가 천호가 되면 살릴 수 있을지도 모르지'라는 말을 하려다 이내 그만두었다. 이제는 천호가 되기도 어려울 뿐더러 설사 천호가 된다 하더라도 죽은 이를 살릴 수 있을지 아직은 알 수 없기 때문이다. 그리고 그녀가 주적자를 살려야 할 이유 또한 없었다.

"내가 완전한 화백이 되면 어떨까?"

화백은 처연한 표정으로 호괴를 보며 말을 이었다.

"죽은 사람을 살릴 수 있는 능력이 생길까?"

호괴는 설핏 웃음을 지었다.

"죽은 생물에 생기를 불어넣는 힘은 아무에게나 오지 않아. 더욱이 화백의 성질은 멸(滅)이지 생(生)이 아니야."

화백은 아랫입술을 지그시 깨물었다. 억지로 울음을 참는 듯 아래턱이 잘게 떨렸다.

"울고 싶으면 울어."

그녀의 말 때문이었을까? 화백은 기어코 소리내어 울음을 터뜨렸다. 작게 시작한 눈물의 소리는 이내 통곡으로 번졌다. 그 모습은 열 살 어린아이의 것이 아니라 지아비를 잃은 삼십 대 여인네의 그것처럼 애달팠다.

만지면 부서질까 봐 손도 대지 못하고 주적자의 시체 머리맡에서 울고 있는 화백의 울음소리는 산 전체를 물들이고 멀리까지 퍼져 나갔다.

"휴~ 괴조차 희로애락을 떨치기가 이렇게 어렵단 말인가?"

호괴는 고개를 저으며 돌아섰다. 나무가 모두 쓰러져 버린 산은 새삼스러운 황량함을 풍겼다. 뒤를 힐끔 돌아보고 걸음을 내딛던 호괴의 발길이 흠칫 멎었다. 뭔가 이해할 수 없는 모습이 눈앞을 스친 때문이었다. 호괴는 자신의 눈이 잘못되었다는 것을 확인하기 위해 몸을 돌렸다.

"뭐, 뭐지?"

호괴의 입에서 경악성이 튀어나왔다. 화백의 머리 아래서 펼쳐지는 광경은 구백 년을 산 호괴조차 경험은 물론 생각조차 하지 못한 모습이었다. 어느 누가 산산조각으로 찢겨져 죽어버린 인간의 부활하는 모습을 보았겠는가? 주적자의 변화는 말 그대로 부활이었다.

찌직— 찌직—

떨어져 나간 곳에서 살이 돋아나는 소리는, 우습게도 마치 살이 찢겨져 나가는 소리 같았다. 달려 있는 팔과 다리의 없어진 부분들이 차츰 새 살로 메워졌다. 그리고 떨어져 나간 팔다리에서는 옅은 피 색의 살이 돋아나기 시작했다.

"아!"

울음 때문에 뒤늦게 주적자의 변화를 눈치 챈 화백의 입에서 탄성이 터져 나왔다. 화백은 호괴에게 '어떻게 된 거냐?' 는 물음을 눈으로 던졌지만, 그녀가 대답해 줄 수 있는 문제가 아니었다.

스스스—

뱀이 기어가는 것 같은 모습으로 튀어나온 창자가 뱃속으로 들어갔다. 돌출된 갈비뼈에 걸리면 마치 누군가 안에서 잡아당기는 것처럼 풀었다 조였다를 반복하며 용케 찢어지지 않고 제자리를 찾았다. 터지거나 잘려서 없어진 부분도 그런 모습을 반복하며 끊임없이 재생되었다.

창자가 완전히 뱃속으로 모습을 감추자 부러져 없어진 뼈가 차츰 자라났다. 조각난 갈비뼈가 부드럽게 휘어지며 내장을 보호하는 모습으로 변했다. 그 위로 다시 자라난 살이 덮여갔다. 머리와 몸통을 연결하는 목뼈도 어느새 생성되어 자잘한 심줄을 거미줄처럼 얽어놓았다.

얼굴도 몸과 마찬가지로 제 모습을 찾아가고 있었다. 골 안쪽에서 이미 터져 나와 버린 뇌수가 부글부글 끓으며 다시 생겨났다. 마치 불 위에 올려놓은 밀가루 죽처럼 느껴졌다. 뇌의 형상이 모두 갖춰지자 석회 같은 뼈가 어김없이 부드러운 점액질을 감쌌다.

호괴는 넋을 놓고 생명의 재탄생을 지켜보았다. 뼈 위에 살이 덮이고 다시 털이 자라나는 광경은 경이로움 그 자체였다. 누가 이런 괴사(怪事)를 상상이나 했을까.

놀람은 호괴의 몫만이 아니었다. 화백 또한 미동도 하지 않고 주적자가 변하는 모습을 보고 있었다. 그녀의 눈은 경악에서 경이로, 다시 기쁨으로 바뀌어가는 중이었다.

주적자의 얼굴은 퀭한 구멍에서 안구가 올라오고 눈썹이 나는 것으로 제 모습을 찾았다. 목의 살가죽도 솜털까지 완벽하게 돋아나 있었고 가슴과 하체는 면적이 넓어서인지 아직까지 회복이 진행 중이었다. 붉고 파란 근육과 힘줄이 얽혀 들어가고 살이 차 오르는 것으로 보아 머지않아 원래의 형태를 찾을 것이다.

두근!

살이 완전히 덮인 주적자의 가슴이 작게 뛰었다. 그것은 심장의 움직임을 의미했다.

"정말 살아났군."

호괴의 목소리에는 새삼스러운 놀람이 배어 있었다. 한 번 움찔한 가슴은 시간이 지남에 따라 뛰는 시간의 간격이 좁아지더니 이윽고 일정한 박동을 시작했다.

"살았어. 주 공자님께서… 살아… 나셨어……."

화백의 마지막 말은 기쁨에 묻혀 제대로 나오지도 않았다.

"그래."

호괴는 나지막한 대답 뒤로 밀려오는 기쁨을 느꼈다. 지금의 이 기분 또한 단순히 주적자가 삶을 찾아서인지, 아니면 천호로의 길이 다시 열린 것에 대한 건지 알 수 없었다.

'뭐, 어떻든 상관없겠지.'

호괴는 생각 끝으로 화백에게 물었다.

"그런데 넌 어떻게 살아난 거지?"

화백은 주적자에게 눈을 떼지 않고 대답했다.

"주 공자님께서 떨어지실 때 날 나뭇가지에 던지셨어. 운이 좋아 여러 개의 나뭇가지에 걸리며 떨어져서 충격을 덜 받은 거지."

말을 마친 화백은 환한 웃음을 지었다. 그런데 그 표정이 금세 굳더니 언제 웃었느냐 싶게 일그러졌다. 그것은 분명 공포로 물들어가는 얼굴이었다.

"또 왔어."

호괴 또한 안색을 딱딱하게 굳혔다.

"붕 말이냐?"

화백은 동쪽 하늘을 바라보며 말했다.

"내 냄새를 맡았나 봐."

호괴 또한 같은 곳으로 시선을 두었다. 아직은 아무것도 보이지 않지만 화백의 본능이 틀릴 리가 없었다. 순간적으로 이곳을 떠나야 한다는 생각이 뇌리를 스쳤다. 호괴보다 먼저 화백이 움직였다. 화백은 황급히 자리를 털고 일어서더니 빠르게 말했다.

"주 공자님을 부탁해."

"넌?"

화백은 복잡한 시선을 주적자에게 두었다.

"내가 있으면 주 공자님이 위험해. 내가 붕을 유인하는 동안 주 공자님을 빨리 다른 곳으로 옮겨. 그렇게 해줄 거지?"

호괴는 고개를 끄덕였다. 굳이 화백의 부탁이 아니더라도 그렇게 할 것이었으니까.

"고마워."

화백은 할 필요도 없는 감사의 말을 뱉고 돌아섰다. 떠나기가 아쉬운 눈으로 주적자를 일별한 화백은 서쪽으로 몸을 날렸다. 한 번 도약할 때마다 오 장 이상을 뛸 정도로 빠른 속도였다. 하지만 아무리 화백이 빠르다 하더라도 붕의 속도를 따를 수는 없었다. 용케 은신술로 몸을 숨긴다 하더라도 잡히는 것은 시간문제였다.

화백의 모습이 산 저쪽으로 사라질 때 호괴의 머리 위로 붕이 지나갔다. 저 상태라면 얼마 지나지 않아 따라잡힐 것이다.

"붕에게 잡혀 먹히는 것이 화백의 운명이지."

호괴는 중얼거린 후 주적자에게 다가갔다. 주적자의 몸은 완벽하게 변해 있었다. 치부와 상체 일부만을 가린 핏빛 옷만이 그가 죽었었음을 증거해 주었다. 호괴는 기지개를 켜듯 앞발과 뒷발을 최대한 벌렸다. 차츰 털이 몸 안으로 스며들면서 매끈한 피부로 변하기 시작했다. 주적자를 옮기기 위해서는 여우보다는 인간의 모습이 편했다.

나체 여인으로 변한 호괴는 주적자를 들기 위해 등과 허벅지 아래로 팔을 집어넣었다.

꿈틀!

그녀는 손에 미약한 움직임을 느꼈다. 분명 그녀가 움직여서 느껴지는 그런 것은 아니었다. 주적자 자체에서 생겨난 몸짓이었다.

'이미 스스로 움직일 단계까지 다다른 건가?'

그녀는 의아함을 느끼며 손을 빼려 했다. 주적자 스스로 움직일 수 있다면 굳이 그녀가 옮길 필요가 없었다. 호괴의 팔이 등과 허벅지를 지나쳐 손가락의 감촉만이 남을 때였다.

턱!

갑자기 주적자의 손이 움직이더니 등 쪽에 있는 그녀의 팔목을 잡았다. 뭔지 모를 섬뜩함을 느끼며 쳐다본 주적자의 눈은 이미 세상을 보고 있었다. 너무도 붉어서 금방이라도 핏물을 토해낼 것 같은 눈동자가 그녀의 얼굴에 닿았다. 주적자가 결코 정상이 아님은 오래 생각할 필요도 없었다.

호괴는 잡힌 팔을 빼려 힘을 주었지만 덫에 걸린 것처럼 꼼짝도 하지 않았다. 종이가 먹물을 빨아들이듯 두려움이 스며들었다.

"크르르—!"

맹수의 그것 같은 소리를 토해내는 주적자의 입술 밖으로 무언가가 삐져 나왔다. 오래 볼 것도 없이 그것은 분명 송곳니였다. 위아래로 네 개의 송곳니가 튀어나오면서 다른 이빨들이 잇몸 안으로 밀려 들어갔다. 그것은 말로만 전해 듣던 흡혈귀였다. 그것은 주적자라는 이름의 흡혈귀였다!

*　　　*　　　*

그는 허리에 양손을 걸치고 앞에 있는 면경을 보았다. 숯으로 칠한 듯 진한 눈썹과 시원한 눈매, 쭉 뻗은 콧날 아래 놓인 여인의 그것보다 붉은 입술. 남자다운 강인한 턱이 벌어지자 가지런한 치아가 모습을 드러냈다.

몸에 딱 달라붙는 하얀 경장도 그렇게 잘 어울릴 수가 없었다. 중원에 미남 선발대회가 있다면 최고는 따놓은 당상이라고 그는 생각했다.

"좋아."

그는 흡족한 웃음을 짓고 돌아서서 탁자 위의 도를 잡아뺐다. 낮은 마찰음과 함께 도신이 드러났다. 날이 이리의 이빨 같다 하여 붙여진 이름, 낭아도(狼牙刀)는 적에게 위압감을 주기에 충분했다. 무림에는 수라도(修羅刀)라고 알려진 이 도는 이번 무림출도를 기념으로 아버지에게 선물받은 것이었다. 그는 도를 허리에 찬 후 주위를 둘러보았다.

오십 평의 방이 좁아 보일 정도로 집기들이 들어차 있었다. 삼면의 벽에 빽빽하게 꽂힌 책과 명장들의 그림들과 글씨, 한눈에 명작이라 알아볼 수 있는 도자기들이 그것이었다. 최고의 남자에게 어울리는 최고의 거처였다. 하지만 이제 잠시 후면 이곳을 떠나야 한다. 드디어 세상 밖으로 나가는 것이다.

세 살 때부터 시작해 무려 십육 년이나 갈고닦은 무공을 펼칠 기회가 다가왔다. 온갖 영약을 먹어가며 최고의 사부들에게서 배운 최강의 무공이 내재된 육체가 주체할 수 없는 힘을 갈무리한 채 꿈틀댔다. 이제 얼마 후면 세상이 그를 우러러볼 것이다. 중원 최고의 미남이며 최고의 기재인 그는 단숨에 유명해져서 모든 미녀들에게 동경의 대상이 될 것이 자명했다.

비록 흑도 최고 문파 정무문(正無門)의 소문주(小門主)라고 정파에서는 손가락질을 하지만 그런 것에 신경 쓸 만큼 소심한 그가 아니었다. 정파가 아니라도 우러러볼 무림인들은 많았고 무공과 외모만 뛰어나면 미녀들은 따라오기 마련이었다. 남녀의 정분이란 정사(正邪) 구분이 없는 법이니까.

어디 흐트러진 곳이 없나 다시 한 번 면경을 보고 다듬은 그는 문으로 다가갔다. 지금은 정무문 소문주라는 이름만으로 알려져 있지만, 세상에 나갔다 다시 저 문으로 들어오는 순간에는 중원 최고라는 온갖 수식어가 머리칼만큼이나 많이 따라올 것이다.

그가 막 문을 잡아갈 때 밖에서 뛰어오는 소리가 들렸다. 그리고 잠시 후…

"족발 소문주님! 왕족발(王鏃發) 소문주님!"

그의 얼굴이 단숨에 일그러졌다. 모든 것이 완벽한 그에게 단 하나의 흠이 있다면 바로 이름이었다.

왕.족.발!

이 치욕스런 이름이 붙은 이유는 우습게도 아버지 왕청일(王淸壹)이 꾼 태몽 때문이었다. 왕청일은 궁술(弓術)에 일가견이 있어 심심치 않게 신궁이라는 소리를 듣는 사람이었다. 그런데 어느 날, 대가없는 화살촉만으로 하늘에 뜬 태양을 쏴서 떨어뜨린 꿈을 꿨고 그것이 재수없게도 태몽이 돼버렸다. 그래서 그의 아버지 왕청일은 망설이지 않고 화살촉 족(鏃)에 쏠 발(發)로 이름을 지어버린 것이다. 그렇게 생긴 이름은 너무도 기가 막힌 왕족발.

철이 들고 이름이 이상하다는 것을 깨달은 순간부터 이름을 바꿔달라고 그렇게 애원을 했건만 듣는 척도 하지 않는 왕청일이었다. 거기에 어머니 성수란(成秀蘭)마저 어느 돌팔이 점쟁이한테 점을 보고 와서는 너무 좋은 이름이라고 입에 침이 마르도록 칭찬을 하니 그로서는 어떻게 할 도리가 없었다.

결국 그의 이름은 왕족발로 굳어져 버렸고 너무도 반짝이는 옥에 한 점의 티가 되어버렸다. 하지만 그래도 아쉬움이 남아 아랫것들에게는 절대 왕족발이란 이름을 쓰지 못하게 했다. 그런데 버르장머리없는 그의 하인 동대국(童岱國)이 저처럼 이름을 부르고 있는 것이다.

왈칵!

열리는 문 사이로 얼굴 하나가 들이밀어졌다.

"왕족발 소문주……!"

하지만 동대국은 말을 끝까지 뱉지 못했다. 왕족발의 발이 어느새 얼굴을 점령했기 때문이다. 픽! 소리와 함께 동대국은 비명을 지르며 회랑의 벽에 사정없이 부딪쳤다.

"에구구구— 왜 그러십니까? 왕족발… 으악!"

왕족발은 쓰러진 동대국을 지근지근 밟았다. 무슨 일이 일어났나 하고 시비와 하인들이 뛰쳐나왔지만, 그의 더러운 성깔을 알기에 아무도 함부로 말리려 들지 않았다.

"아이구! 소문주님… 왜 이러십니까요!"

"몰라서 그러냐, 이 바보 같은 놈아!"

왕족발은 그 후로도 한참을 더 밟아준 후에야 때리는 것을 멈췄다. 동대국의 드러난 팔은 푸른 멍에 까진 곳투성이였고, 얼굴 또한 성한

데가 없었다. 안 그래도 작은 눈이 안으로 더 들어가 보이지도 않을 지경이었다. 동대국은 쌍코피를 닦으며 일어섰다. 왕족발이 그런 동대국의 안면에 얼굴을 바짝 갖다 대고 으르렁거렸다.

"너, 한 번만 더 내 이름을 부르면 엉덩이를 보면서 걷게 만들어줄 거야. 알았어?"

"하지만 사모님께서는 왕족발이란 이름을 부르면 부를수록 좋다고……."

"쓰—!"

그가 인상을 쓰자 동대국은 찔끔한 표정으로 입을 다물었다. 왕족발은 한 발자국 물러서며 물었다.

"그런데 무슨 일로 그렇게 호들갑을 떨며 날 찾은 거야?"

"아참! 큰일 났습니다요!"

"그러니까 뭐가 큰일이냐구 묻잖아!"

"아가씨께서 목을 매고 천왕각(天王閣) 지붕에 올라가 계십니다!"

"뭐? 족쌍(鏃雙)이가?"

왕족발은 꺾어진 회랑을 황급히 지나 밖으로 나왔다. 그의 거처에서 천왕각까지 가려면 칠백 평에 이르는 대전 네 개를 지나야 했다. 대전과 대전 사이에는 인공으로 만든 내[川]가 있고 그 위로 반원형의 다리가 놓여 있었다. 왕족발은 다리를 이용하지 않고 사 장 넓이의 내를 건너뛰며 천왕각까지 부리나케 달려갔다.

언제나 아웅다웅 다투는 쌍둥이 동생이지만 그래도 피붙이이기에 무심할 수는 없었다. 더구나 쌍둥이 여자라는 이유만으로 왕족쌍이란 괴상한 이름을 달게 됐으니 동병상련(同病相憐)을 느끼게 하는 동생이었다.

천왕각 앞의 삼천 평에 이르는 연무장(鍊武場)에는 이미 백여 명의 사람들이 모여 있었다. 천왕각과 연무장 사이에는 삼 장 정도의 길이 있었는데 그곳에 있는 사람은 아무도 없었다. 왕족발도 황급히 계단을 통해 연무장으로 내려가 천왕각 지붕을 쳐다보았다. 비로소 파란 기와 위에 서 있는 왕족쌍이 보였다.

그를 닮아 '아!' 하는 탄성이 나올 정도로 예쁜 왕족쌍은 십오 장 높이에서도 어지럽지 않은지 허리에 손을 얹고 꼿꼿이 서 있었다. 목을 매고 올라갔다고 했는데 줄 같은 것은 보이지 않았다.

"소문주님! 아가씨를 어떻게 좀 말려보십시오!"

천왕각의 경비를 담당하고 있는 호철산(胡哲山)이 금방이라도 울 듯한 표정으로 사정했다. 저기서 왕족쌍이 떨어져 죽기라도 하면 그에게 불똥이 튈 것이 뻔하니 좌불안석일 수밖에 없었다. 백여 명의 사람들이 저마다 왕족발에게 방법을 강구하라고 호소를 했다. 그는 지붕 끝에 걸린 해 때문에 눈이 부셔 손 그늘을 만들며 물었다.

"저 계집애가 무엇 때문에 지붕에 올라가 저 지랄을 하고 있는 것이오?"

인상 험하기가 정무문 제일인 지호당주(地虎堂主) 백재상(白宰尙)이 대답했다.

"왕족… 아니, 소문주님을 따라가시겠다고 저리 떼를 쓰고 계십니다."

"내 무림출도(武林出道)의 장정(長程)에 따라나서겠다고? 저 계집애가 정신이 있는 거야, 없는 거야?"

"문주님과 사모님이 끝내 만류하시자 급기야 저기까지 올라가셔서 목을 매신 겁니다."

왕족발은 눈을 가늘게 뜨고 물었다.

"뭘로 목을 맸다는 것이오? 아무것도 보이지 않는데."

"천잠사(天蠶絲)를 쓰셨기 때문이죠."

왕족상은 고개를 끄덕였다. 거미줄처럼 가는 천잠사이니 안 보이는 것이 당연했다. 거기에 소 심줄보다 백 배는 질길 뿐 아니라 잘 벼른 칼만큼이나 날카로워 목에 매고 떨어진다면 당장 머리가 떨어져 나갈 것이다.

"계집애가 어디서 골치 아픈 물건을 구해서 둘러쓰고 있군."

"문주님께서 활시위를 만들기 위해 구하신 것을 몰래 가지고 오신 모양입니다."

"어쭈, 이젠 도둑질까지."

그는 이죽거린 후 까마득히 높은 곳에 있는 왕족쌍을 향해 소리쳤다.

"야, 이년아! 그만큼 겁 줬으면 됐으니 빨리 내려와!"

왕족쌍의 아미가 위로 솟구쳤다.

"이 자식아! 넌 상관하지 말고 꺼져!"

"뭐야! 저게 감히 오빠한테 이 자식이라니!"

"겨우 반 각 먼저 태어난 것 가지고 오빠는 무슨 얼어죽을 오빠! 넌 빨리 가서 부모님이나 모셔와!"

"임마! 네가 그런다고 아버님, 어머님이 눈 하나 깜짝할 줄 알아! 괜한 고생하지 말고 빨리 내려와! 너 때문에 나까지 늦게 생겼잖아!"

"좆 까는 소리 하고 자빠졌네! 내가 너 혼자 가는 꼴을 볼 것 같아! 절대 그렇게는 안 될 테니 두고 봐!"

왕족발은 화를 내리누르기 위해 숨을 고른 후 다시 입을 열었다.

"대체 왜 나를 따라가려고 하는데?"

"흥! 세상의 미인들을 거느리고 싶은 사람은 너만이 아니야! 내게도 중원의 미남 협객들을 차지할 권리가 있다구!"

"미남 협객? 하! 그 미남 협객들이 미쳤다고 정무문주의 딸인 네게 장가를 오겠냐? 그리고 부모님이 어련히 알아서 신랑감 찾아주실 건데 왜 이 난리를 피우고 지랄이야, 지랄이!"

"난 음침한 흑도 놈들 싫어! 내 손으로 기품있고 걸출한 협객을 찾을 거란 말이야! 협객!"

"협객에 환장을 했군, 환장을 했어."

왕족발은 중얼거린 후 버럭 소리를 질렀다.

"니 맘대로 해! 거기서 뛰어내려 머리가 깨지든 목이 잘리든 모두 네 팔자니까!"

"너, 정말 아버지, 엄마 안 모셔올 거야?"

"절대 안 가!"

곁에 있던 백재상이 속삭였다.

"문주님과 사모님께 이미 사람을 보냈는데요."

"뭐라구요? 빨리 가서 다시 불러와요!"

마치 그들의 대화를 들은 듯 왕족쌍이 고함을 쳤다.

"너, 끝까지 이런 식으로 나올 거야?"

"그래! 목이 잘리면 네 목이 잘리지 내 목이 잘리냐!"

한참을 씩씩거리고 있던 왕족쌍이 들릴 듯 말 듯한 목소리로 말했다.

"딱 열을 세겠어. 그 안에 아버지와 엄마 모시러 안 가면 정말 뛰어내려 버릴 거야."

왕족발은 가슴이 뜨끔해졌다. 개차반 같은 성격에 맞게 협박을 그냥 협박으로 끝내는 법이 없는 아이가 바로 왕족쌍이었다. 어쩌면 정말 뛰어내릴지도 모른다는 생각이 들었지만 여기서 꺾일 수는 없었다. 자칫해서 왕족쌍이 동행을 하게 된다면 중원의 미인들을 차지하겠다는 그의 야망(?)은 물거품으로 변할 것이 자명했다.

저 험한 입과 더러운 성질을 갖고 따라다니며 사사건건 간섭을 할 텐데 어떻게 뜻을 이룰 수 있겠는가?

왕족발은 아랫배에 힘을 주고 단호하게 소리쳤다.

"왜 힘들게 열까지 세나! 하나 하고 그냥 뛰어내려!"

십오 장 아래까지 보일 정도로 몸을 부들부들 떤 왕족쌍이 숫자를 세기 시작했다.

"하나! 둘! 셋!"

숫자가 거듭될 때마다 왕족발의 심장이 한 치씩 아래로 내려앉는 것 같았다.

'저러다 정말로 뛰어내리는 거 아니야? 아니, 그럴 리가 없어. 아무리 성질머리가 지랄 같아도 목숨 아까운 줄은 알 테니까. 하지만 저것이 지금껏 한 번 뱉은 말을 어긴 적이 없잖아. 그래도 목숨이 걸린 일인데 설마……'

그의 생각이 충돌하는 사이 숫자는 벌써 여덟을 넘어가고 있었다.

"아홉!"

왕족발은 한 걸음 주춤 물러섰다. 정말 뛰어내릴 것이라는 예감이 뇌리를 스쳤다.

"가면 되잖……!"

그의 말과 '열'이라는 숫자가 겹치며 왕족쌍이 몸을 날렸다. 분홍색

치마가 그녀의 머리 위로 날리며 무릎까지 덮은 하얀 속옷이 모습을 드러냈다.

"안 돼!"

왕족발은 왕족쌍이 떨어질 지점을 향해 몸을 날렸다. 목에 천잠사를 감고 있기 때문에 부질없는 행동임을 알지만 본능이 시킨 일이었다.

왕족쌍의 몸뚱이는 전각의 지붕 부분을 지나 빠르게 아래로 떨어졌다. 햇빛에 반사 된 천잠사가 직선으로 변해갔다. 그런데 그 하얀 선에 갑자기 나타난 은색의 무언가가 겹쳐졌다.

픽!

벽에 박히는 소리가 들린 후에야 날아온 그것이 화살이라는 것을 알았다. 고개를 돌리자 삼십 장 저쪽에서 활을 들고 있는 왕청일이 보였다. 신궁이라는 소리를 들을 정도로 빼어난 활 솜씨였지만 왕족발에게는 감탄을 터뜨릴 시간이 없었다. 왕족쌍의 추락을 막아야 했기 때문이다. 하지만 그것 또한 그의 손으로 해결할 수 없었다.

어느새 나타난 어머니 성수란이 중간에서 왕족쌍을 낚아챈 것이다. 멋들어지게 공중제비를 돌고 내려선 성수란은 황급히 품 안의 왕족쌍을 살폈다.

"족쌍아! 족쌍아!"

중년이라고는 믿기 않을 정도로 젊어 보이는 성수란은 금방이라도 울음을 터뜨릴 듯 왕족쌍을 불렀다.

"그렇게 소리 지르지 않아도 들려, 엄마."

왕족쌍은 아무렇지도 않은 듯 성수란의 품에서 빠져나왔다. 왕족발은 연무장을 가로질러 뛰어오는 왕청일을 일별하고 다시 성수란 모녀를 보았다. 어느새 왕족쌍은 바닥에 쭈그리고 앉아 훌쩍거리고 있었다.

"나도 족발이 따라갈 거야! 나도 세상 구경하고 싶단 말이야! 날 안 보내면 정말 이 자리에서 혀를 깨물고 죽어버릴 거야!"

성수란은 그런 왕족쌍을 내려다보다가 한숨을 쉬었다.

"어휴~ 네 고집을 누가 말리겠느냐."

"어머니!"

왕족발은 황급히 성수란의 다음 말을 막으려 했다. 하지만…

"네 뜻대로 해줄 터이니 죽는다는 소리는 하지 말거라."

결국 그렇게 결정나 버렸다. 왕족쌍이 그의 동행으로 받아들여진 것이다. 뒤늦게 도착한 왕청일이 '계집애를 어떻게 강호에 내보낸다는 말이오?' 라고 반론을 제기했지만 성수란의 눈짓 한 번에 깨갱! 하고 물러섰다.

무림에 정사 구분이 생긴 후 처음으로 흑도와 백도가 힘을 합하는 중대한 일의 한 켠에 왕족발 남매의 발이 동시에 담긴 것이다.

'젠장할!'

*　　　*　　　*

뼈에 금이 간 앞다리가 디딜 때마다 시큰거렸다. 평소라면 몇 시진 정신을 집중해 치료를 하면 나을 부상이었지만 지금은 그럴 시간이 없었다. 불안한 마음으로 돌아본 호괴의 시선에 오십 장 저쪽에서 쫓아오고 있는 주적자가 보였다. 산 하나를 넘어 나무가 빽빽하게 들어찬 곳에 들어섰는데도 그의 추격을 따돌릴 수가 없었다.

눈 속을 파고들어 가 나무 사이를 헤치며 도망친 덕분에 벌어진 거리는 너무도 빠르게 좁혀지고 있었다. '그냥 다시 싸워볼까?' 하는 마음은 들 때만큼이나 빨리 달아나 버렸다. 겨우 주적자의 손아귀를 벗어나 딱 한 번의 격돌로 상대가 되지 않는다는 것을 절실히 느꼈다.

보검만큼이나 날카로운 호괴의 발톱이었지만 주적자의 피부 어디에도 상처 하나 낼 수 없었다. 거기에 그 빠름과 파괴력이라니! 만약 주적자가 검을 들고 무공을 펼쳤더라면 그 자리에서 빠져나오지도 못했을 것이다.

"제길! 천하의 호괴가 사람도, 괴도 아닌 것한테 쫓기고 있다니."

호괴는 투덜거리며 주적자를 떨치려 애썼다. 지금의 속도로는 도망칠 가능성이 없으니 천상 지형지물을 이용해야 했다. 몸을 숨기면 육안에 의존하는 즈적자가 찾기는 힘들 것이다. 하지만 주적자의 눈길을 따돌리기가 쉽지 않았다. 감쪽같이 숨어야 하는데 아름드리 나무 사이로 간간이 보이는 주적자는 그런 틈을 주지 않았다. 섣불리 숨었다가는 도망치지도 못하고 덫에 갇힌 꼴이 될 수도 있었다.

"크헝!"

피에 굶주린 주적자의 울부짖음을 들으며 호괴는 나뭇등걸을 박차고 눈 위에 내려섰다. 그때 갑자기 '철컥!' 소리와 함께 발목에 시큰한 통증이 느껴졌다. 호괴는 그대로 바닥에 나뒹굴었다. 차가운 눈의 감촉이 전신으로 파고들었다. 호괴는 아픔이 느껴지는 곳으로 시선을 돌렸다.

덫이 뒷발을 단단하게 조이고 있었다. 상처를 입진 않았다고 해도 치명적일 수밖에 없었다. 그녀가 주춤한 사이 주적자는 이미 이십 장 가까이 다가와 있었기 때문이다. 거리를 좁혀옴에 따라 주적자의 붉은 눈동자가 더욱 선명하게 보였다.

"젠장!"

호괴는 황급히 덫을 벌리고 발을 빼냈다. 그녀가 일어섰을 때 주적자와의 거리는 채 오 장도 남아 있지 않았다. 호괴는 황급히 땅을 박찼다. 하지만 이미 탄력을 받은 상태의 주적자를 따돌리기에는 역부족이었다. 그녀가 몇 발자국 떼기도 전에 주적자의 그림자가 호괴의 다리에 걸렸다.

그것은 도저히 어떻게 해볼 수 없는 절망의 그물이었다. 최후를 보고 싶지 않은 본능 때문에 호괴는 주적자에게서 시선을 뗐다. 하지만 몸 전체를 내리누르는 그림자까지 보지 않을 수는 없었다.

갑자기 지독한 노린내가 훅 풍겨왔다.

가장 먼저 느낀 것은 참을 수 없는 두통이었다. 주적자는 누군가 망치로 자신의 머리를 두드리고 있다는 것을 의심치 않으며 눈을 떴다. 잠을 깼을 때나 정신을 잃은 후 눈을 떴을 때 느껴지는 시야의 흐릿함은 없었다. 눈을 뜨자마자 너무도 선명하게 침엽수의 뾰족한 이파리와 그 너머에 펼쳐진 파란 하늘이 보였다.

주적자는 팔을 들어 아픈 머리를 감쌌다. 뺨에 까칠한 무언가가 느껴졌다. 손에 잡혀 있던 것이 얼굴에 떨어진 것이다. 그는 몸을 일으키며 뺨을 쓰다듬었다. 손가락 사이에 낀 그것은 짐승의 털이었다. 왜 이런 것이 손에 쥐어져 있는지 알 수 없을 뿐더러 자신이 처한 상황 또한 모호하기만 했다.

지난 시간을 오래 더듬을 필요도 없이 그의 기억은 붕의 등에서 떨어져 바닥에 부딪치는 순간 끊어졌다. 그것은 분명한 죽음을 의미했고 생의 마지막에 대한 의심은 있을 수 없었다. 그런데 그는 살아 있었다.

지끈거리는 두통과 전신에 전해지는 차가운 느낌은 살아 있는 자만이 느낄 수 있는 것이었다.

주적자는 몸을 완전히 일으키고서야 비로소 자신이 나체라는 것을 깨달았다. 몸 여기저기를 둘러보던 그는 점점이 묻어 있는 피를 발견했다. 가슴과 배, 허벅지에 적지 않은 양의 피가 응고되어 흑갈색의 덩어리로 달라붙어 있었다.

'대체 내게 무슨 일이 일어났던 거지?'

그는 의아함을 느끼며 주위를 둘러보았다. 거대한 나무들이 쭉쭉 뻗어 있는 비탈진 산에는 아무도 없었다. 움직이는 것은 불어오는 바람에 몸을 맡긴 뾰족한 나뭇잎뿐이었다. 이 거대한 산에 덩그러니 남아 있다는 사실이 여간 당혹스럽지 않았다. 그것도 나체로.

'어떻게 할까?' 하는 망설임은 오래 이어지지 않았다. 산중에서 오두막을 짓고 살 게 아니라면 빨리 내려가는 것이 좋았다. 그는 그리 급하지 않는 경사를 밟으며 아래쪽으로 향했다. 무릎까지 쌓인 눈이 걸음을 불편하게 했지만 경신술을 쓰고 싶지는 않았다. 천천히 내려가며 갑작스런 상황을 정리할 필요가 있었다.

흰색의 작은 구릉을 막 넘어가던 그의 발길은 점점이 떨어진 핏자국 때문에 멈췄다. 구릉 정상의 바로 아래에서 오 장 정도 떨어진 곳까지 이어진 핏자국의 끝에 푹 꺼진 구덩이가 보였다. 그 안에 피를 쏟아낸 주인공이 있는 것 같았다.

주적자는 자신의 몸에 묻어 있는 핏자국을 본 후 다시 걸음을 옮겼다. 어쩌면 그가 만들어놓은 흔적인지도 몰랐다. 이 장 가까이 다가가자 구덩이 안의 물체가 보이기 시작했다. 가로로 갈색의 줄이 그어지고 나머지는 노란색에 가까운 그것은 전체를 확인하지 않아도 호랑이라는 것을 알 수 있었다.

걸음을 빨리해 완전히 구덩이 앞에까지 다다른 주적자의 얼굴이 딱딱하게 굳었다. 몇 번 보지는 않았지만 너무도 익숙한 모습으로 호랑이는 죽어 있었다. 가죽과 뼈가 딱 달라붙어 죽은 지 족히 세 달은 된 것 같은 모습. 하지만 주적자는 호랑이가 죽은 지 결코 오래되지 않았다는 사실을 알고 있었다. 목 뒤쪽에 난 선명한 이빨 자국 같은 것은 확인해 볼 필요도 없었다.

"설마… 그럴 리가 없어."

주적자는 자신의 몸에 묻은 피와 호랑이 시체를 번갈아 쳐다보았다. 그러다 우연히 자신의 손에 시선이 닿았다. 채 떨어지지 않고 손바닥에 달라붙은 털 몇 오라기가 눈에 띄었다. 주적자는 손바닥을 눈앞에 놓았다.

오래 본다고 달라질 것은 없지만 주적자는 보고 또 보며 확인을 했다. 그의 손에 붙어 있는 털이 호랑이의 것이 아니라는 증거는 어디에서도 찾아낼 수가 없었다. 그것은 분명 호랑이의 털이었고 십중팔구 눈앞에 놓인 저 녀석이 주인일 것이다.

주적자는 주춤 뒤로 물러서더니 자리에 털썩 주저앉았다. 주체할 수 없는 감정의 파도가 밀려들었다. 가슴이 빽빽하고 금방이라도 머리가 터질 것처럼 관자놀이가 쿵쾅거렸다. 어떤 말로도 지금의 기분을 형용할 수 없었다. 인간에서 흡혈귀로의 전환이 무엇을 의미하는 것일까? 느끼는 감정이나 고통 모두 똑같은데 어떤 의미가 있을까?

그의 머리 속으로 수많은 생각들이 명멸해 갔지만 어떤 것도 확연하게 잡히지 않았다. 너무 많은 생각이 떠올라 오히려 아무 생각도 나지 않는 듯했다.

"이제 좀 제정신이 든 것 같군."

갑자기 들린 목소리에 주적자는 뒤를 돌아보았다. 인간의 모습을 한 호괴가 다가오고 있었다. 그녀도 주적자처럼 실오라기 하나 걸치지 않은 상태였다. 하지만 그들 누구도 거기에 신경 쓰지 않았다.

주적자는 일어날 생각도 하지 않고 물었다.

"어떻게 된 거지?"

호괴는 주적자의 옆에 털썩 주저앉았다. 그녀의 엉덩이에 깔린 눈이 뽀드득거리는 비명을 질렀다.

"네가 본 대로, 또 생각한 대로야."

주적자는 호랑이의 시체로 시선을 돌렸다. 빼빼 마른 모습은 어색하기 그지없었다. 파리라도 몇 마리 날아다니면 그나마 자연스러울 텐데……

"정말… 내가 정말… 저 호랑이를 죽였나?"

호괴의 대답은 잠시의 사이를 두고 나왔다.

"…피를 빨아서."

너무도 담담한 말은 그래서 더 현실적으로 느껴졌다. 주적자의 시선은 호랑이 시체에 고정되어 있었고, 호괴의 시선은 주적자의 옆얼굴에 머물렀다. 둘 다 그 상태로 어떤 말도 뱉지 않은 채 우두커니 앉아 있을 뿐이었다. 한참 동안 바람의 고요 속에 몸을 묻고 있던 주적자의 고개가 무릎 사이로 떨어졌다.

"난 이제 인간이 아니라 흡혈귀군."

*　　　　　*　　　　　*

화산삼검의 얼굴이 딱딱하게 굳었다.

"흑도와 연합을 한다고?"

가장 성질이 급한 지협검 곽보숭이 큰 소리로 물었다. 기선진(奇善眞)은 목소리의 여운이 방에서 사라질 때까지 기다렸다가 입을 열었다.

"연합이나 전면전. 둘 중 하나를 선택해야 하는데 현 상태로 싸움을 할 수는 없으니까요."

쾅!

곽보숭은 탁자를 내려치며 일어섰다. 탁자 위에 있는 화병이 흔들흔들하더니 아래로 떨어졌다. 해혜검 남경후는 화병을 받아 탁자에 올려 놓으며 말했다.

"지 사형, 기 군사 말을 조금 더 들어보시지요."

"들어볼 것도 없다! 어찌 흑도의 무리들과 손을 잡을 수가 있단 말이냐!"

이제껏 잠자고 있던 천의검 궁철형이 입을 열었다.

"일단 진정하고 앉아라. 전후사정을 들은 후에 뛰쳐나가도 늦지 않으니."

기분 나쁜 표정으로 몸까지 돌렸던 곽보숭은 대사형의 말에 하는 수 없이 자리에 털썩 주저앉았다. 궁철형은 은은한 향이 풍겨 나오는 차를 한 모금 마신 후 기선진을 물끄러미 보았다. 눈 아래 드리워진 하얀 면사 안이 새삼 궁금해졌다. 사람들 말에 의하면 '기선진이 면사를 벗으면 그 미모로 인하여 수많은 청년들 사이에 그녀를 차지하기 위한 혈투가 벌어질 것이다' 라고 하는데, 넓은 이마와 여자답지 않게 짙은 눈썹, 시원한 눈매가 면사 안의 미모를 짐작케 해주었다.

거기에 만사해지(萬事解之)라는 그녀의 별호가 말해 주듯이 머리 또한 비할 데 없이 총명하니 어느 누가 마다하겠는가? 스물둘 어린 나이에 구파연합인 정천맹(正天盟)의 군사가 된 것만 봐도 기선진의 지모를 미루어 짐작할 수 있었다. 아미파 장문인의 속가제자라는 지위가 오히려 초라해 보이기까지 했다.

"이번 일은 정천맹의 장로 회의에서 결정된 것입니다."

궁철형은 고개를 끄덕였다. 구파의 장문인과 장로들로 이루어진 장로회에서 결정이 났다면 이의를 제기할 수도 제기할 마음도 없었다.

"그랬겠지, 독단으로 결정할 일이 아니니까."

"화산삼검 어르신들이 참석하지 않은 자리에서 결정을 내려 송구스럽습니다."

궁철형의 고개가 이번에는 좌우로 돌아갔다.

"아니네. 늦게 도착한 우리의 잘못이 크지."

여전히 불만 어린 얼굴로 앉아 있던 곽보승이 소리쳤다.

"그게 어찌 우리 잘못입니까? 장로 회의가 있다는 것을 늦게 알린 녀석 탓이죠!"

궁철형은 씩씩거리는 황보숭의 허벅지를 토닥거려 진정시킨 후 다시 기선진에게 말했다.

"그래, 이번 장로 회의에서 결정된 일을 간단하게 설명해 주겠나?"

"네, 그러죠. 어르신들께서도 요즘 중원에서 일어나고 있는 일련의 사건들을 잘 아시고 계시리라 믿습니다."

남경후가 기선진의 말을 받았다.

"황금섬 때문에 구파에 연락한 사람이 우리이니 모를 리가 없지."

"물론 가장 중요한 안건은 그 황금섬입니다. 그 때문에 흑도와의 연합도 이루어진 거지요. 재물에 눈이 먼 흑도 무리들과 황금섬에서 마주치는 날이면 큰 싸움이 일어날 것이 자명하니 미리 손을 잡자는 의견이 나왔고, 그것은 저쪽도 마찬가지여서 서로의 이해가 맞아떨어진 셈입니다. 하지만 그것 말고도 요즘 중원 곳곳에서 이상한 기류들이 보입니다."

그녀는 차를 한 모금 마신 후 다시 입을 열었다.

"가장 먼저 손꼽을 수 있는 것이 바로 양민들의 학살 사건입니다. 피가 모두 없어져서 죽은 시체들을 직접 보신 걸로 압니다만……."

"그거야 봤지. 용의자도 몇 명 짚어서 지금도 쫓고 있는 사건이 아닌가?"

곽보숭의 성급한 대답에 기선진은 약간의 시간을 두고 말했다.

"지협검 어르신은 정말 그것이 혹도 인물의 소행이라고 보십니까?"

곽보숭은 어리둥절한 표정을 지었다.

"그럼 그게 정말 흡혈귀 따위의 소행이라도 된단 말인가?"

기선진의 아미에 가는 줄이 그어졌다. 그녀가 대답을 망설이고 있자 남경후가 끼어들었다.

"지 사형, 그 문제는 좀 더 생각해 봐야 할 것 같습니다."

"뭘 말이냐?"

"우리가 상대를 잘못 지목했을 수도 있다는 겁니다."

"인석아! 비비 꼬지 말고 속 시원하게 말을 해봐!"

남경후는 확실치 않은 사실을 말할 때 언제나 그랬듯 수염을 만지작거렸다.

"우리가 처음 피살당한 양민들을 발견했을 때 같이 있던 소 의원의 말을 기억하십니까?"

곽보숭은 그때의 일을 상기하는 듯 눈동자를 위로 올린 채 잠시 있더니 대답했다.

"사람의 소행이 아니라고 했던 것 같은데… 하지만 사람의 짓이 아니라는 게 말이 되느냐? 설마 정말 흡혈귀 따위 얘기를 하려는 것은 아니겠지?"

대답은 남경후가 아닌 기선진에게서 나왔다.

"흡혈귀일지도 모릅니다."

화산삼검의 시선이 동시에 그녀에게 꽂혔다.

"요즘 중원의 여러 곳에서 요괴가 출몰하고 있다는 소문을 아직 못 들으신 모양이군요."

"요, 요괴? 무슨 요괴 말인가?"

"남창(南昌)에서는 세간에 가장 많이 알려진 호괴가 출몰했다고 하고 사주(思州)에서는 살쾡이의 괴인 이괴(狸怪)의 출현이 전해지는가 하면 악어의 괴인 저파룡(猪婆龍)을 양자강(揚子江) 근교에서 목격했다는 사람도 여럿 있습니다. 정체를 알 수 없는 귀와 괴에게 피해를 입었다는 사람들도 적지 않고요. 이런 실정이니 흡혈귀의 존재도 한 번쯤은 의심해 볼 필요가 있지 않겠습니까?"

"자네는 그 소문을 모두 믿는 것인가?"

궁철형의 질문에 기선진의 대답은 의외로 빨리 나왔다.

"네. 단지 한두 곳뿐이라면 의심을 하겠지만 이렇게 동시다발적으로 일어나는 소문이라면 거짓일 가능성이 희박하죠."

그녀의 말은 잠시 동안의 침묵으로 이어졌고 그것은 의자를 앞으로 당겨 앉은 남경후에 의해 깨어졌다.

"그럼 이번에 결성한 백도와 흑도의 연합은 황금섬만을 염두에 둔 것이 아니겠군."

"그렇습니다. 어쩌면 우리는 무림 역사상 유례없는 괴와의 전쟁을 해야 할지도 모릅니다."

궁철형이 긴 한숨을 쉬었다.

"내 평생 이런 일이 일어나리라고는 상상조차 하지 못했군. 이제껏 협을 지키기 위해 흑도 인물들과 싸웠는데 이제는 괴와 싸우기 위해 그들과 손을 잡아야 하다니."

그는 말끝으로 허허! 하는 헛웃음을 토해냈다.

"사형, 정말 흑도의 무리들과 손을 잡으실 생각입니까?"

곽보숭이 고리눈을 더욱 크게 뜨며 물었다.

"괴에 대한 소문이 사실이라면… 그래야겠지. 아무리 악독한 인간이라고 해도 요괴만 하겠는가?"

궁철형의 말에 곽보숭도 수긍을 하는지 반론을 펴지 않았다. 어쩌면 궁철형의 생각이 이 땅에 사는 사람들의 한결같은 생각일 것이다. 신을 제외한 어떤 것도 머리 위에 두지 않으려는 인간들의 생각, 아니, 어쩌면 신까지도…….

제27장

그날 이후…

제27장 그날 이후…

주적자의 걸음은 그야말로 터벅터벅이었다. 훔쳐 입은 옷이 조금 작다곤 하지만 빨리 움직이지 못할 정도는 아닌데도 전혀 서두르는 기색이 없었다. 구불구불 이어진 산길은 어느새 오르막에서 내리막으로 바뀌어 있었다. 견설을 얹은 앙상한 나무와 흰머리 바위가 주적자와 호괴의 곁을 습관적으로 스쳤다.

호괴는 자꾸 흘러내리는 누런색의 초라한 치마를 고쳐 입으며 말했다.

"주 공자님, 지금 어디를 가시는 길이세요?"

"……."

"제게 가시는 곳을 말씀해 주시면 아니 되겠습니까?"

이미 한 시진 전부터 이렇게 말을 시켜봤지만 콧방귀 뀌는 소리조차 듣지 못한 호괴였다. 이미 열은 머리끝까지 받아 있었으나 구백 년을 쌓은 수양이 녹록한 것이 아닌 까닭에 호괴는 화를 누르고 다시 물었다.

"주 공자님, 어디를 가시는지 말씀을 해주셔야 마을에 도착해서 이것저것 준비를 할 것 아니겠습니까?"

뭐 특별한 것이 있다고 이 질문에 주적자의 대답이 나오겠는가? 여전히 묵묵부답인 주적자는 드디어 그녀의 화를 터뜨려 놓았다.

"야! 이 똥물에 튀겨 죽일 인간아! 물어보면 대답을 해야 할 것 아니야! 네가 뭐 그리 잘났다고 천하의 호괴 말을 먹는 거야!"

쩌렁한 말의 여운이 사라지기도 전에 다른 소리가 끼어들었다.

"그 아가씨 목청도 좋구면."

분명 주적자의 것은 아니었다. 호괴는 사나운 눈길로 전면을 보았다. 그들의 삼 장여쯤 앞에 언제 나타났는지 여섯 명의 산적들이 특유의 옷차림에 무식하게 생긴 만큼 투박한 대감도를 들고 서 있었다.

"오랜만에 나타난 손님이 꾀죄죄한 차림의 일남일녀라… 별로 좋지는 않군."

가운데 곰보 산적의 말에 옆에 있는 자그마한 사내가 말을 받았다.

"그래도 계집의 미색이 반반하니 그나마 다행 아니겠습니까, 두목님?"

두목이라 불리운 곰보 산적은 흡족한 표정으로 고개를 끄덕였다.

"하긴 그렇군. 하도 오랫동안 돈 구경을 못해서 여자를 봐도 그 생각이 안 드니, 차암—"

두목의 말에 곁에 있던 사내들은 떡고물이라도 안 떨어지나 하는 표정으로 열렬한 구애의 표정을 짓고 있었다. 그러는 사이 주적자는 이미 산적들의 코앞까지 다다라 있었다.

"이놈아! 거기 서서 부랄 밑에 있는 동전까지 모두 토해놓아라!"

자그만 사내가 호통을 쳤지만 주적자의 걸음은 멈추지 않았다. 틈도 없는 것 같았는데 산적들 사이를 묘하게 빠져나간 주적자는 뒤도 돌아보지 않고 휘적휘적 걸음을 옮길 뿐이었다.

"아니! 저 망할 놈의 자식이!"

천성적으로 나서기 좋아하는 듯한 자그마한 사내는 자기 키만큼이나 큰 대감도를 휘두르며 주적자를 쫓으려 했다. 하지만 채 한 걸음도 떼기 전에 호괴의 손이 그의 뒷덜미를 낚아챘다.

"너희들, 잘 걸렸다."

호괴는 사내를 휘둘러 두목을 때려눕힌 후 나머지 네 명의 산적들에게 화풀이를 하기 시작했다.

퍽! 쿵!

"아이고!"

쫘직!

"나 죽네!"

비명과 타격음은 근 일각이나 계속되었다. 잔뜩 화가 난 호괴에게 걸린 것이 산적들의 불행이었다. 죽지 않을 만큼 산적들을 후려 팬 호괴는 손을 툭툭 털고 주적자의 뒤를 따랐다. 예상대로 주적자는 터벅거리는 걸음으로 산을 내려가고 있었다. 뒷모습을 보면 세상의 절망을 모두 짊어지고 '어디 마땅히 목매달 장소 없나?' 하고 찾아다니는 사람 같았다.

장소현(長絽縣)이란 이름의 고을에 도착한 것은 해가 뉘엿뉘엿 질 때쯤이었다. 주적자와 호괴는 분주하게 집으로 돌아가는 사람들 사이에 놓여 있었다. 행인들과 어깨를 부딪치며 걷던 주적자의 걸음이 음식점 앞에서 멈췄다. 먹음직스럽게 쌓인 만두를 보던 주적자의 입가에 의미를 알 수 없는 웃음이 그려졌다.

"왜요? 드시고 싶으세요?"

주적자는 호괴를 일별한 후 다시 자신의 모습을 보았다.

"그런데 돈이 없군."

호괴는 피식 웃음을 지었다.

"흡혈귀는 저따위 음식은 먹지 않는 것으로 아는데요."

주적자는 만두에서 시선을 떼지 않고 말했다.

"아직 완전한 흡혈귀가 된 것은 아닌가 보지."

그는 한참 동안이나 만두를 물끄러미 보고 있었다. 어찌 보면 시선은 만두를 응시하고 있으면서 머리 속에는 다른 그림이 그려져 있는 것 같기도 했다.

"드시고 싶으면 말씀하세요. 살 수야 없지만 구해드릴 수는 있으니까요."

주적자는 긴 숨을 내뱉고 발길을 돌렸다. 불과 두 발자국을 내디딘 사이 그의 얼굴은 다시 어둠에 묻혀 버렸다. 무슨 생각을 하는 건지 종잡을 수가 없었다. 길을 감에 따라 상점과 주택이 교차하던 곳에서 본격적인 상가 거리로 들어섰다.

호객하는 소리나 물건 값을 흥정하다가 급기야 싸움하는 모습은 여느 고을과 다를 바가 없었다. 호롱 안의 불이 밝게 느껴지는 것은 그만큼 짙은 어둠이 내려앉았음을 뜻했다. 그들은 발끝이 땅에 질질 끌릴 정도로 느리게 그 거리를 걸어갔다. 호괴는 마치 주적자와 그녀가 집을 잃고 방황하는 거리의 부랑아처럼 생각되었다.

"대체 어디를 가고 계신 거예요?"

호괴는 줄기차게 물으면서도 대답을 듣지 못한 질문을 다시 던졌다.

"글쎄, 난 어디를 가고 있는 것일까?"

주적자는 삶의 끝에 선 늙은이의 그것 같은 눈빛을 하고 하늘을 보았다. 그의 모습 어디에도 이제껏 보아왔던 주적자의 강함은 보이지 않았다. 그의 등에 걸려 있는 날카롭기 그지없는 검조차 녹이 슬어 보일 정도였다.

인간에서 다른 것으로의 변환이 정확히 어떤 의미인지 호괴는 알 수 없었다. 좋고 나쁨조차 판단할 수 없었다. 죽음을 두려워하는 인간의 본성을 보면 굳이 나쁠 것 같지도 않았다. 그런 생각을 하자 주적자의 저런 모습을 도저히 이해할 수가 없었다.

호랑이의 피를 뺀 후 지금까지의 상태를 보면 흡혈을 해야만 살아갈 수 있는 것도 아니었다. 그렇다고 햇빛이 죽음을 선고하는 것도 아니었고. 하나하나 따지고 보면 주적자는 그만큼 강해지고 영생을 얻는 행운을 얻었다고 볼 수 있었다. 그런데 무엇이 저 사람을 저 같은 절망의 나락으로 밀어버린 것일까?

호괴는 나직한 한숨을 쉬고 고개를 저었다. 처음 인간의 존재를 느꼈던 팔백 년 전이나 지금이나 인간이란 종은 알 수 없는 동물이었다.

따앙! 따앙!

어디선가 들려온 날카로운 소리에 주적자의 걸음이 멎었다. 호괴는 주적자가 보는 곳으로 시선을 돌렸다. 길 건너 오 장 정도 떨어진 곳에 특품(特品)이란 다소 상투적인 이름을 가진 대장간이 눈에 들어왔다. 별로 특별할 것도 눈길을 끌 만한 것도 없는데 주적자는 한참 동안이나 그곳을 응시했다.

"왜……?"

그녀의 입이 떨어지자마자 주적자는 걸음을 옮겼다. 대장간을 향한 것은 아니었지만 어쨌든 그곳과 가까워지고 있었다. 묵묵히 걸음을 옮기던 주적자의 눈길이 대장간을 스쳐 갔다. 그리고 또 우뚝 멈춰 섰다. 호괴는 주적자의 이런 행동에 점점 짜증이 나기 시작했다. 주적자는 그녀의 기분을 아는지 모르는지 한참 동안 대장간을 보고 있더니 이내 길을 건넜다.

길을 중간쯤 건넜을 때 한 무리의 무사들이 우르르 대장간을 나왔다.

"빨리 만들어! 내일까지 이십 자루 완성해 놔야 해! 가지러 올 테니까. 알았어?"

청색 무복을 입은 삼십 대 사내의 말에 대장간 안에서 '네, 네, 걱정 마십시오' 라는 소리가 들려왔다. 주적자 곁을 스치던 청색 무복 사내의 세모꼴 눈이 호괴에게 닿았다. 멈칫 걸음을 멈추려던 그는 '시간이 없는 것이 아쉽군' 이란 중얼거림을 뱉은 후 멀어져 갔다. 사내의 중얼거림이 무슨 뜻인지 모를 만큼 경험이 없는 호괴가 아니었다.

'기분도 그런데 저걸 쫓아가서 확 뒤집어 버려?'

호괴는 때마침 나타난 화풀이 대상을 보며 고민하다 이내 고개를 저었다. 기분 나쁜 인간을 모두 패주려면 구타만으로 백 년을 보내도 모자랄 것이다.

그녀는 다시 한곳을 물끄러미 보고 있는 주적자에게 시선을 돌렸다. 대장간 벽에 붙은 '인부(人夫) 구함' 이란 종이가 주적자의 눈길을 잡고 있었다.

"왜요? 여기서 일하게요?"

호괴의 질문은 금세 다른 목소리에 묻혔다.

"젊은이, 일자리를 찾나?"

환갑 정도 되어 보이는 노인이 대장간에서 나오며 물었다. 검게 그을린 얼굴과 가로세로로 그어진 주름의 투박함이 노인의 지난 삶을 말해 주고 있었다. 노인은 대답없는 주적자를 살피다 등에 메어진 검을 힐끔 보고 다시 입을 열었다.

"낭인인가?"

주적자의 메마른 입술이 열렸다.

"아닙니다."

노인은 초라한 차림의 주적자를 훑어본 후 말했다.

"대장간에서 일해본 경험은 있나?"

"담금질밖에 해보지 않았습니다."

노인은 이해할 수 없다는 표정을 지었다.

"담금질은 최고의 기술자가 되어야 할 수 있는 일인데 담금질 외에는 안 해봤다고?"

"네."

언제나 그렇듯 주적자의 대답은 묘한 믿음을 갖게 만들었다. 노인은 고개를 끄덕인 후 대장간으로 들어가며 주적자를 향해 손짓했다.

"들어와 보게. 제대로 할 수 있었으면 좋겠군. 기술자가 필요하던 참이라서 말이야."

일자리를 원한다고 하지도 않았는데 노인은 주적자를 대장간 안으로 안내했다. 주적자 또한 그런 노인의 뒤를 군말없이 따랐다.

"저 인간 대체 무슨 생각을 하고 있는 거야?"

호괴는 구시렁거리면서 대장간으로 들어갔다. 한여름 폭염 같은 열기가 확 밀려왔다. 대장간 안에는 웃통을 벗어젖힌 여섯 명의 사내가 일에 열중해 있었다. 화로 앞에서 풀무질을 하는 사람, 쇳덩이를 녹이는 사람, 철을 두드리는 사람, 담금질된 검이나 칼을 다듬는 사람 등등.

그들의 모습은 더할 나위 없이 힘차고 역동적이었다. 사람들은 주로 삼십 평 정도의 널따란 대장간 바깥쪽을 쓰고 있었는데, 한군데서 일이 끝나면 바로 다음으로 건네주는 식으로 일을 진행했다. 호괴가 들어서 주위를 둘러보는 사이 사내들의 시선이 하나둘 그녀에게 꽂혔다.

마치 이곳에 절대 있어서는 안 되는 존재를 보는 듯한 얼굴이었다.

"부인인가 보군."

노인의 물음에 호괴가 잽싸게 대답했다.

"네."

"뭐, 이렇게 먹고 살기 힘든 때에는 고향을 버리고 객지를 떠도는 사람들이 적지 않지. 아무튼 예쁜 아내를 둬서 좋겠군. 허허허."

노인은 실없는 농담을 하고 화로 옆에 빈자리를 가리켰다.

"앉게."

주적자는 나무로 된 낮은 의자에 앉았다. 그의 키가 커서인지 쭈그리고 앉는 정도의 높이밖에 되지 않았다. 노인이 묵직하게 보이는 시커먼 망치를 주적자에게 건넸다.

"이 정도 무게면 될지 모르겠군."

망치 무게를 가늠한 주적자는 고개를 끄덕였다. 잠시 후 그의 앞에 있는 통철에 벌겋게 달구어진 긴 쇠막대가 놓여졌다.

"검을 만들 거네."

주적자는 붉은 열을 얼굴에 반사시키며 물었다.

"접철입니까, 통철입니까?"

노인의 얼굴에 놀라워하는 빛이 떠올랐다.

"오호! 왜국검 형식의 접철도 아는 모양이군. 걱정 말게. 그보다는 쉬운 통철이니. 사실 중원에서 나는 철로는 접철 형식의 검을 만들기가 쉽지 않지."

주적자는 곁에서 담금질을 하고 있는 사내를 힐끔 보더니 이내 망치를 내려쳤다.

쩌겅! 소리와 함께 붉게 물든 쇳가루가 사방으로 튀었다. 주적자가 든 망치는 일정한 속도로 오르내림을 유지했다. 그 간격이 너무도 정확해서 마치 자동 인형을 보는 듯했다.

주적자는 이각여 만에 망치를 놓고 노인을 보았다. '이 정도면 되겠습니까?' 라고 묻는 듯했다. 노인은 흡족한 표정으로 고개를 끄덕였다.

"투박하긴 해도 그만하면 됐네. 이처럼 바쁜 때에 자네같이 담금질을 빨리 할 수 있는 사람이 온 것은 대단히 기쁜 일이지."

노인은 하루 일이 힘들었다는 듯 허리를 두드리며 말을 이었다.

"우리는 본래 농기구만 만드는데, 이곳 장소현의 천리표국(萬里鏢局)과 오십 리 정도 떨어진 천성현(天星縣)의 방림표국(芳林鏢局) 간에 싸움이 일어났어. 예전부터 아웅다웅하는 사이였는데 원래 방림표국으로 갈 물건을 천리표국이 가로챈 모양이야. 어찌어찌해서 잘 마무리되는가 싶더니만 결국 큰 싸움이 일어날 것 같아, 새 검과 도를 백 자루나 주문한 것을 보면. 하긴 뭐 우리야 돈을 벌어 좋긴 하지만 사람이 죽어 나갈 것을 생각하면… 쯧쯧쯧."

노인은 말끝으로 혀를 찬 후 '새 식구도 왔으니 오늘은 이만 끝내자구' 하며 손을 휘휘 털었다. 그 말을 기다렸다는 듯 저마다 하던 일을 마무리 짓고 연장을 챙기기 시작했다. 겨울밤의 작업은 누구에게나 달가운 일이 아니었다.

"품삯은 보름에 은자 한 냥으로 하지. 워낙 일이 급하기도 하고 내가 사람을 오래 쓸 형편도 아니니 많이 주는 거네. 자네도 알겠지만."

주적자는 그저 고개를 끄덕이는 것으로 노인의 의견에 따랐다.

"그래, 묵을 곳은 있나?"

"아직."

"그렇겠지. 보아하니 길을 떠나온 것 같으니."

노인은 안쓰럽다는 듯 말하고 볼에 커다란 점이 있는 중년 사내를 불렀다.

"이보게, 정 서방!"

망치와 집게 등을 챙겨놓고 윗도리를 걸치던 사내가 돌아보았다.

"네, 어르신."

"자네 집에 빈방이 있지? 당분간 이 부부를 자네 집에 묵게 해줘."

"그거야 어렵지 않지만, 집이 워낙 누추해서⋯⋯."

"바람 안 들어오고 방바닥 따스우면 되지 그게 무슨 상관이야?"

사내는 허리를 굽실거리며 대답했다.

"네, 어르신. 그렇게 하도록 하겠습니다."

"자네들은 이 사람을 따라가게. 먼 길 오느라 힘들었을 테니 인사는 내일 천천히 하도록 하고."

주적자와 호괴는 정 서방을 따라 대장간을 나섰다. 자신의 이름을 정진모(鄭振貌)라고 소개는 그는 아내와 딸 하나가 있다는 가족 소개를 끝으로 입을 다물었다. 한눈에 봐도 어지간히 숫기가 없는 사내였다.

상가 거리 중간쯤에 나 있는 좁은 골목길을 이리저리 돌자 차츰 집들이 허름해지기 시작했다. 그들은 어둡고 지저분한 골목을 일각 정도 거친 후에야 진갈색으로 변한 판잣집 앞에 당도했다. 정진모의 말대로 집은 누추 그 자체였다. 바람에 날아갈까 봐 돌이 여기저기 얹혀진 지붕은 수리한 흔적이 이곳저곳 보였고 흙으로 쌓은 벽 또한 떨어져 나간 곳투성이였다.

아직까지 무너지지 않은 것이 신기할 정도로 낡은 집 마당에는 그래도 용케 우물이 있었다. 다섯 평이 채 되지 않는 좁은 마당이었지만 우물 덕분에 제법 넉넉한 느낌을 풍겼다.

"나 왔어!"

정진모가 큰 소리를 치자 기다렸다는 듯 대문이 열리며 중년 여인이 나왔다. 아무 곳에서나 흔하게 볼 수 있는 동네 아낙 모습을 한 여인은 급하게 나오다 주적자와 호괴를 보고 흠칫 멈췄다.

"오늘 대장간에 새로 온 일꾼인데 당분간 우리와 같이 살게 됐어. 건넛방 깨끗하지?"

정진모의 말에 비로소 아낙의 얼굴에 있던 경계심이 지워졌다.

"네. 삼 일에 한 번은 치우는데 오늘 마침 청소해 놨어요."

"그럼 빨리 밥 먹을 차비 해. 우린 좀 씻을 테니까."

정진모는 우물을 가리키며 주적자에게 말했다.

"자네부터 씻게나."

주적자는 사양하지 않고 우물가로 가서 윗도리를 벗었다. 얼굴과 팔에 물을 끼얹고 씻는 사이 추위는 피부에 얇은 얼음을 덮어놓았다. 호괴는 썩어서 부스러지기 시작하는 대문 기둥에 몸을 기대고 주적자를 물끄러미 쳐다보았다. 저 사내의 머리 속엔 지금 무슨 생각이 들어 있는지 궁금해서 죽을 지경이었다.

"어쩌다 내가 저 인간하고 인연을 맺어서 이 고생을 하는지, 원."

호괴의 중얼거림을 들었는지 수건으로 몸을 닦던 주적자가 눈길을 돌렸다. 그녀는 어색한 웃음을 짓고 주적자에게로 다가가 수건을 낚아챘다.

"서방님, 제가 닦아드릴게요."

호괴는 물기도 없는 주적자의 등을 닦으며 물었다.

"언제까지 여기 계실 거예요?"

주적자는 그녀의 손길을 피해 옷을 입었다.

"떠나고 싶으면 떠나."

"아이, 그렇게 냉정하게 말씀하지 마시고 대답해 주세요. 네?"

주적자는 파랗게 반짝이는 이른 별을 올려다보았다. 날카로운 콧날과 입술 선이 낡은 지붕과 겹쳐지며 묘한 스산함을 느끼게 했다.

"난 살아갈 수 있을까?"

독백처럼 내뱉는 그의 말속에 너무도 어두운 그림자가 드리워져 있었다. 호괴는 감히 더 이상 말을 시키지 못하고 그런 주적자를 물끄러미 쳐다볼 뿐이었다.

"식사하세요."

아낙의 소리에 주적자는 기다렸다는 듯 방으로 향했다. 긴 한숨을 내뿜은 호괴는 하는 수 없다는 몸짓을 해 보이고 주적자의 뒤를 따랐다. 방 안은 밖에서 보기와는 달리 제법 넓고 훈훈했다. 한 켠에 이불을 쌓아놓고 볼품없는 장롱과 밥상이 있는데도 다섯이 앉기에 충분했다.

"앉게나."

정진모는 딸인 듯한 열 살 남짓의 여자 아이 곁으로 주적자와 호괴를 안내했다. 유난히 크고 반짝이는 아이의 눈이 한 번도 떨어지지 않고 주적자와 호괴를 쫓아다녔다. 호괴는 아이에게 싱긋 웃음을 지으며 말했다.

"이름이 뭐니?"

아이의 눈이 정진모에게로 옮겨졌다.

"어른이 물으면 대답을 해야지."

정진모도 대부분의 부모들처럼 그렇게 말했다.

"정예랑(鄭禮瑯)입니다."

어린아이답지 않게 공손한 말투였다.

"어머! 얼굴만큼이나 이름도 예쁘구나."

아이는 쑥스러운지 고개를 떨궜지만 기분 좋은 웃음만은 감추지 못했다.

"찬은 없지만 많이 들거나."

정진모의 말대로 반찬은 보잘것없었다. 생선이나 채소 모두 제철에 나는 것은 비싸서 없고 말릴 수 있는 종류로만 만들어져 있었다. 어쩔 수 없이 먹고 있는 호괴로서는 맛이야 어찌 되었든 상관없는 일이었다. 어차피 몸 안에서 태워 버릴 테니까.

"아버지."

깨작깨작 밥을 먹던 정예랑이 정진모를 불렀다.

"왜?"

"나 정말 구 대인(具大人)에게 팔려 가는 거예요?"

정진모의 눈썹이 역팔자로 곤두섰다.

"누가 그런 소릴 하더냐?"

"동네 아주머니들이 다 그러던걸요? 아버지가 돈을 못 갚아서라구."

"쓸데없는 소리 하지 말아라! 아무려면 이 아버지가 널 그 따위 작자한테 보내겠느냐!"

정진모는 단호하게 말했지만 그 속에 스며 있는 비애는 숨길 수 없었다.

식사가 끝난 후 정진모는 건넛방으로 그들을 안내했다. 이미 불을 지펴놓은 듯 훈기가 감돌았다. 잘 자라는 인사와 함께 정진모가 사라지자 주적자는 구석에 쌓인 이불을 침상에 깔았다. 호젓하게 둘만이 남았으니 무슨 이야기를 할지도 모른다는 호괴의 기대는 눕자마자 잠들어 버린 주적자에 의해 여지없이 깨져 버렸다. 호괴는 잠든 주적자를 물끄러미 내려다보았다.

'정말 이 사내의 정기를 내 것으로 만들 수 있을까?

잠시 든 의구심은 이내 투지를 불러 일으켰다.

'어떻게든 정기를 흡수해야 해! 절대 포기할 수는 없어! 절대!'

설핏 눈을 뜬 호괴는 푸른 여명이 창문에 걸려 있는 것을 확인하고 몸을 일으켰다. 주적자는 이미 나갔는지 자리에 없었다. 날의 밝기로 봐서는 오경(五更:새벽 세시부터 다섯 시 사이)이 막 지난 것 같은데, 이 시간에 일어나 어딜 갔는지 궁금했다. 문을 열자 새벽의 찬 기운이 훅 하고 밀려들었다.

툇마루에서 막 내려서던 그녀는 이내 우뚝 멈춰 섰다. 우물가를 빙둘러 쌓아놓은 얕은 토담에 앉은 주적자 때문이었다. 이미 오래전부터 그렇게 있었는지 어깨에 하얀 서리가 내려 마치 눈을 얹은 것 같았다.

덜컹!

아낙이 하품을 하며 안방 문을 열고 나오다 화들짝 놀라 걸음을 멈췄다. 주적자는 아낙을 향해 울음 같은 웃음을 건네고 방으로 향했다. 호괴가 툇마루 앞에 있었지만 보지 못한 것처럼 스쳐 방으로 들어갔다.

"무슨 일 있었소?"

아낙이 다가와서 조심스럽게 물었다. 호괴는 '아무 것도 아니에요' 하며 주적자를 따라 들어갔다. 주적자는 어느새 이불 속에 파묻혀 고치처럼 허리를 잔뜩 구부린 채로 누워 있었다.

"이봐요, 서방님. 앞으로의 계획 좀 말씀해 주실래요?"

대답이 없는 주적자를 향해 계속 물음을 던졌지만 돌아오는 것은 침묵뿐이었다.

그렇게 장소현에서의 첫 아침이 시작되었다. 밥을 먹은 주적자와 정진모는 아침 일찍 대장간으로 나갔다. 혹시 주적자가 어디로 사라지지 않을까 해서 호괴도 쫄래쫄래 뒤를 따랐지만, 다행인지 불행인지 주적자는 곧장 대장간에 당도했다.

이미 나온 주인 노인이 화로에 불을 지펴놓고 일꾼들을 기다리고 있었다. 호괴는 막 대장간으로 들어서려는 주적자를 불러 세웠다.

"그 검은 이제 필요없지 않아요?"

어떤 식으로든 자극을 주려 한 말이었는데 주적자는 '그렇군'이란 짧은 말을 뱉고 검을 대장간 벽에 걸어놓았다. 무공을 버리고 대장장이의 길을 택하기로 작정한 사람 같았다. 호괴는 돌아가려다 이내 대장간 안쪽에 자리를 잡았다. 가봐야 아낙을 도와 밥하고 청소하는 일밖에 더 하겠는가.

사람들이 속속 도착하고 주적자와 대충 인사를 나눈 일꾼들은 서둘러 일을 시작했다. 대장간 안은 금세 후끈한 열기로 달아올랐다. 처음 일을 시작할 때만 해도 사람들은 그녀가 신경 쓰이는지 힐끔힐끔 쳐다보더니, 조금 지나자 그녀는 잊혀진 존재가 되어버렸다.

오후 햇살이 제법 따사롭게 내리쬘 때 어제 보았던 무사들이 나타났다. 그들은 대장간에 들어서자마자 인사도 없이 검이 완성되었는지부터 물었다. 자신의 이름을 방만재(房萬財)라고 밝힌 노인이 그들을 맞으며 대답했다.

"네, 나으리. 이보게, 완성된 검 모두 가져오게."

대장간에서 제일 어린 사내 둘이 안쪽으로 통하는 문으로 나가더니, 잠시 후 검을 한 아름씩 안고 들어왔다. 그들이 가져온 검을 건네받은 표국의 무사들은 흠이 없나 하나씩 살피기 시작했다. 검의 검사를 부하들에게 맡긴 세모꼴 눈 사내는 대장간 안을 둘러보다 호괴와 눈이 마주쳤다. 사내의 눈에서 어제와 같은 빛이 보였다.

그는 호괴에게 다가오더니 친근하게 보이려는, 그러나 여지없이 느끼한 웃음을 지으며 말했다.

"소저는 어제 그분이 아니시오."

호괴의 말없음 사이로 노인 방만재가 끼어들었다.

"그 여인네는 저 사람의 안사람 됩니다, 곽 나으리."

곽씨 사내의 눈살이 찌푸려졌다. 하긴 어제 주적자와 같이 있었으니 모를 리 없었다. 보나마나 뻔한 수작에 호괴는 속으로 코웃음을 치고 곽씨 사내가 하는 요량을 지켜보았다.

"그래, 어디서 오시었소?"

그녀는 어떻게 할까 하다가 여전히 규칙적으로 망치질을 하는 주적자를 보았다. 어쩌면 곽씨 사내는 주적자에게 어떤 반응을 이끌어낼 좋은 자극제였다.

"저희 서방님께 물어보세요."

그녀는 애써 수줍게 말하고 고개를 떨궜다. 곽씨 사내는 이해한다는 듯 고개를 끄덕이고 주적자를 보았다. 망치질에 열중인 주적자에게 가던 곽씨 사내의 눈길이 벽의 한곳에 멈췄다. 벽에 걸린 무명묵검은 온통 흑색의 외형만으로도 무사들의 시선을 받기에 충분했다.

곽씨 사내는 주적자를 지나쳐 무명묵검을 손에 넣었다. 손잡이를 당기자 투명하고 시린 검신이 드러났다.

"오오—!"

꼴에 보는 눈은 있어서 낮은 감탄사를 터뜨린 그는 방만재에게 물었다.

"이건 누구 검이냐?"

머뭇거리던 방만재가 주적자를 가리켰다.

"저 사람 검입니다."

곽씨 사내의 이마에 주름이 생겼다.

"어울리지 않게 좋은 검을 가지고 다니는군."

그는 검을 완전히 빼더니 주적자에게 다가가 목에 검날을 들이댔다. 아래턱과 목젖 사이에 시린 날이 놓여 있는데도 주적자는 여전히 망치질에 열중했다. 기분 나쁘다는 표정을 지은 곽씨 사내가 갑자기 검을 위로 그었다.

"어!"

호괴는 깜짝 놀라며 벌떡 일어섰다.

서걱!

무언가 썰리는 소리 뒤로 땅그랑! 하는 날카로운 음이 뒤따랐다. 주적자가 휘두르던 망치 자루가 잘려 머리 부분이 바닥으로 뒹굴었다. 그 위로 주적자의 머리칼 몇 오라기가 내려앉았다.

"정말 좋군, 별로 힘도 들이지 않는데."

곽씨 사내는 너무나 즐거운 표정으로 무명묵검을 들고 좋아했다. 주적자는 잘려진 망치 자루를 잠시 들고 있다가 이내 바닥에 내려놓았다.

'오호! 이제 힘 좀 쓸 생각이 들었나?

하지만 호괴의 예상은 서툰 도박꾼의 그것처럼 여지없이 빗나갔다. 주적자는 곁에 있는 여벌의 망치를 집어 들어 다시 담금질을 하기 시작했다. 주적자에게 시선을 던진 곽씨 사내의 눈빛이 어이없음에서 흥미로움으로 변했다.

곽씨 사내는 무명묵검의 끝을 바닥에 대고 주적자 앞에 섰다.

"이 검을 얼마에 팔겠느냐?"

주적자는 여전히 망치질을 멈추지 않고 말했다.

"팔 물건이 아니오."

"그래?"

그는 힐끔 호괴를 본 후 주적자에게 시선을 내려뜨렸다.

"네 마누라와 이 검 중 하나를 골라라. 어떤 것이든 하나는 포기해야 할 것이다."

주적자의 대답은 망설임없이 나왔다.

"아무거나 좋을 대로."

"네 마누라를 내가 취해도 좋다는 말이냐?"

"좋을 대로."

같은 대답이 나오자 곽씨 사내의 발이 허공을 갈랐다.

덜컥!

발등에 턱이 부딪치자 주적자는 허무하게 뒤로 넘어졌다. 곽씨 사내는 쓰러진 주적자의 가슴에 발을 얹고 무명묵검을 목에 드리웠다.

"사내라면 자신의 여자쯤은 목숨을 걸고 지켜야지. 너처럼 쓰레기 같은 겁쟁이는 미인에게 어울리지 않는다."

호괴는 터지려는 웃음을 간신히 참았다. 저 유치찬란한 대사가 자신을 의식한 것임을 너무도 잘 알기 때문이다. 곽씨 사내는 '검은 내가 갖겠다'라는 말과 함께 주적자에게서 떨어졌다. 그가 호괴에게 다가오는 사이 주적자는 아무 일도 없었다는 듯 일어나서 담금질을 시작했다. 그것이 마치 자신의 심장을 움직이는 일인 것처럼.

"소저, 지금은 시간이 없어서 많은 얘기를 못하겠구려. 일이 마무리되는 대로 들르리다. 내가 올 때까지 떠나지 마시오."

곽씨 사내는 그 특유의 느끼한 웃음을 지은 후 부하들과 함께 사라졌다.

"괜찮나?"

그들이 떠나기를 기다린 방만재가 주적자에게 물었다. 하지만 묵묵부답의 주적자는 여전히 망치질만 할 뿐이었다.

"나쁜 놈 같으니라고! 곽 표국주(鏢局主)님 아들이라고 저런 망나니짓을 하고 다니다니! 아버지 얼굴에 먹칠을 해도 유분수지! 곽명산(郭明産) 어르신한테 어찌 곽경택(郭京擇) 같은 저런 아들놈이 나왔는지원."

방재만은 주적자 대신 화풀이를 했다. 호괴는 곽경택이란 놈을 쫓아가서 혼을 내줄까 하다가 관뒀다. 그것은 어차피 주적자의 몫이었고 주적자가 하지 않는다면 굳이 그녀도 나설 필요가 없었다.

그렇게 짧은 사건이 끝난 후의 하루는 무료하게 지나갔다. 그날뿐 아니라 다음날도, 다음날도… 지루하게 반복되는 시간의 연속이었다. 다시 오겠다던 곽경택은 그날 이후 한 번도 모습을 나타내지 않았다. 천리표국에 만들어주기로 한 무기가 모두 완성되고 표사들이 그것들을 전부 가져감으로서 일은 마무리되었다.

구경 삼아 시장에 갔던 호괴는 내일 서쪽의 담강산(曇姜山) 아래 성랑평(聲狼平)에서 천리표국과 방림표국의 싸움이 있을 것이라는 소문을 들었지만 그다지 신경 쓰지 않았다. 어차피 인간이란 족속은 하루라도 싸우지 않으면 몸이 근질거려 못 사는 동물이니까.

대장간 안은 오랜만에 한가한 풍경을 연출하고 있었다. 연초(煙草)를 피우며 두런두런 얘기를 하는 사람들은 왠지 들떠 있는 것 같았다.

"자네는 월급 받으면 뭐 할 텐가?"

"일단 현화(賢花) 년 치마끈부터 벗겨야지."

"현화보다야 향심(香心)이가 낫지. 그 야들야들한 가슴살만 생각하면……."

사내들이 즐거워하는 이유를 알 것 같았다. 몇 푼 되지도 않는 재물에 저처럼 좋아하다니… 대장간에서 즐거움을 밖으로 보이지 않는 사람은 주적자와 정진모뿐이었다. 주적자야 그렇다고 하더라도 정진모 또한 우거지상인 이유를 알 수 없었다. 하긴 알고 싶지도 않지만.

안채로 통하는 문이 열리며 방만재가 손에 주머니를 들고 들어왔다. 모두들 약속이나 한 듯 얘기를 멈추고 주머니가 열리기를 기다렸다.

"한 달 동안 수고 많았네. 별로 많은 돈은 아니지만 요긴하게들 쓰게."

방만재는 사람들에게 은자와 동전을 섞어서 나눠주었다. 모두들 마치 공돈이나 받는 것처럼 허리를 굽신거리며 공손히 돈을 쥐었다. 마지막으로 주적자에게 은자 한 닢이 돌아왔다. 방만재의 손에 쥐어진 은자를 물끄러미 보던 주적자가 이내 손을 벌렸다.

"내일 쉰다고 너무 술 많이 마시지들 말아. 장가가고 잘 살려면 돈 아껴 쓰고."

젊은 사내들은 건성으로 대답을 한 후 우르르 몰려 나갔다. 방만재
는 주적자에게 다가와 말했다.

"일자리를 오래 못 줘서 미안하구먼. 어디 갈 곳은 있나?"

주적자의 입은 한참 후에 열렸다.

"글쎄요."

하나마나한 대답이었다. 방만재는 한쪽에 상심 가득한 표정으로 서
있는 정진모를 보았다.

"돈 갚을 날짜가 내일인가?"

"네, 어르신."

"휴~ 내가 여유가 있으면 도와주겠네만 알다시피 천리표국에서 아
직 대금을 못 받는 바람에 나도 어렵구먼."

"어쩔 수 없죠."

주적자는 슬그머니 일어나서 대장간을 나섰다. 인사도 없이 떠나나
했더니 주적자의 발길이 닿은 곳은 정진모의 집이었다. 조용히 돌아온
주적자는 그날 내내 아무 말도 없었다. 밥도 먹지 않고 잠자리에 든 주
적자를 본 호괴는 한숨만 내쉴 뿐이었다.

어떻게든 정기를 흡수해야겠는데 뾰족한 방법은 떠오르지 않고, 홧
김에 헤어지자니 정기가 너무 아깝고, 이러지도 저러지도 못하는 자신
의 신세가 한심하기까지 했다. 혼자서 속으로 신세 한탄을 하던 그녀
도 주적자의 옆에서 스르르 잠이 들었다.

얼마나 잠들었었는지는 모르지만 설핏 잠이 깼을 때는 아직 어둠이
물러가지 않은 시간이었다. 다시 눈을 감으려던 호괴는 머리맡이 이상
함을 느끼고 고개를 들었다. 자고 있는 줄 알았던 주적자가 침상 아래
쭈그리고 앉아 방바닥을 물끄러미 쳐다보고 있었다.

어둠을 물리친 그녀의 시선은 비로소 방바닥에 놓인 은자를 발견했다. 달리 이상할 것도 없고 특별할 것도 없는 은자를 주적자는 난해한 비밀 지도 풀듯 그렇게 보고 있었다. 그러다 문득 '저 자식, 혹시 미쳐 버린 것이 아닐까?' 하는 생각이 들자 그것은 점점 확신으로 다가왔다.

만약 미쳤다면, 완전히는 아니어도 삐딱한 정도로 돈 것이라면 지금까지의 행동을 설명할 수 있었다. 미쳤는데 뭔 짓을 못하겠는가? 방바닥에 은자를 놓고 '넌 금이다… 넌 금이다…' 하고 주문을 외워도 이상할 것은 없었다. 미쳤으니까!

'어휴~ 저 인간을 보고 있으니 나까지 미쳐 버릴 것 같군.'

호괴는 속이라도 편하게 눈을 감아버렸다. 남에게 지랄 안 하고 혼자 조용히, 얌전하게, 곱게 미쳤으니 그나마 다행이라고 해야 할까?

잠을 청하려고 했지만 결국 날이 밝아 창이 완전한 흰색으로 변할 때까지 잠을 이루지 못했다. 그동안 꼬박꼬박 식사를 챙겨주던 아낙이 어김없이 상 앞으로 그들을 불렀다.

'갈 곳이 없으면 이곳에 며칠 더 묵어도 되네' 라는 정진모의 호의 섞인 말에 주적자는 침묵이라는 퉁명스러움을 던져 줬다. 밥을 먹고 또 방바닥의 은자 보는 짓을 한참 하던 주적자는 흐느적거리는 걸음으로 집을 나섰다. 그냥 산보를 나서는지 떠나려는지 알 수 없었다. 호괴는 군소리없이 뒤만 졸졸 쫓을 뿐이었다.

주적자의 걸음이 멈춘 곳은 시장의 한 귀퉁이였다. 비단을 파는 가게와 음식점 사이에 놓인 좁은 벽에 등을 기댄 주적자는 시장의 소란스러움을 물끄러미 쳐다보았다. 아침의 해가 꼭대기에 다다라 그림자를 발 밑에 놓은 후, 다시 다섯 뼘쯤 길어질 때까지 주적자는 움직이지 않았다.

　호객하는 소리와 악다구니, 욕설이 마구 뒤섞인 시장 한복판에서 동상처럼 서 있는 주적자의 모습은, 그래서 더욱 이질감을 느끼게 했다. 호괴는 주적자에게서 시선을 떼고 하늘을 보았다. 어쩌면 삶에 찌들어 각박하고 피폐한 인간들 자체를 보기 싫었는지도 모른다.

　겨울 하늘의 시린 푸름을 꿰뚫고 햇살 한 자락이 눈을 파고들었다. 육면체의 그것은 너무도 날카로워 금방이라도 동공을 도려내 버릴 것 같았다. 그녀는 눈을 감았다. 생선 냄새와 음식 냄새, 사람 냄새… 갖가지 냄새들이 후각을 괴롭혔지만 보지 않는 것만으로도 쉬 잊을 수 있었다.

　시야가 차단되자 나머지 것들도 그녀에게서 점점 멀어졌다. 후각이란 것이 언제나 그렇듯 한데 섞인 냄새는 곧 정체 모를 두루뭉실한 무엇으로 변해 물맛처럼 담담해졌다. 차츰 와자지껄한 소리도 귓가를 스쳐 사방의 건물과 하늘로 스며들기 시작했다.

　고요라고 표현해도 좋은 정도의 순간에 갑자기 어떤 목소리가 날카롭게 파고들었다.

　"산에 요괴가 나타나서 놀고 있던 어린애들을 잡아갔대."

　"정말 그런 것이 있긴 있는 가벼. 요즘 심심지 않게 소문이 들리는 것을 보면 말이여. 그런데 누구 집 애들이 잡혀갔대?"

　"모르지. 애들 노는 데 누가 일일이 신경을 쓰남. 어쨌든 장정 몇몇이서 쫓아간 모양이야."

　시장의 소란스러움에 비하면 속삭이는 정도의 낮은 목소리였다. 어쩌면 차별되는 그 낮음 때문에 더 똑똑히 들렸는지도 모른다. 호괴는 눈을 뜨고 대화가 들린 쪽을 보았다. 예상대로 좌판에서 생선과 야채를 파는 아낙 둘이 장사를 제쳐 두고 열심히 수다를 떨고 있었다.

요괴에 대한 얘기는 그들만 하고 있는 것이 아니었다. 바람을 탄 들불처럼 시장 위쪽에서 시작된 요괴 얘기는 아래쪽으로 빠르게 내려가더니 이내 저 끝까지 다다랐다.

'아이들을 잡아간 요괴라… 어떤 종류일까?'

굳이 움직여 알고 싶을 정도의 궁금증은 아니었다. 그저 스치는 생각이었을 뿐.

그런데 아닌 사람도 있는 모양이다. 다른 사람이라면 모르는데 그 사람이 주적자라는 것이 그녀가 귀찮아질 일이었다.

"요괴가 나타난 곳이 어디요?"

주적자는 어느새 아낙들 앞에 버티고 서서 물었다. 그녀들은 갑자기 대화에 끼어든 주적자가 달갑지 않은지 눈살을 찌푸렸다. 잠시도 기다리지 못한 주적자는 허리를 숙이고 다시 물었다.

"요괴가 나타난 곳이 어디요?"

토씨 하나 틀리지 않는 같은 질문에 생선을 팔던 아낙이 왼쪽을 가리키며 퉁명스럽게 대답했다.

"저쪽 보이슈? 거북이 등처럼 생긴 저 산이 담강산인데 그곳이라고 합디다."

주적자는 더 이상 자세한 위치는 알려 하지 않고 몸을 돌렸다.

"저 인간, 귀찮게 하는군."

호괴는 구시렁거리면서도 주적자의 뒤를 따랐다. 처음에는 사람들을 피해 유람하듯 슬슬 움직이던 주적자의 걸음이 어느 때부터인가 빨라졌다. 많은 사람 때문에 일부러 느리게 간 것은 아닌 듯, 요리조리 사람들을 헤치며 가는 걸음이 범인(凡人)들이 달리는 것보다 몇 배는 빨랐다.

그렇게 달려가던 주적자는 아예 담으로 뛰어올라 다닥다닥 붙은 지붕들을 뛰어넘으며 담강산으로 향했다. 따라잡기가 힘들 정도의 빠른 속도에 호괴는 냅다 고함을 질렀다.

"이봐! 같이 가!"

아니나 다를까, 주적자는 그녀의 외침에 듣는 척도 않고 내쳐 달려갔다. 예상은 했지만 주적자의 걸음은 그녀가 쫓아갈 수 있을 만한 것이 아니었다. 사이가 점점 벌어지더니 점으로 변하는 것은 순식간이었고 잠시 후 그 점 또한 사라졌다.

"젠장!"

욕설을 터뜨린 호괴는 그래도 부지런히 담강산을 향해 달렸다. 지금 놓쳤다가는 어쩌면 영영 보지 못할 수도 있었다. 고을을 벗어나 황톳빛의 한적한 들길을 한참 달린 후에야 산의 끝자락에 도착할 수 있었다. 온 방향은 주적자와 얼추 맞겠지만 산 안으로 들어갔으니 종적을 알 수 없었다.

땅에 대고 킁킁거리며 냄새를 맡고 있는데 일단의 발자국 소리가 가까워졌다. 그녀는 잽싸게 허리를 펴고 소리나는 쪽을 보았다. 장정 칠팔 명이 몽둥이나 곡괭이 같은 것을 들고 어디론가 우르르 뛰어가고 있었다. 농사꾼들이 저런 모습을 보인다는 것은 흔한 일이 아니었다.

호괴는 망설이지 않고 그들 뒤를 따랐다. 앙상한 초목이 덮인 좁은 산길을 헐레벌떡 뛰어가는 사내들의 발걸음에는 다급함이 역력했다. 호괴는 느려 터진 사내들을 따라가다 이내 걸음을 빨리했다. 아무래도 한 놈을 잡고 묻는 편이 나을 것 같았다.

그녀가 기척없이 맨 뒤쪽의 사내 뒷덜미를 낚아채려 할 때 어디선가 이질적인 소리가 들렸다. 날카롭게 찢어지는 소리는 분명 비명이었지만 인간이나 짐승의 것은 아니었다. 호괴는 사내를 잡으려는 것을 그만두고 소리가 들린 방향으로 몸을 날렸다.

갈색으로 잠든 수풀을 헤치고 길 없는 산을 달리는 동안에도 비명은 끊임없이 이어졌다. 무덤 두 개가 나란히 놓인 공터를 지나 다시 소나무 숲을 통과해 바위 위에 올라서자 갑작스런 침묵이 찾아왔다. 이미 가까이 다다랐기에 방향을 잡는 데는 문제가 없었다.

호괴는 바람에 시달려 이리저리 휘어진 소나무 곁을 지나 말라 버린 억새풀 장막을 양손으로 벌렸다. 그곳에 주적자가 있었다. 얼굴과 온몸에 피 범벅을 한 주적자의 시선은 자신의 발치를 향해 있었다. 그의 눈길이 닿은 곳에 자리한 것은 고깃덩이였다. 너무도 잘게 찢어져서 정체를 알아볼 수 없었지만 나뭇등걸처럼 거친 표면만으로 사람이 아니라는 걸 알 수 있었다.

마른 풀잎이 덮인 공터로 발을 내딛자 주적자의 시선이 그녀에게로 향했다. 이리저리 시선을 돌리던 그녀는 드디어 산산조각난 살점들의 주인을 알아냈다. 각각 떨어져 나간 팔과 다리 옆에 덩그러니 놓여 있는 머리는 늑대의 것과 흡사했다.

"야구자(野狗子)로군."

호괴는 주적자를 보며 말을 이었다.

"늑대의 머리에 사람의 몸을 가진 요괴인데 사람의 골을 먹죠. 주로 죽은 사람의 골을 먹는데 깨어난 지 얼마 되지 않아서 신선한 골이 필요했던 모양이에요."

그녀는 눈살 찌푸려질 얘기를 아무렇게 않게 뱉어냈다. 주적자는 몸을 돌려 몇 발자국을 옮기더니 멈췄다. 그의 앞에는 머리가 깨진 여덟 살 정도의 아이 둘이 죽어 있었다. 텅 비어버린 반쪽의 머리에서는 아직도 뇌수가 섞인 핏물이 흘러내렸다. 무슨 생각을 하는지 주적자는 그렇게 우두커니 서 있을 뿐이었다.

"저쪽이야! 저쪽!"

고함 소리와 함께 사내들이 우르르 모습을 드러냈다. 최대한 위협적으로 보이며 나타난 그들은 장내에 펼쳐진 모습을 발견하고 우뚝 멈췄다. 예상했던 것과 전혀 다른 현상에 나타나는 인간들 특유의 얼굴을 그들도 가지고 있었다. 그들은 아무 말도 못하고 야구자의 흔적과 호괴, 주적자, 그리고 아이들의 시체를 끊임없이 번갈아 볼 뿐이었다.

"사람들에게 드리워진 삶의 그림자는 왜 이토록 다른 것일까?"

주적자는 이해할 수 없는 말을 남기고 수풀 속으로 사라졌다. 호괴는 어깨를 으쓱 한 후 주적자의 뒤를 쫓았다. 그는 길도 없는 산을 마치 갈 곳이나 있는 것처럼 망설임없이 내려갔다.

"서방님, 어디를 가시는 거예요?"

역시나 대답이 없었다. 호괴는 얼굴을 자꾸 스치는 나뭇가지들을 떨쳐 내며 다시 물었다.

"갈 곳은 있는 거예요?"

"……."

차츰 끓어오르기 시작한 화는 결국 그녀에게 소리를 지르도록 만들었다.

"야! 이 빌어먹지도 못할 놈아! 어디를 가느냐고 물었잖아!"

"검은 찾아야지."

너무도 쉽게 나온 대답에 머리끝까지 치솟은 화는 순식간에 가라앉왔다.

"저 인간은 욕을 먹어야 대답을 하나? 쳇! 그래도 들리는 소문에 귀는 기울이고 있었군. 이 산 아래쪽에 있는 성랑평에서 싸움이 있다는 걸 아는 것을 보니."

그녀는 혼자 중얼거리다 새삼스러운 눈으로 주적자의 등을 보았다. 검을 찾으려고 마음먹은 것을 보니 심경에 어떤 변화가 있기는 있는 모양이다.

호괴는 걸음을 빨리해 주적자와 어깨를 나란히 했다. 빽빽하게 들어찬 잡목들 때문에 쉽지는 않았지만 나뭇가지를 쳐내며 애써 곁에 따라붙었다.

"흡혈야황을 잡으러 갈 거예요? 아니, 아니… 험! 험! 흡혈야황 잡으러 갈 거냐, 이 시러베 잡놈아!"

주적자는 그런 호괴를 보고 피식 웃음을 터뜨렸다.

"마치 여자 소소자 같군."

"네? 누구요?"

주적자는 손을 휘휘 젓고 걸음을 빨리했다. 그들은 오래지 않아 초목이 덮인 산을 벗어날 수 있었다. 추위에 얼어버린 얕은 개울을 건너뛰어 낮은 구릉을 넘자 비로소 넓은 들판이 펼쳐졌다. 들판의 중앙에는 일단의 사람들이 모여 있었다.

그들은 십 장 정도의 간격을 사이에 두고 양쪽으로 정렬해 있었는데 한쪽이 대충 백오십 명가량 되었다. 각각 흑색과 백색의 무복을 입어 대비가 더욱 뚜렷했다. 바람에 흩날리는 삼각의 깃발조차 같은 색깔을 띠고 있었다. 각각 청룡과 백호가 그려진 깃발은 세차게 펄럭이며 서로를 잡아먹을 듯 노려보았다.

둥! 둥!

양쪽에서 개전(開戰)을 알리는 북소리가 울리고 긴장감은 점점 고조되었다. 어느 한편에서 한 발자국이라도 내디디면 그때부터 싸움이 시작되는 것이다. 그 모습을 물끄러미 쳐다보던 호괴는 비로소 주적자가 저만큼 가고 있다는 것을 깨달았다. 주적자는 들판을 가로질러 산책 나온 사람마냥 무사들이 있는 쪽으로 걸어갔다.

그의 발길에 채인 흙이 뿌연 먼지가 되어 저만치 흩어지기를 반복했다. 잔뜩 긴장한 무사들은 주적자가 그들 사이로 파고들 때까지 존재를 의식하지 못했다. 잠시 후 있을 싸움은 그들을 흥분의 끝까지 몰고 가서 이성없는 감정만을 온몸에 쌓아놓게 만들었다.

그런데 주적자가 그들이 만들어놓은 통로에 들어선 것이다. 맨 가에 있던 무사들이 가장 처음 주적자를 발견했고, 주적자가 움직임에 따라 점점 많은 사람들이 그를 의식했다.

"저놈은 대장간에서 일하던 그놈이잖아."

주적자의 우측, 천리표국의 한곳에서 누군가 아는 체를 했다. 금방이라도 폭발할 것 같던 긴장감은 주적자의 등장으로 어수선하게 변해 버렸다. 울리던 북소리조차 멈춰 버려 주적자의 행동이 더욱 눈에 띄었다.

저벅! 저벅!

온몸에 피를 칠한 주적자는 주위를 묘한 압박감으로 내리눌렀다. 인의 벽으로 된 통로의 중간쯤에서 걸음을 멈춘 그는 우측으로 돌아섰다. 그의 일 장 앞에 곽경택이 당황한 표정으로 서 있었다.

"네놈이 여긴 웬일이냐?"

주적자는 곽경택의 허리에 걸린 무명묵검을 일별하고 말했다.

"검을 찾으러 왔다."

"미친놈! 죽으려고 환장을 했군."

곽경택이 양쪽에 선 수하들에게 눈짓을 하자 경험 많은 사내 둘이 주적자에게 다가갔다.

"빨리 치워라. 싸움 전에 피를 보여주는 것도 나쁘지 않겠지."

곽경택의 말에 사내들은 허리에 찬 검을 빼 들었다. 유난히 날카로운 햇빛은 검을 은빛으로 물들였다. 턱수염만을 기른 사내가 별 경계 없이 주적자에게 다가가더니 힐끔 곽경택을 보았다. 곽경택의 고개가 위아래로 움직였다.

취릿—

뱀이 먹이를 덮치는 것 같은 소리를 내며 검이 허공을 갈랐다. 주적자는 언제 움직였나 싶을 정도로 빠르게 사내의 품으로 파고들었다. 소리는 그저 '쿡' 하는 정도로밖에 나지 않았다. 하지만 그 미약한 소리 뒤로 주적자를 공격했던 사내는 늑골이 함몰되어 비명도 없이 혼절했다.

"검."

바닥에 쓰러진 사내를 보지도 않고 주적자가 말했다.

"죽어!"

다음 표국주가 될 것이 분명한 곽경택에게 과잉 충성을 하기 위한 무사 다섯이 동시에 주적자를 공격했다. 하지만 그들 중 누구도 제대로 된 충성을 바칠 수 없었다. 딱 다섯 개의 격탁음으로 한 수의 공방은 싱겁게 끝나 버렸다.

한 군데씩 부러지고 깨져서 신음을 흘리는 무사들 모습에서 '싸움을 하긴 했군' 이란 생각을 할 수 있었다.

주적자의 시선이 다시 향하자 곽경택은 흠칫하며 한 발자국 물러섰다. 그의 눈길은 자연스럽게 뒤쪽으로 향했다. 무슨 말이 있을 줄 알았는데 커다란 의자에 앉은 아버지 곽명산은 침묵으로 장내를 주시하고 있었다. '무슨 일인지는 모르지만 이 일은 네가 해결해라' 라는 뜻이었다.

"검을 주고 잘못했다고 한마디만 하면 끝날 텐데… 절대 그렇게 하지는 않겠지?"

호괴의 생각은 그대로 적중해서 스무 명의 사내들이 주적자를 둘러쌌다. 천리표국과 방림표국의 싸움은 이상한 방향으로 흘러 주적자와 천리표국의 싸움으로 변질되어 버렸다.

"하앗!"

호괴에게 등을 보인 무사가 기세 좋게 검을 쳐들고 선공(先攻)을 했다. 뒤이어서 공을 세울 기회를 놓칠세라 여섯 명이 주적자를 향해 검과 도를 휘둘렀다.

호괴는 느긋하게 팔짱을 끼고 싸움을 지켜보았다. 오랜만에 만난 구경거리가 되도록 오래 이어졌으면 하고 바랐다. 하지만 언제나 그녀를 실망시키는 주적자였고 이번에도 그것은 변함이 없었다.

주적자는 마치 햇빛의 그림자처럼 희미한 잔상만을 남기며 움직였다. 돌고, 치고, 물러서고, 나아가는 단순한 동작이 몇 번 반복되는 사이 주적자를 공격했던 무사들 중 누구도 머리를 하늘에 둘 수 없었다. 칼부림과 비명이 난무하고 피가 터지는 싸움을 기대한 호괴에게는 여간 실망스러운 일이 아니었다.

"저놈 하는 일이 언제나 저렇지. 밤일도 저렇게 빨리 끝내려나?"

그녀의 푸념을 뒤로하고 주적자는 곽경택에게 다가갔다. 곽경택은 누가 밀기라도 하는 것처럼 주적자가 다가온 거리만큼 물러서며 주위를 둘러보았다. 그의 눈길에 닿은 무사들이 반사적으로 무기를 잡았지만 그뿐이었다. 그들 모두 목숨을 걸고 싸울 수 있었지만 그것도 상대가 될 때의 얘기였다.

주춤주춤 물러서던 곽경택의 다리가 곽명산의 무릎에 닿았다. 순간 이마를 잔뜩 찌푸리고 있던 곽명산이 벌떡 일어섰다.

"그렇군!"

곽명산이 황급히 의자에서 나오는 바람에 곽경택은 꼴사납게 의자를 잡고 나뒹굴었다.

"당신은 호인불사 주적자! 주 보표구려!"

주적자는 걸음을 멈추고 곽명산을 보았다. 명치까지 드리운 곽명산의 하얀 수염이 부르르 떨렸다.

"육 년인가 칠 년 전에 우연히 한 번 뵈었었는데… 늙으면 기억력이 둔해져서 말이오."

주적자라는 이름이 나오자 주위에 작은 동요가 일어났다. 천리표국이나 방림표국 무사들 모두 주적자를 보기 위해 목을 길게 빼거나, 조금이라도 더 가까이 다가가기 위해 몸을 움직였다. 자연히 가지런히 정리되었던 대열도 무너졌다. 하지만 누구도 그것을 바로잡으려 하지 않았다. 통솔해야 할 무사들조차 주적자를 보기 위해 정신이 팔려 있었으니까.

'저 녀석이 그렇게 유명한 놈이었나?'

호괴는 새삼스런 눈으로 주적자를 보았다. 하긴 그녀에게 중원최고 고수라고 한들 무슨 상관이겠는가? 정기만 빵빵하면 장땡이지.

"검."

주적자는 주위의 상황이야 어떻든 같은 말을 뱉을 뿐이었다. 화들짝 정신을 차린 곽경택이 무릎걸음으로 와서 무명묵검을 공손히 머리 위로 올렸다.

"주 대협, 소인이 미, 미처 못 알아보고 무례를 저지른 점을 요, 용서해 주십시오."

주적자는 검을 쥐고 돌아서려다 이내 다시 곽경택을 보았다.

"아참, 빚받는 것을 잊었군."

갑자기 그의 발이 허공을 격하고 곽경택의 턱에 부딪쳤다.

빠각!

"크억!"

타격음과 비명이 동시에 들리며 곽경택이 뒤로 멀찌감치 나뒹굴었다. 넘어지자마자 일어나려 애썼지만 팔만 휘적휘적 젓는 모습이 땅과 하늘도 구분이 안 가는 모양이다. 얼굴 아래쪽은 금세 피로 물들어 하얀 조각을 뱉어냈다. 곽경택에게 다가가는 주적자를 막으려는 듯 곽명산이 움직였다. 하지만 주적자의 손짓 한 번에 멈춰야 했다. 늙은 그가 어찌해 볼 상대가 아니었기 때문이다.

주적자는 허위허위 일어나려는 곽경택의 가슴에 발을 얹었다.

"빚에 이자가 붙는 것은 당연한 것이겠지?"

주적자의 발에 힘이 들어가자 '빠각!' 하는 소리가 흉부에서 울렸다. 가슴을 걷라보지 않아도 갈비뼈가 부러지는 소리라는 것쯤은 알 수 있었다. 주적자는 발을 떼고 곽명산에게 말했다.

"오늘 대장간에 검 만든 대금을 주시오."

"그건 벌써 주었는데……."

곽명산은 말끝을 흐리며 곽경택을 보았다. 그리고 한숨과 함께 고개를 끄덕였다.

"알겠소이다."

주적자는 검을 등에 메고 아무 일도 없었다는 듯 휘적휘적 걸음을 옮겨 사람들의 시야에서 멀어졌다.

무사(武士)의 이름으로

제28장 무사(武士)의 이름으로

"유치하군요."

들판을 지나 멀리 고을이 보이는 곳에서 호괴가 한 말이었다.

"뭐가?"

호괴는 헛기침으로 목소리를 가다듬고 주적자 흉내를 냈다.

"아참, 빚 받는 것을 잊었군. 빚에 이자가 붙는 것은 당연한 것이겠지? 쳇! 인간들의 복수란 언제나 그렇게 유치한가요?"

주적자가 피식 웃음을 터뜨렸다.

"다행이군."

"뭐가요?"

이번엔 호괴가 똑같은 질문을 던졌다. 고을을 보는 주적자의 눈빛이 아련해졌다.

"앞으로 얼마를 더 살아야 할지 모르는데 심각하기만 하면 재미없잖아."

농담 같은 그의 말속에서 짙은 그늘이 묻어 나왔다. 호괴는 그런 주적자의 옆얼굴을 물끄러미 쳐다보았다. 인간이면 누구나 영생을 꿈꾸는 줄 알았는데 주적자는 아닌 모양이다. 하긴 이미 구백 년을 살아버린 그녀의 경험으로 보아 오래 산다는 것이 결코 좋은 것만은 아니었다.

오래 사는 만큼 삶에 대한 애착도 줄어들고 즐거움도 희미해져서 무료함이 그만큼 오래가니까. 그녀에게 목표가 없었다면 오래전에 자살이라도 해버렸을지 모르는 일이다. 물론 호괴에게 그것은 절대 해서는 안 될 행위지만.

고을에 들어선 주적자는 곧장 정진모의 집으로 향했다. 피를 흠뻑 뒤집어쓴 그의 모습은 사람들의 눈길을 끌기에 충분했다. 고을의 중심부에 가까워질수록 주적자에 대한 사람들의 관심은 피 묻은 모습보다 야구자를 잡았다는 사실에 집중되었다.

"요괴를 잡은 사람이 바로 저 사람이야."

"보기에도 제법 강골(强骨)로 보이는구면."

사람들은 지나가는 주적자를 향해 저마다 한마디씩 던졌다. 하지만 정작 나서서 아는 체를 하는 사람은 없었다. 정진모의 집으로 향하는 좁은 골목으로 들어서자 비로소 사람들의 시선에서 자유로워질 수 있었다.

"네 딸을 주면 은자 세 냥을 되려 준다니까. 입도 하나 줄이고 일석이조니 좋은 일이잖아."

정진모의 집에 들어서기도 전에 말소리가 먼저 들려왔다. 그들은 잘못 열면 떨어질 것 같은 문을 밀고 안으로 들어갔다. 경첩에서 들리는 날카로운 소리에 시선이 그들에게 모아졌다. 흉악한 놈이라고 이마에 쓰여진 두 명의 사내와 세 가닥의 수염을 기른 땅딸막한 중년인이 마당 한가운데 서 있고, 그들 앞에 잔뜩 겁먹은 모습의 정진모 부부와 딸 정예랑이 땅속으로 들어갈 것처럼 움츠려 있었다.

"주씨……!"

정진모는 주적자를 부르다 몸에 묻은 피 때문인지 입을 다물었다. 주적자는 낯선 사내들을 지나쳐 정진모에게로 갔다.

"저들에게 갚을 빚이 얼마입니까?"

정진모가 말을 꺼내기도 전에 중년인이 먼저 끼어들었다.

"거래에 제삼자가 끼면 안 되지. 어디서 이미 다친 모양인데 더 화를 입기 전에 빠지게."

주적자가 뒤집어쓴 피를 그의 것으로 오인한 모양이다. 주적자는 중년인에게 신경 쓰지 않고 다시 정진모에게 물었다.

"빚이 얼마입니까?"

정진모는 한숨처럼 말을 뱉어냈다.

"한 달 전에 딸애가 급병이 들어서 치료비로 은자 한 냥을 빌렸는데 이제는 그것이 세 냥이 되어버렸네."

주적자는 바지 주머니에 손을 넣으며 말했다.

"당신, 어제 월급 두 냥을 받았죠? 그럼 한 냥이 부족하겠군요."

그러면서 내민 그의 손에는 보름 치 품삯인 한 냥이 얹혀져 있었다.

"받으십시오."

정진모의 눈이 커다랗게 변했다. 은자 한 냥이면 쌀을 여덟 가마에서 많게는 열 가마까지도 살 수 있었다. 결코 아무에게나 줄 수 있을 정도의 푼돈이 아닌 것이다.

"하지만 이건 자네가 뼈빠지게 일해서 번……."

"그동안 숙박비라고 생각하십시오."

"그건 이미 방 어르신께 받았는데……."

주적자는 정진모의 손을 끌어당겨 그 위에 은자를 쥐어주고 돌아섰다. 어느새 다가왔는지 중년인과 건달 둘이 앞을 가로막았다.

"불청객이 나타나 흥정을 깨는군. 뭐, 그렇다고 포기할 우리도 아니지만. 단지 좀 귀찮아… 아악—!"

말을 하던 중년인은 입 근처를 두 손으로 감싸 쥐고 주저앉았다. 주적자가 양손을 떨치자 뽑힌 수염들이 좌우로 떨어져 나갔다. '무슨 일이 있었나?' 하는 표정으로 멍청하게 서 있는 두 건달의 왼쪽과 오른쪽 귀에 주적자의 손이 얹어졌다.

빠악—!

차돌 두 개를 힘껏 부딪친 것 같은 소리와 함께 두 건달이 힘없이 자리에 쓰러졌다. 그들의 머리는 금세 피로 물들었다. 주적자는 돌아서서 중년인의 뒷덜미를 들어 올렸다. 허공에 대롱대롱 뜬 중년인은 겁에 질려 얼굴이 하얗게 변해 있었다.

"돈을 갚으면 그것으로 끝이다. 내가 다시 찾아오는 수고로움을 만들지 말아라."

중년인은 입도 열지 못하고 부지런히 고개만 끄덕였다. 주적자는 그런 중년인을 내팽개치고 정진모를 보았다.

"신세 많았습니다."

그가 고개를 숙이자 정진모 가족 전부가 따라서 허리를 구부렸다. 이런 자리를 오래하기 좋아하지 않는 주적자는 이내 대문을 나섰다.

그는 고을 중앙에 있는 전장으로 가더니 은자 서른 냥을 찾아왔다.

전표도 없을 텐데 어떻게 돈을 찾았는지 궁금했지만 뭐, 아무려면 어떠랴. 설사 훔쳐 왔다 해도 별로 놀라지 않을 것이다.

주적자는 둘의 옷을 새로 해 입은 다음 마방에 들러 말 두 필을 샀다. 고을을 벗어나자 길 양쪽이 마른 숲으로 덮인 산길이 나왔다. 호젓한 길에서 말 궁둥이를 나란히 하고 가던 호괴가 말했다.

"안 그런 줄 알았는데 의외로 정(情)이 있네요."

주적자가 무슨 소리를 하느냐는 얼굴로 쳐다봤다.

"정진모 그 사람 집을 도와준 것을 보면 말이에요. 바싹 말라서 금방이라도 부서질 것 같더니만. 대체 무슨 마음을 먹고 그를 도와준 거예요?"

주적자는 예의 그 웃는 듯 마는 듯한 얼굴을 해 보였다.

"불행이란 크고 작음에 상관없이 모두 불행이라는 것을 깨달았지."

물음과는 상관없이 엉뚱한 얘기를 꺼냈지만 호괴는 주적자의 말을 막지 않았다.

"과거 내게 가장 큰 불행은 탈명침을 죽이지 못하고 내가 죽는 것이었고, 지금은 흡혈야황을 잡지 못하는 것이지. 정진모에게 가장 큰 불행은 돈을 못 갚고 딸이 팔려가는 것이고 방만재에게는 만들어준 무기의 대금을 못 받는 것이 아닐까? 호괴인 너에게는 천호가 되지 못하는 것이 가장 큰 불행일 테고."

주적자의 입가에 쓸쓸함이 걸렸다.

"세상 누구에게나 불행은 천형처럼 달라붙어 있는 것이더군. 내가 겪고 있는 일이 모든 불행 중 으뜸이라고 말할 수도 없고."

"하지만 남의 심장 찢어지는 고통보다 자신의 손톱 밑의 가시가 더 아픈 것은 인지상정(人之常情)이지요."

호괴의 말에 동감한다는 듯 고개를 끄덕였다.

"그렇겠지. 그래서 불행이란 울타리에 자신을 가두는 것이고."

"결국 주 공자님은 더 이상 불행하지 않다고 생각하기로 한 거예요?"

그녀의 호칭이 '서방님'에서 '주 공자'로 바뀌었다.

"바꿔야 되겠다는 생각만으로 바꿀 수 있다면 부처님이란 소릴 듣겠지."

호괴는 주적자를 물끄러미 쳐다보았다.

"그래서 보름 동안 있으면서 얻은 결론이 누구에게나 불행은 있다라는 건가요?"

주적자의 입가에 걸린 웃음이 지워지고 눈빛이 보이지 않는 먼 곳을 보는 듯 아련해졌다.

"은자 한 냥에 딸을 팔아야 하는 정진모와 나 중 누가 더 불행한 것일까? 아니, 누구나 힘으로 누를 수 있고 살려고만 하면 영원히 살 수 있는 나는 불행한 것일까?"

그의 물음은 호괴에게가 아닌 자기 자신을 향한 것 같았다. 주적자의 그 차분하면서도 시린 기운을 호괴는 흩어놓을 수가 없었다. 그래서 입을 다물었고 그 후 오랜 말없음이 이어졌다.

삼 일 후, 그들은 초양현(初陽縣)이란 곳에 도착했다. 유람을 하듯 서둘지 않았기 때문에 예상보다 늦은 여정이었다. 주적자와 호괴는 해가 아직 떨어지지도 않았는데 객잔에 방을 잡았다. 제대로 왔다면 이곳이 연평현에서 정북쪽으로 정확히 삼 일 거리였다.

이제부터 동쪽이나 서쪽으로 이동하며 흡혈야황을 찾아야 했다. 주적자는 방에 짐을 풀고 뜰을 지나 식당으로 들어갔다. 음식을 주문한 후 주인에게 혹시 이 근처에 사람이 사라지거나 이상한 일이 벌어진 곳이 있느냐고 물었다. 주인은 곰곰이 생각하지도 않고 고개를 저어버렸다.

이른 저녁 식사를 마친 주적자는 밖으로 나와 사람이 많이 모이는 곳으로 갔다. 목적지를 초양현으로 잡은 것은 정확히 북쪽인 까닭도 있었지만 근처에서 사람이 가장 많이 모이는 곳이기도 했기 때문이다. 사람이 많으면 으레 소문도 많은 법이었다.

술집이나 음식점, 사람이 많이 보이는 가게를 들르며 실없어 보이는 물음들을 던져 댔지만 그가 원하던 대답은 어디에서도 나오지 않았다. 이상한 요괴에 대한 얘기를 들었다 해도 그가 원하는 흡혈야황은 아니었다.

그렇게 초양현에서의 하룻밤을 보낸 주적자는 서쪽으로 방향을 잡았다. 동전을 던져서 결정한 길이었고 호괴도 딱히 그것에 반대하지 않았다. 하긴 반대할 입장도 아니었지만.

산 두 개를 넘고 폭이 삼십 장 정도 되는 강을 건너자 진오현(振吳縣)이 나타났다. 장강 지류인 평선강(萍鮮江)을 낀 진오현은 맛 좋고 씨알 굵은 잉어가 많이 나기로 소문난 곳이다. 그래서 잉어 수확이 좋을 때면 타지에서도 사람들이 몰려와 북적이지만 지금은 겨울이라 사람이 그리 많지 않았다.

그곳에서도 역시 주적자는 이상한 소문을 묻고 다녔고 소득은 전무했다. 다음에 들른 상서현(商西縣)에서도, 거기서 하룻길 떨어진 화감현(花監縣)에서도 흡혈야황의 흔적은 찾을 수 없었다.

따각! 따각!

말발굽 소리에 맞춰 몸을 흔들던 호괴가 주적자의 마음에 품고 있던 의심을 말로 꺼내놓았다.

"혹시 방향을 잘못 잡은 것 아니에요?"

"그럴지도."

주적자는 애매한 대답을 하고 반복적으로 스치는 나무와 바위들을 보았다. 장사꾼들이 많이 오가는 곳이어서인지 산길임에도 불구하고 잘 다져져 있었다. 길도 일곱 자 가까이 될 정도로 넓었고 고개도 비교적 완만한 편이라 다니기에 더없이 좋은 산길이었다.

"지금이라도 방향을 돌리는 것이 좋지 않을까요?"

"글쎄……."

해가 등 뒤로 넘어가기 시작한 시간이라 아침에 떠나온 화감현으로 돌아가기에는 이미 늦어버렸다. 달갑지 않은 산속에서의 노숙은 되도록이면 피하고 싶었다.

"조금만 더 가면 합주현(合州縣)이 있으니 일단 그곳까지 가서 결정하도록 하지."

산길을 올라간 그들은 고개의 정상에서 발길을 멈췄다. 그곳에 아담한 객잔이 있었기 때문이다. 숙박과 식사, 술을 같이 해결할 수 있는 그곳은 왕래가 잦은 장사꾼들을 상대하는 곳이었다.

삼십 평 정도로, 크지는 않았지만 나무 색깔 그대로 지어진 이층 건물은 깔끔해 보였다. 주적자는 추위를 막기 위해 닫아놓은 문을 열고 주렴을 젖혔다. 안에는 두 패의 손님이 있었는데 모두 장사꾼처럼 보였다. 각각 네 명의 사내들이 중앙과 우측 창문 아래의 탁자를 차지하고 술을 마시고 있었다.

주적자는 늦은 점심으로 오리 고기와 소채를 시키고 중앙에 있는 상인들에게 다가갔다. 주적자가 가까워지자 상인들의 시선이 그에게로 모아졌다.

"묻고 싶은 것이 있어서요. 혹시 이 근처에 사람이 없어진다거나 이상한 현상이 일어나는 곳을 알고 있습니까?"

그의 느닷없는 질문에 상인들은 어리둥절한 표정을 지으며 서로에게 같은 물음을 던졌다. 하지만 그들 중 누구도 주적자의 문제를 해결해 주지 못했다. 그때 창문 아래쪽에서 술을 마시던 상인 하나가 말을 건넸다.

"그런 장소는 왜 찾으시오?"

주적자는 고개를 돌려 말한 사람을 보았다. 이마에 하얀 천을 두르고 코가 유난히 큰 상인은 삼십 대 중반쯤 되어 보였다.

"알고 있습니까?"

요령없는 주적자가 퉁명스럽게 물었다.

"그런 곳이 있긴 있죠."

발을 뗐다 싶은 순간 주적자는 이미 사내 앞에 가 있었다.

"그곳이 어디요?"

비로소 주적자가 심상치 않은 사람이라는 것을 느꼈는지 상인은 안색을 딱딱하게 굳히고 열린 창문 너머를 가리켰다.

"저기 낙타 등처럼 나란히 있는 산과 산 사이가 합주현에서 화감현으로 오는 지름길입니다. 그런데 언제부터인가 그 길을 이용하는 사람들이 사라지기 시작했죠. 제가 아는 사람만도 이미 둘이나 실종됐습니다."

"그 길에 사람 사는 곳이 있습니까?"

"네, 청송리라고 작은 마을이 있는데……."

주적자는 사내의 얘기를 끝까지 듣지도 않고 몸을 돌렸다. 처음으로 발견한 단서가 그의 가슴을 뛰게 했다. 그는 시킨 음식을 먹지도 않은 채 객점을 뛰어나가 말에 올랐다.

"같이 가요!"

호괴가 소리를 치며 뒤따라왔지만 기다릴 만한 마음의 여유가 없었다. 상인이 알려준 그곳에 흡혈야황이 있는지 촌각이라도 빨리 확인해 보고 싶었다. 말을 몰아 고개를 조금 내려가자 옆으로 빠지는 샛길이 나타났다. 방향으로 봐서는 청송리로 가는 지름길인 것 같았다.

말 한 마리가 겨우 지날 수 있는 길은 나뭇가지가 머리 높이에 걸려 여간 신경 쓰이지 않았다. 장애물을 피해 뒤를 돌아보자 호괴가 열심히 따라오는 것이 보였다. 풀린 날씨 덕분에 졸졸 흐르는 개울 두 개를 건너자 나무에 가린 마을의 지붕이 보였다.

주적자는 말고삐를 당겨 멈춘 후 마을을 내려다보았다. 따닥따닥 붙은 지붕들은 염주를 늘어놓은 것 같았다. 해가 지려면 두 시진은 있어야 하는데도 마을은 왠지 어둠이 덮여 있는 것 같았다.

급히 쫓아온 호괴가 곁에 말을 세웠다.

"저곳이 청송리인가요?"

"아마도."

주적자는 심호흡을 하고 이제 시작된 내리막길로 접어들었다. 갈수록 길의 경사가 심해져 말을 타고 빨리 가기는 힘들었다. 주적자는 말에서 내려 묘 옆의 소나무에 고삐를 걸었다. 뒤따라온 호괴도 나란히 말을 매어둔 후 주적자를 쫓았다.

근래 들어 사람의 왕래가 없었다는 것은 길의 상태로 알 수 있었다. 이각 정도 내려가자 청송리라고 쓰여진 이정표가 나타났고 이십여 장쯤 더 가자 비로소 마을 입구가 보였다. 길 양쪽에 선 귀신상이 그들을 무섭게 노려보았다.

주적자는 귀신상을 손가락으로 훑었다. 흙먼지가 뿌옇게 묻어 나온 것이 한 달 이상 청소를 안 한 것이 분명했다. 마을 앞에 세워둔 이런 호신상(護神像)은 날마다 청소를 해주는 것이 보통이었다.

"마치 버려진 마을 같군요."

주적자는 고개를 끄덕이고 마을 안으로 들어섰다. 말라 버린 잡초가 길뿐 아니라 양쪽에 쌓아놓은 돌담에까지 자라 있었다. 갈색으로 변한 유실수 사이를 지나자 비로소 집들이 나타났다. 일 장 정도의 길을 사이에 두고 양쪽으로 들어선 집들은 공들여 지은 것이 분명한데 지금은 폐가(廢家)처럼 변해 있었다.

집 문짝이 떨어져 나간 곳은 예사고 어느 집은 담까지 무너져 안이 훤히 드러나 보였다. 주적자는 서너 집을 지나치다 다시 발길을 입구 쪽으로 돌렸다. 처음부터 차례차례 뒤져 보자는 생각에서였다.

이런 산골 마을 집들이 대부분 그렇듯 구조는 거의 비슷했다. 문을 들어서면 좁지 않은 마당이 나오고 그 정면에 장방형의 집이 들어선 형태였다. 담을 빙 둘러 유실수나 채소를 심는 것조차 대동소이(大同小異)했다.

덜컹!

안방 문을 열자 바깥보다 찬 공기가 훅 밀려왔다. 방바닥에는 한 치 두께의 먼지가 쌓여 있었고 벽이 닿는 모서리에는 주인이 떠나 쓸모없는 거미줄투성이였다. 한바탕 싸움을 했는지 여기저기 이불과 생활 도구들이 널려 있었다.

다음 집도 그 다음 집도 방 안이 어지럽고 사람이 없기는 마찬가지였다. 주적자는 집들을 둘러보며 마을을 감싼 묘한 귀기를 느꼈다. 딱히 뭐라고 말로 표현할 순 없지만 피부에 짙은 물안개가 스치는 느낌과 비슷했다.

그렇게 그들은 마을의 중앙을 지났다. 삼십 가구의 집이 양쪽으로 늘어서 있었기 때문에 거리를 재기에는 편했다.

덜컹!

갑자기 들린 소리에 주적자는 고개를 돌렸다. 왼쪽으로 이 장 정도 거리에서 난 소리였다. 이런 산골 마을에는 필요없을 것 같은 주루의 현판이 한쪽만 매달린 채 좌우로 끼익거리며 움직이고 있었다. 썩은 자리가 떨어진 모양이다.

"청송주루?"

호괴가 고개를 외로 꼬고 현판의 글씨를 읽었다. 주적자는 주루 쪽으로 다가가 오래도록 흔들릴 것 같은 현판을 잡아 세운 후 주렴을 걷었다. 끈적한 거미줄이 손에 딸려 나왔다.

고개를 넣자 유난히 짙은 어둠이 그를 기다리고 있었다. 그가 들어선 곳 외에는 빛 한 점 들어오지 않는 주루 안은 기분 나쁜 정적에 휩싸여 있었다. 발을 내딛자 사방에 부딪친 발자국 소리가 유난히 크게 들렸다.

탁자와 의자는 모두 부서져 사방에 나뒹굴고 중앙을 받친 기둥 또한 누가 후벼 판 듯 반도 남아 있지 않았다. 주적자는 간간이 드리운 거미줄을 걷어내며 안쪽으로 들어갔다. 구조는 너무도 단순해서 술을 먹는 곳과 주방밖에 없는 것 같았다.

주적자는 주위를 둘러보다 이내 주방으로 향했다. 이 끈적하고 잔털을 곤두서게 만드는 느낌이 육감이라면 이 마을에 뭔가가 있는 것만은 틀림없었다.

차락—

주렴을 걷는 소리는 다른 울림도 없이 단숨에 사라졌다. 이곳도 그가 아는 한 여느 주방과 다름없는 구조로 되어 있었다. 왼쪽에 화로가 있고 그 옆에 나란히 놓인 조리대, 벽에 길게 붙어 있는 판자는 그릇을 쌓아놓는 곳이리라. 지금은 모두 깨져서 바닥을 뒹굴고 있지만.

주적자는 그릇의 파편들을 밟으며 중앙에 섰다. 몸을 한 바퀴 돌리고 나가려던 주적자는 어떤 다른 것을 보고 걸음을 멈췄다. 주렴이 드리워진 곳과는 반대쪽 벽에 무언가가 보였다. 눈을 가늘게 뜨지 않아도 경첩이라는 것을 알 수 있었다. 즉, 문이 있다는 뜻인데 별로 이상할 것은 없었다.

음식을 파는 곳이면 대부분 지하에 창고를 갖고 있기 마련이고 그것은 주방과 통하는 것이 상식이니까. 어쨌든 들어갈 볼 필요는 있었다.

마치 벽처럼 생긴 문에는 손이 들어갈 정도의 작은 틈이 있었다. 그곳에 손을 넣고 당겨보았지만 열리지 않았다. 밀어도 마찬가지였다. 마치 한쪽에 달려 있는 경첩은 그저 모양인 듯 닫힌 문 특유의 작은 흔들림조차 없었다. 주적자는 포기하지 않고 당기는 팔에 힘을 주었다.

빠직! 소리와 함께 문이 열리는 것이 아니라 벽에 난 틈의 나뭇조각이 떨어져 버렸다. 그가 벽을 걷어차자 발 크기만큼의 구멍이 뚫렸다. 그는 계속 벽을 부숴서 몸이 들어갈 정도의 공간을 만들었다.

"그곳에 뭐가 있어요?"

소리없이 따라온 호괴가 물었다.

"유독 이곳만 잠긴 것이 이상하잖아. 일단 들어가 봐야지."

주적자는 허리를 숙이고 안으로 몸을 집어넣었다. 유난히 짙은 어둠이었다. 주방도 빛 한 점 들어오지 않는 것은 마찬가지였는데 벽 안쪽의 어둠은 그것과 달랐다. 누군가 쉼없이 허공에 대고 먹물을 뿌려대는 것 같았다. 그렇다고 시계(視界)에 영향을 받는 것은 아니었다. 단지 그렇다는 것뿐.

주적자는 난간이 없는 계단을 뚜벅뚜벅 내려갔다. 지하는 예상외로 넓어서 거의 오십 평은 되어 보였다. 피부에 느껴지는 서늘함은 위쪽보다 더 심하게 다가왔다. 계단을 내려오며 주위를 둘러보았지만 특별한 것은 눈에 띄지 않았다.

음식 저장고가 분명한데도 채소 쪼가리 하나 찾아볼 수 없을 정도로 깨끗했다. 그랬다. 이곳은 너무 깨끗했다. 검은 벽돌로 만든 벽과 바닥은 오늘 아침에 청소를 해놓았거나 새로 쌓은 것 같았다. 벽돌과 벽돌 사이조차 검어서 마치 철판으로 만든 듯했다. 주적자는 눈에 띄지 않는 유일한 곳, 계단 밑으로 향했다.

좌측으로 돌아가자 계단이 밀려나며 사각의 무언가가 모습을 드러냈다. 마치 관처럼 보였는데 가까이 다가가자 아니라는 것을 알 수 있었다. 그것은 제사를 지낼 목적으로 만든 제단이었다. 나무에 검은 칠을 한 제단은 이 단으로 되어 있어서 아래쪽에 향로를 놓고 위쪽에 제사를 지낼 신의 그림이나 형상을 올려놓게 되어 있었다.

지금 제단 위에는 달랑 청동 향로만 올려져서 제사를 지낼 대상이 어떤 신인지는 알 수 없었다. 그리고 계단 바로 아래에 길다란 나무 상자가 있었는데, 그곳에는 곡괭이와 삽 같은 연장이 들어 있었다. 그 외에 다른 것은 보이지 않았다. 주위를 조금 더 살핀 주적자는 뒷걸음을 쳐서 계단 아래를 빠져나왔다. 이제 막 계단을 내려온 호괴가 말했다.

"이곳의 어둠은 정말 이상하군요."

그녀는 주위를 둘러보며 말을 이었다.

"아무리 짙은 어둠도 내 눈을 가리지는 못하는데 이곳의 어둠은 다섯 자 앞을 보기 힘들 정도예요. 주 공자님은 잘 보이세요?"

"내 눈이 너보다는 더 밝은 모양이군."

말을 한 주적자는 지하실 벽 가까이로 다가갔다. 뭔지 모를 특별함이 있다면 그것을 밝혀내고 싶었다.

"뭐 하세요?"

"비밀 통로 같은 것이 있을지도 모르니까."

그는 계단 바로 아래쪽 벽부터 손으로 더듬었다. 벽돌을 쌓아 우둘투둘한 촉감이 손끝에 느껴졌다. 조금 다른 것이 걸리거나 보이면 앞이나 옆으로 밀어보았지만 한 면이 끝나도록 이렇다 할 것은 찾아내지 못했다.

벽이 만나는 지점을 지나 다시 새로운 벽을 더듬어갔다. 벽의 중간쯤을 가던 그의 걸음이 우뚝 멈췄다. 손끝에 단단함과는 다른 느낌이 전해졌다. 주적자는 벽에 얼굴을 가까이 대고 손에 힘을 주었다. 마치 재를 물에 개워서 붙여놓은 듯 부드러운 그것은 쉽게 떨어졌다.

주적자의 손이 움직임에 따라 벽에 손가락 굵기 정도의 홈이 파였다. 그것은 곡선과 직선이 한데 어우러져 있었는데 무슨 글씨를 새겨놓은 것 같았다. 하나의 완성된 글씨는 손바닥 두 개를 겹쳐 놓은 정도의 크기였다. 안타깝게도 주적자가 읽을 수 있는 글씨가 아니었다.

"그게 뭐예요?"

호괴가 벽에 얼굴을 가까이 갖다 대고 물었다. 주적자는 한참 후에야 입을 열었다.

"아무래도 부적 같은 곳에 써넣는 글씨 같은데."

"그럼, 이게 주술문이라는 말인가요?"

주적자는 고개를 끄덕였다. 나인현이 있었다면 정확히 알 수 있었을 텐데 하는 아쉬움이 들었다. 그는 다시 옆 벽면을 더듬어 같은 홈을 발견하고 다시 파헤치기 시작했다. 호괴가 바닥에 떨어진 가루를 집어 냄새를 맡더니 코를 찡그렸다.

"역시 너구리를 태운 가루군요."

"너구리?"

"네. 보통 이런 음각(陰刻)된 주술문이 메워지면 그 효력을 상실하는데, 너구리를 태운 가루로 메워놓으면 효력이 그대로 유지되죠. 하지만 이런 것은 대부분 술법사들이 쓰는 것인데……."

그녀는 이상하다는 듯 고개를 갸웃했다. 주적자는 풀 수 없는 수수께끼는 뒤로하고 마저 벽을 더듬어 음각된 글자를 모두 드러냈다. 그것은 총 열여덟 자였는데 풀이할 수 있는 것은 하나도 없었다. 혹시나 하고 호괴를 봤지만 팔짱을 끼고 인상을 쓴 얼굴이 도통 모르겠다는 모습이었다.

주적자는 지하실의 벽을 모두 더듬어 음각된 주술문을 찾아냈다. 계단 쪽을 제외한 삼면 벽 모두에 그가 보기에는 비슷한 주술문이 쓰여져 있었다. 그는 몸을 한 바퀴 돌려 주술문을 훑어보며 말했다.

"혹시 이 주술문이 이 지하실의 어둠을 짙게 하는 것이 아닐까?"

그의 생각에 동감한다는 듯 호괴가 고개를 끄덕였다.

"다른 것이 없으니 그럴 수도 있겠네요."

의심이 나면 확인을 해봐야 했다. 주적자는 벽에 손을 갖다 대고 힘을 줘서 옆으로 밀었다. 돌 가루가 떨어지며 음각된 글씨가 차츰 지워지기 시작했다. 글자가 하나씩 지워질 때마다 확실히 어둠이 옅어지기 시작했다. 처음 발견한 벽에 쓰여진 글자의 반을 지우자 먹물 같은 어둠은 완전히 사라지고 평범한 어둠만이 남았다. 살갗에 달라붙는 끈적함의 자취도 허공으로 증발한 듯 느껴지지 않았다.

여기까지는 확실히 어둠을 짙게 하는 주술문이 분명했다. 그렇다면 나머지 주술문은 뭘까?

'지워보면 뭔가 나와도 나오겠지.'

주적자는 생각을 하고 나머지 벽에 있는 주술문을 모두 지웠다. 마지막 글자를 지우고 다른 어떤 변화를 기대했지만, 낯선 느낌이나 눈에 보이는 무언가는 나타나지 않았다. 일각 정도를 기다린 그는 바닥에 쌓인 가루를 일별하고 지하실 계단을 밟았다.

"그냥 나갈 거예요?"

"여기서 하루를 모두 보낼 수는 없잖아. 다른 곳도 찾아봐야지."

주루를 나서서 본 그림자는 원래 몸의 두 배쯤은 길어져 있었다. 아직 밝음이 옅어지지는 않았지만 얼마 지나지 않아 서산이 해를 삼켜버릴 것이다.

스산한 바람 한줄기가 걸음을 내딛는 주적자의 등에 부딪쳤다. 그는 펄럭이는 옷소매를 꼬아서 안으로 넣어 단단하게 여몄다. 아무래도 청송리는 아무 일 없이 지나쳐질 곳이 아닌 것 같았다. 주루와 다음 집 사이에는 산으로 통하는 작은 샛길이 있었다. 주적자는 그 길로 들어가 뒤쪽을 살핀 후 다음 집으로 들어갔다.

방과 헛간을 뒤지고 우물 안을 살피는 등, 이제껏 지나온 것과 다를 바 없는 행동은 한 집을 남겨놓을 때까지 계속되었다. 그가 막 청송리의 마지막 집의 대문으로 들어갈 때였다.

"으아아악—!"

그들이 이미 지나온 쪽에서 커다란 비명이 들렸다. 주적자는 집으로 들어가던 걸음을 돌려 소리가 난 쪽으로 뛰어갔다. 그는 단숨에 마을 중앙까지 다다랐다. 그리고 비로소 소리의 정체를 볼 수 있었다.

파란색 바탕에 금색과 붉은색이 섞인 알 수 없는 문양의 장포를 입은 사내가 미친 듯이 그를 향해 뛰어오고 있었다. 세 자나 되는 넓은 옷소매를 펄럭이며 뛰는 모양이 무공을 전혀 모르는 듯했다. 헐레벌떡 뛰는 바람에 머리에 쓴 길쭉한 모자가 떨어졌지만 사내는 뒤도 돌아보지 않았다.

오 척 반쯤 되는 키에 바닥까지 끌리는 장포를 입고 허둥대는 모습이 우습게까지 보였다. 사내는 오 장 가까이 와서야 주적자와 호괴를 발견했는지 우뚝 멈춰 섰다. 이마에 달걀만한 혹을 단 사내의 얼굴은 당황에서 분노로 서서히 넘어갔다.

"너희들이구나! 너희들이야!"

느닷없이 소리를 지른 사내의 시선이 그들을 비켜나 뒤쪽으로 향했다. 주적자도 고개를 돌려 그 눈길을 쫓았다. 정확히는 알 수 없지만 청송주루를 보는 듯했다. 타닥거리는 발자국 소리에 다시 사내를 보았다. 그는 금방이라도 울 듯한 얼굴로 주적자를 지나쳐 갔다.

"잡아서 무슨 일인지 물어보죠?"

"아니, 일단 따라가 보는 것이 좋겠군."

주적자는 서두르지 않고 사내의 뒤를 밟았다. 사내는 곧장 청송주루 안으로 들어갔다. 어디로 가는지는 보지 않아도 알 수 있었다. 주적자와 호괴는 주루의 주방을 거쳐 지하실로 내려가는 계단을 밟았다. 역시나 사내는 그곳에서 열심히 벽을 더듬고 있었다.

"지, 지워졌어… 지워졌어… 오! 이런! 이게 지워지다니! 크흐흐흐흐……!"

사내는 벽을 잡고 주르륵 미끄러져 털썩 주저앉았다. 벽에 이마를 기대고 어깨를 들썩이며 우는 모양이 여간 서럽게 보이지 않았다. 한참을 그렇게 통곡하던 사내는 갑자기 벌떡 일어서더니 언제 울었느냐 싶게 지하실 중앙으로 와서 바닥을 더듬었다.

손톱으로 벅벅 긁는 소리가 나더니 바닥에 작은 홈이 파이기 시작했다. 그것은 주적자가 파낸 주술문의 모양과 흡사했다. 사내는 네 자씩 네 줄로 나란히 늘어선 주술문을 모두 파낸 후 벌떡 일어섰다.

"혹시… 혹시……"

벽과 바닥을 번갈아 보며 중얼거리던 사내는 주먹을 불끈 쥐었다.

"확인을 해봐야 해!"

그는 계단 앞에 선 주적자와 호괴를 발견하고 새삼스럽게 흠칫 놀라더니 이내 사납게 노려보았다.

"일이 잘못되어 녀석들이 탈출을 했다면 너희들은 모두 죽은 목숨이야!"

사내는 소리를 버럭 지른 후 계단 밑에서 곡괭이를 가지고 나와 벽 앞에 섰다. 그러고도 잠시 갈등을 하던 그는 곡괭이를 단단히 움켜쥐었다.

픽!

큰 곡선을 그린 곡괭이가 벽으로 파고들었다. 사내는 쉬지 않고 곡괭이질을 했다. 얼마 지나지 않아 숨이 거칠어지고 누가 보아도 힘이 떨어졌다는 것을 알 정도로 지쳤는데도 멈출 기미를 보이지 않았다.

"저놈, 대체 뭔 짓을 하는 거지?"

호괴의 독백 같은 물음이 끝남과 동시에 퍽! 하고 벽돌이 떨어져 나왔다. 사내가 흙에 대어진 벽돌에 곡괭이를 걸어 잡아당기자 몇 장의 벽돌이 우수수 바닥으로 쏟아졌다. 사내는 몸이 들어갈 정도로 벽돌을 제거한 후 너머의 흙을 파기 시작했다. 쇠와 흙이 부딪치는 부드러운 소리가 한참 들리더니 갑자기 빠직! 하는 소리로 바뀌었다.

주적자는 사내의 뒤쪽으로 자리를 옮겨 벽 너머를 보았다. 곡괭이 끝에 부딪친 것은 나무판자였고 그것의 이름은 의심할 나위 없이 관이었다. 지하실 벽처럼 검은 관 안은 텅 비어 있었다.

"으으으······!"

사내는 힘없이 곡괭이를 떨구고 주저앉았다.

"없어··· 녀석들이 없어."

주적자는 사내의 떨리는 어깨를 보다가 다시 관으로 시선을 옮겼다. 처음에는 관 저쪽에 난 구멍을 사내가 만든 줄 알았다. 그런데 아니었다. 사내의 곡괭이에 의한 구멍이라고 보기에는 너무 컸고 또한 그 뒤쪽은 동굴처럼 뚫려 있었다.

한참 오열을 하던 사내는 곡괭이를 집어 들더니 미친 듯이 벽을 허물었다. 한쪽 벽은 순식간에 허물어져 자잘한 벽돌 조각 더미로 변해버렸다.

"제발··· 제발 한 놈뿐이기를······!"

사내는 주문을 외듯 중얼거리며 흙을 파 나갔다. 그의 곡괭이 끝에는 여지없이 관이 걸렸고 또 처음과 마찬가지로 비어 있었다. 다음 것도, 그 다음 것도······.

한쪽 벽을 채운 여덟 개의 관은 텅 빈 채 사내를 절망의 구렁텅이로 밀어 넣었다. 그래도 아쉬움이 남는지 사내의 시선이 다른 벽으로 향했다. 새로운 벽으로 다가간 사내는 이내 곡괭이를 놓았다.

찌겅!

날카로운 소리가 지하실 안을 오랫동안 배회했다. 사내는 힘없이 돌아서더니 주적자에게 다가왔다.

"너희들, 어쩔 셈이냐? 사흘… 사흘만 있었으면 녀석들을 완성할 수 있었는데… 제어할 수 없는 녀석들이 풀려났으니 이제 어쩔 셈이냐? 어쩔 셈이냐구!"

"이봐, 대체 무슨……."

"이제 다 죽었어! 나뿐 아니라 너희들, 세상 사람들이 다 죽을 거라구! 아니, 아니지… 사부님이 오셔야 하는데… 그래야 그놈들을 막을 수 있는데… 아니야. 사부님이 오시면 당장 나부터 죽이실 거야. 흐흐흐흐…… 으하하하……! 우우……!"

알 수 없는 말에 웃음과 신음을 번갈아 뱉어낸 사내는 지하실을 후닥닥 뛰어나갔다. 주적자는 어디로 튈지 모르는 개구리를 쫓는 심정으로 사내의 뒤를 따랐다. 사내는 주루에서 나오자마자 사위를 둘러보더니 서쪽을 향해 무릎을 꿇고 머리를 조아렸다.

"사부님! 이건 제자 잘못이 아닙니다. 이상한 것들이 나타나 일을 망친 겁니다! 사부님! 제자 잘못이 아닙니다!"

사내는 이마를 바닥에 찧으며 있지도 않은 상대에게 용서를 빌었다. 언제까지 그의 이상한 행동을 보고 있을 수는 없었다. 주적자는 사내의 뒷덜미를 잡고 힘을 줬다. 사내를 반쯤 들어 올렸을까? 갑자기 힘을 줬던 팔이 아래로 쑤욱 내려갔다. 무언가 사내를 잡아당기는 것 같았고 실제로도 그랬다.

"저게 뭐야?"

호괴의 목소리에 깃든 놀라움만큼이나 주적자의 경악도 컸다. 백 살 먹은 노인의 그것처럼 앙상하고 푸른 손이 땅에서 솟아 나와 사내의 팔을 잡고 있었다.

푸시시시―

뜨거운 쇠를 물에 담근 것 같은 소리와 함께 햇빛에 닿은 푸른 손에서 연기가 피어 올랐다.

"으아아아―! 그놈들이야! 그놈들이 날 잡았어! 살려줘!"

사내의 고함과 몸부림이 아니더라도 그를 정체 불명의 괴물들에게 넘겨줄 마음은 없었다. 하지만 세상일이 언제나 그렇듯 뜻대로 되지만은 않았다.

찌이익―

주적자가 잡은 장포가 찢어지며 사내는 빠르게 땅속으로 빨려 들어갔다. 다시 잡기 위해 황급히 팔을 뻗었지만 또 다른 팔에 다리까지 잡힌 사내는 순식간에 파묻혀 버렸다. 간간이 튀어 오른 흙의 움직임이 멎은 후 고요가 찾아왔다. 바람까지 없는 침묵은 그래서 더욱 무겁게 느껴졌다.

"뭐 같았어요?"

주적자는 사내가 사라진 땅에서 시선을 떼지 않고 말했다.

"요괴에 대해서는 네가 더 잘 알잖아."

호괴는 고개를 저었다.

"땅속에 사는 요괴가 몇 있기는 하지만 저렇게 인간의 팔을 가지고 있지는 않아요. 지랑(地狼)이라고 불리는 요괴는 개처럼 생겼고 무상(無傷)은 돼지처럼 생겼죠. 온(媼)이라는 요괴가 양이나 혹은 멧돼지 같은 모습을 하기도 하지만 사람으로 변할 수는 없어요. 즉, 저것은 내가 아는 요괴가 아니에요."

"그럼 만들어진 것일 수도 있겠군."

그는 간판이 세로로 걸린 청송주루를 보며 말했다.

"햇빛에 닿은 팔에서 연기가 나는 것으로 보아 저기서 만들어진 흡혈귀일 수도……."

호괴의 시선이 주적자의 얼굴에 닿았다.

"당신은 내 생각보다 엄청난 상대를 적으로 뒀군요."

"그걸 알았으면 지금이라도 떠나, 더 늦기 전에."

그녀는 싱긋 웃음을 지었다.

"호괴들 사이에 이런 속담이 내려오죠. 네 발을 모두 담그지 않으면 늪의 깊이를 알 수 없다."

"죽더라도 말인가?"

"원래 여우가 호기심 많은 동물이죠."

주적자는 다시 사내가 사라진 땅으로 시선을 돌렸다. 속에 있던 흙이 올라와 짙은 색을 뿌리며 사내의 죽음을 확인시켜 주었다.

"그런데 이곳에 그냥 있어도 될까요?"

주적자는 무슨 소리냐는 듯 호괴를 보았다.

"땅속의 괴물이 우리를 공격할지도 모르잖아요."

그는 대답 대신 서산에 걸린 해를 보았다. 이미 붉어져 가는 해는 눈에 아무런 고통도 주지 못했다. 하긴 정오의 태양도 마찬가지겠지만.

"아직은 햇빛이 있으니."

"사내가 끌려 들어갈 때도 해는 있었어요."

"잡기 쉬운 먹이이니 위험을 무릅썼겠지."

호괴는 버릇처럼 어깨를 으쓱했다.

"네, 하지만 보시다시피 곧 해가 질 거예요. 내 생각에는 빨리 이곳을 뜨는 것이 좋겠는데요. 물론 그렇게 하지 않겠지요?"

주적자는 입술 끝만을 올려 웃음을 지었다.

"잘 아는군."

"누가 당신이라는 사람을 잘 알 수 있겠어요? 어쨌든 난 땅 위에 있기 싫어요. 아무리 나라고 해도 그 요괴도 아니고 정괴도 아닌 이상한 것들한테 땅속으로 끌려 들어가면 살아 나오기 힘들 테니까요."

그녀는 말을 하고 몸을 뒤로 훌쩍 날려 지붕으로 올라갔다. 주적자는 물끄러미 짙은 색의 흙을 보았다. 발바닥에 신경을 집중시켜 보았지만 별다른 진동은 느껴지지 않았다. 그 괴물들이 나타나는 순간에도 뭔가를 느낀 것은 아니었다. 아무리 신경을 쓰지 않고 있었다 하더라도 이상한 느낌은 곧장 육체로 전달되는데, 그때는 아무 감각도 없었다.

'땅속을 기척도 없이 움직이는 괴물이라…….'

주적자는 '나도 끌려 들어가면 죽을까?' 라는 생각을 하고 피식 웃음을 지었다. 몸이 석고상처럼 산산조각나 먹혀 버리면 살아남을 리가 없었다. 주적자는 문득 호괴가 들려주었던 얘기가 떠올랐다.

"흡혈귀로 변했을 때 주 공자님의 육체는 금강석(金剛石)처럼 강했어요. 발톱이 부러질 뻔했으니까요."

주적자는 자신의 손을 내려다보았다. 오무렸다 폈다를 반복하며 살펴보았지만 여느 때의 자신과 달라진 것은 발견할 수 없었다. 그는 등에 멘 무명묵검을 빼서 팔뚝 위에 올렸다.

"뭐 하세요?"

위쪽에서 호괴의 목소리가 들렸지만 그는 신경 쓰지 않고 검을 그었다. 살은 너무도 쉽게 베어져 피가 주르륵 흘러내렸다. 무명묵검이 무쇠라도 벨 수 있는 명검이라 피부에 상처를 낸 것이 아니었다. 손에 전해지는 느낌만으로 그런 것쯤은 알 수 있었다.

"흡혈귀로 변했을 때만 몸이 단단해지는가 보군."

주적자는 '그럼 녀석들에게 끌려가면 나도 확실히 죽겠군'이란 중얼거림을 뱉었다.

'그래, 죽음이 찾아온다면 녀석들에게 완전하게 죽는 게 나을 거야. 그렇지 않다면……'

주적자는 긴 한숨을 내쉰 후 몸을 날려 호괴 옆에 앉았다. 숲을 뚫고 온 바람 한 자락이 그의 머리칼을 날렸다. 그는 검을 넣고 앞으로 흐트러진 머리칼을 쓸어 올려 뒤쪽으로 묶었다.

서산으로 넘어가는 해가 무척이나 가깝게 느껴졌다. 저처럼 붉게 타오르는 태양이 한낮의 그것보다 뜨겁지 않다는 것이 이상하게 느껴졌다.

주적자는 등에 멘 검을 풀어 무릎 위에 놓았다. 언제나 그렇듯 검이란 친구는 같이 있는 것만으로도 편안한 느낌을 주었다. 그래서 그는 이미 뼛속까지 무사인 것이다.

잠시, 일생을 통틀어놓으면 찰나라 할 수 있는 며칠 동안 그는 대장장이로의 삶을 원했던 적도 있었다. 인정하기는 싫었지만 그것은 두려움 때문이었다. 흡혈야황을 만나는 것에 대한 두려움…….

흡혈야황 그 자체가 두려운 것은 아니었다. 흡혈야황이 당과라는 사실을 확인하는 것이 두려운 것도 아니었다. 그가 진정으로 두려운 것은 자기 자신이었다. 흡혈귀가 되어 평생을 살아야 하는, 삶이 죽음보다 고통스럽다는 것을 깨달아가는 하루하루가 영원히 이어진다는 것을 알아버리는 그 순간이 두려웠던 것이다.

허름한 옷에 입 안을 상처투성이로 만들 것 같은 거친 식사로 산다 해도 그 순간의 공포를 벗어날 수 있다면 그렇게 했을 것이다. 보름 동안 땀 흘려 일한 대가가 고작 한 냥에 불과하더라도, 그는 그것에 더 큰 의미를 부여할 수도 있었다. 그 공포에 맞설 수 있다면 동전 한 문에도 가가대소(呵呵大笑)를 터뜨릴 수 있었다.

하지만 그는 알지 못했다. 온몸을 쥐어짜서 나오는 싯누런 기름까지 증발시켜 버릴 것 같은 그 공포조차 누르지 못하는 것이 있음을 그는 미처 깨닫지 못했다. 피를 모두 빼내고 머리를 깨서 뇌수를 바닥에 질질 뿌린다 할지라도 버릴 수 없는, 그의 솜털 하나하나에게까지 각인된 이름이 있었음을 그는 알지 못했다.

무사!

요괴가 나타나 아이들을 끌고 갔다는 그 소리를 들었을 때 비로소 그 이름이 그를 불렀다. 주체할 수 없는 피의 끓음이 무엇인가 생각하기도 전에 그의 본능이 먼저 무사라는 정체를 쫓아 달리고 있었다.

결코 아이들을 구해야 한다는 정의감은 아니었다. 설사 그런 것이 있었다 할지라도 피부에 잠시 붙었다 떨어져 나가는 각질만큼의 양, 그 이상도 이하도 아니었다. 온몸에 살아온 만큼의 흉터를 가지고 있었고 또 그만큼 힘겨워 피하고 싶었던 싸움이라고 생각했는데 그의 본능은 그것을 즐기고 있었던 모양이다.

검과 검이 부딪치고 육과 육이 비벼지며 터뜨리는 비명을 그는 좋아하고 있었다. 싸움이 치열하면 치열할수록 그의 본능은 즐거워했던 것이다. 야구자를 맨손으로 찢으며 그것은 비로소 머리 속으로 스며들었다. 본능과 이성이 악수를 나누었는데 무엇을 더 의심하겠는가?

주적자는 반 이상이 넘어간 태양에서 시선을 떼고 하늘을 보았다. 밀물처럼 거둠이 스멀스멀 밀려오고 있었다. 그것은 분명 위험이 다가오는 징조였음에도 그의 피는 오히려 차가워졌다.

주적자는 다시 청송주루로 눈길을 돌렸다. 새삼 땅속으로 사라져 버린 사내의 사부가 누구일까 하는 의문이 생겼다. 지하실에 새겨진 주술문으로 보아서는 흡혈야황은 아닐 것이다. 아니, 흡혈야황일 수도 있었다. 흡혈야황이 주술을 못하란 법은 없으니까.

그렇다면 그, 아니, 그녀, 아니, 흡혈야황은… 당과일까?

흡혈야황과 당과의 이름이 동시에 떠오르자 언제나 그렇듯 가슴이 뻑뻑해졌다. 그는 심호흡을 하고 애써 그 생각을 지웠다. 미리 하는 예상 때문에 심란함을 자초할 필요는 없었다.

바라기는 오늘 이 밤에 흡혈야황을 만나는 것이었다. 그의 짧지만 긴 여정을 오늘 끝내고 싶었다. 설사 그가 흡혈귀가 되어 영원히 죽을 수 없는 몸이라는 것을 아는 그 끔찍함을 맛본다 하더라도 오늘 흡혈야황을 만나고 싶었다. 만약 그가 흡혈귀가 되었고 영생의 지옥불 속에서 뒹굴어야 한다면 어떻게든 돌려놓아야 했다.

흡혈야황이 만들었으니 흡혈야황이 다시 돌려놓을 수 있을 것이다. 그렇게 하도록 만들어야 했다. 그의 인생이 아무리 불행으로 얼룩졌다고 해도 인간으로 태어나 인간으로 죽는 그 최소한의 권리마저 박탈당하고 싶지는 않았다. 죽음을 찾아 방황하는 흡혈귀의 모습이 될 수는 없었다.

'당과가 들려놔 줄 거야.'

그는 생각을 하고 깜짝 놀랐다. 그는 느끼지 못하는 사이 흡혈야황의 정체가 당과라고 확정지어 버렸는지 모른다. 단지 인정하기 싫었을 뿐.

"해가 완전히 졌군요."

호괴의 말에 그는 상념을 중단하고 서산을 보았다. 태양의 모습은 완전히 사라지고 붉은 숨결만이 자취를 토해내고 있었다. 살갗에 닿은 어둠이 소름을 돋게 만들었다.

스릉―

검과 검집의 마찰은 언제 들어도 호랑이의 낮은 으르렁거림을 느끼게 했다. 주적자는 검집을 곁에 놓고 지붕에서 뛰어내렸다.

"이봐요, 뭐 하는 거예요?"

그는 호괴를 보지 않고 대답했다.

"땅 위가 편해."

그리고 그는 눈을 감았다. 온몸의 신경을 모두 발 밑에 집중했다. 머리칼 한 올 한 올까지 바닥의 감촉을 느낄 수 있었다. 그는 비로소 싸울 준비가 된 것이다. 무사라는 이름으로…….

광란의 지하실

제29장 광란의 지하실

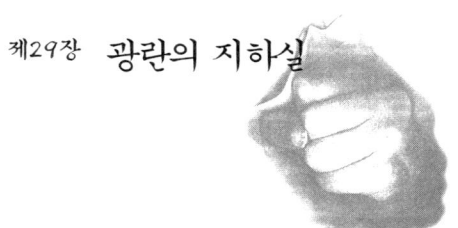

　지금의 주적자는 무척 커 보였다. 정수리를 보고 있는데도 왠지 우러르고 있는 느낌이 들었다. 처음 그녀와 싸울 때와 지금의 주적자는 마치 딴사람 같았다. 그때는 이길 수 없는 상대라는 생각이 들지 않았는데 지금은 달랐다. 그녀가 이백 년 정기를 빼앗겼기 때문만은 아니었다.

　강하다는 의미는 단순히 육체에서만 나오는 힘이 아니기 때문이다. 어쩌면 이미 죽음을 경험한, 부활에서 나오는 힘일지도 모른다. 비 온 뒤의 땅이 굳는 것과 마찬가지로 주적자도 그렇게 강해졌으리라.

　그녀는 주적자가 풍기는 압박감에서 벗어나기 위해 큰 숨을 들이키고 숲을 보았다. 이제 어둠은 온전히 그들의 것이 되었다. 태양의 미약한 빛도 사라졌고 이제 겨우 얼굴을 내민 달도 구름에 가려 보이지 않았다. 서둘러 빛을 뿌리는 별 또한 밝음을 지켜주지는 못했다.

그래서 숲은 검었고 허물어져 가는 집들도 살아 있는 것들의 무덤처럼 보였다. 지붕에서 본 마을은 아래에서 볼 때보다 훨씬 을씨년스러웠다. 짚으로 엮은 지붕과 낡아 허물어져 가는 담으로 둘러싸여 다닥다닥 붙은 집들은 마치 똬리를 튼 거대한 묵색의 괴물 같았다.

호괴는 검을 땅에 내려뜨린 채 여전히 미동도 하지 않는 주적자를 보았다. 땅에 내려선 지 반 시진이 흘렀는데 손가락 하나 움직이지 않고 있었다.

"아무리 주 공자님이라고 해도 거긴 위험하지 않나요?"

"……."

"아까 그 사내처럼 죽을 수도 있다구요."

주적자는 여전히 눈을 감은 채 대답했다.

"그렇게 갈기갈기 찢겨 죽는다면… 그게 더 좋겠지."

"무슨 말이에요?"

그는 비로소 눈을 뜨고 그녀를 보았다. 너무 깊게 가라앉아 그저 휑한 구멍만 뚫려 있는 것 같았다.

"죽을 때… 내가 죽을 때 완전하게 죽지 못하고 다시 살아난다면… 아니, 꼭 죽지 않더라도 내 몸이 죽음에 이르는 경험을 한다면… 어쩌면 난 다시 사람으로 돌아올 수 없을지도 몰라."

너무 낮아서 독백처럼 들리는 주적자의 말은 그래서 더욱 불길하게 들렸다.

"만약 그러면 사람이 아닌 흡혈귀로 변해 버린다는……?"

그녀는 말을 끊었다. 위험을 알리는 경고를 보내야 하는데 미처 말이 되어 나오지 못했다. 푸른 손은 그 정도로 빨리 땅을 뚫고 튀어 올랐다.

하지만 그녀의 경고가 없어도, 푸른 손이 아무리 빨라도 주적자를 잡지는 못했다.

어느새 무릎을 가슴에 붙이고 뛰어오른 주적자는 땅을 향해 검을 그었다.

퍼억!

단단한 나무에 도끼를 꽂는 것 같은 소리 뒤로 한줄기 선혈이 땅 위에 뿌려졌다. 푸른 손은 헛되이 상처만 입고 나타날 때만큼이나 빨리 사라졌다. 워낙 순식간에 일어난 일이라 땅에 번진 피가 아니라면 잘못 봤나 하고 착각할 정도였다.

호괴는 더 자세히 보기 위해 처마 끝에 손을 대고 엎드렸다. 섬전 같은 한 번의 움직임이 무색하게 주적자는 미동도 하지 않았다. 안으로 갈무리한 힘을 한 번에 터뜨리려는 기운이 그녀에게까지 느껴졌다.

'괜찮을까?'

걱정 끝으로 갑작스러운 기운이 머리에서 발끝까지 관통했다. 그것은 본능이 느끼는 위험이었다. 호괴는 팔과 무릎에 힘을 줘 껑충 뛰어올랐다.

퍼석!

그녀가 있던 지붕을 뚫고 푸른 손이 튀어나왔다. 코끝에 다다른 손에서 역한 냄새가 풍겼다. 그녀는 손을 쳐내며 그 힘으로 더 높이 도약했다. 허공에서 빙글 돈 호괴의 옷이 사방으로 흩어지며 본래의 여우 모습이 되었다.

척!

지붕에 내려선 호괴는 네 발의 발톱을 모두 끄집어냈다. 푸른 손이 들어가는가 싶더니 짚이 사방으로 퍼지며 지붕을 뚫고 무언가가 치솟았다. 그것은 분명 사람이면서 사람이 아니었다. 외형은 분명 인간이었지만 인간의 피부가 저처럼 푸른색을 띨 수는 없었다. 더구나 살갗을 뚫고 나올 것 같은 온몸의 힘줄이라니. 털이란 털은 모두 빠져 자궁에서 갓 나온 아기를 열 배쯤 확대시켜 놓은 듯한 모습은 괴물이라고밖에 볼 수 없었다.

크르르르—!

위협하듯 드러낸 이빨은 마치 톱날처럼 생겼고 두 개의 송곳니가 턱중간까지 삐져 나와 있었다. 호괴 또한 지지 않고 이빨을 드러냈다.

파앗—!

괴물과 호괴는 서로를 향해 동시에 지붕을 박찼다. 괴물의 팔과 호괴의 앞발이 부딪쳤다. 쩌엉! 하는 소리와 함께 호괴는 충격으로 몸이꺾이는 것을 느꼈다. 엄청난 힘이었다. 그녀는 꺾인 몸을 내쳐 한 바퀴돌려서 뒷발로 괴물의 얼굴을 후려쳤다.

퍽!

묵직한 감촉이 느껴졌지만 괴물은 그저 고개를 돌렸을 뿐 별 타격을받은 것 같지 않았다. 지붕에 내려서 힐끔 본 주적자는 이미 네 마리의괴물과 혈투를 벌이고 있었다. 주적자의 검이 여러 번 스치고 지나간듯 선혈이 낭자했지만 바닥에 누운 녀석은 없었다.

호괴는 다시 눈앞의 괴물과 일전을 위해 몸을 낮게 웅크렸다. 그런데 갑자기 배 쪽에 따가운 무언가가 느껴졌다. 그것은 튀어 오른 짚이었고, 곧바로 올라온 손이 배를 움켜쥐었다.

찌익—

한 움큼의 털을 희생한 후에야 호괴는 괴물의 손을 빠져나올 수 있었다. 하지만 위험이 완전히 끝난 것은 아니었다. 이제 두 마리로 늘어난 괴물은 동시에 그녀를 압박했다.

"흥! 괴물 따위가 감히!"

호괴는 냉소를 터뜨리고 분신술을 펼쳤다. 그녀는 세 개의 허상을 각각의 방향에 쫙 펼쳐 괴물 둘을 포위했다. 어떤 것을 공격할까 허둥대는 모습이 역력했다. 녀석들의 호전적인 성격을 보여주듯 괴물 하나가 왼쪽의 허상을 향해 달려들었다. 지붕을 박찼다고 느낀 순간 허상에 이미 손이 파고든 상태였다.

호괴는 재빨리 괴물이 통과한 허상으로 옮겨 녀석의 발뒤꿈치를 발톱으로 긁었다. 하지만 하얗고 비릿한 껍질만 벗겨졌을 뿐 피 한 방울 볼 수 없었다. 흡혈귀로 변했을 때의 주적자만큼이나 단단한 놈들이었다.

크어엉!

분노 찬 울부짖음을 터뜨리며 달려드는 녀석을 피해 호괴는 다른 허상으로 옮겨갔다. 우연처럼 실체가 된 그녀에게 한 녀석이 덤벼들었다. 호괴는 우측의 가까운 허상으로 옮긴 후 녀석이 지나치길 기다려 다시 원래 있던 곳으로 스며들어 지나친 녀석의 등을 후려쳤다.

퍽!

녀석을 때린 순간 무언가 잘못되었다는 것을 깨달았다. 언제 돌아섰는지 모르게 돌아선 녀석의 가슴을 때린 것이다.

턱!

녀석의 길다란 손가락이 그녀의 앞발을 움켜쥐었다. 으스러질 것 같은 아픔을 느끼며 재빨리 그 몸에서 빠져나와 다른 곳으로 옮겨갔다. 하지만 그곳 역시 무사하지 못했다. 느끼지 못한 사이 등장한 세 명의 괴물이 허상을 마구 공격하고 있었다.

호괴는 제자리에서 핑그르르 돌며 지붕에 덮인 짚을 사방으로 뿌려 댔다. 회오리에 말린 먼지처럼 위로 솟아오르는 지푸라기가 시야를 가린 사이 재빨리 빠져나갔다. 괴물 하나가 그녀의 등을 후려쳤지만 꼬리를 스친 충격 정도로 지붕을 떠날 수 있었다. 지붕에서 뛰어내리며 뒤를 봤는데 추적자는 이미 그곳에 없었다.

'괜찮을까?'

추적자에 대한 걱정은 곧바로 뒤따라온 괴물들에 의해 사라졌다. 지금으로써는 그보다 그녀가 죽을 확률이 높았다.

"젠장! 추적자와 빨리 헤어졌어야 하는 건데."

투덜거린 호괴는 검은색으로 물든 숲 속으로 들어섰다. 하지만 세 그루의 나무를 채 지나치기도 전에 땅속에서 튀어나온 괴물에게 앞이 막혀 버렸다.

"이 녀석들 대체 몇 놈이나 있는 거야?"

호괴는 불안한 시선을 뒤로 던졌다. 그녀를 공격했던 다섯 명의 괴물이 빠르게 다가오는 것이 보였다.

크엉!

맹수의 그것 같은 포효를 터뜨리며 전면의 괴물이 덮쳐들었다. 호괴는 하는 수 없이 우측으로 피해서 달렸다. 산비탈을 비스듬히 달린다는 것은 생각보다 쉬운 일이 아니었다. 자칫하다가는 나무에 부딪쳐 괴물들의 손아귀에 떨어질 수도 있었다.

잡목들 사이를 이리저리 피해 나가며 호괴는 되도록 숲 속으로 들어가려 했다. 울창한 나무는 언제나 그렇듯 훌륭한 은신처를 제공해 주기 때문이다. 하지만 괴물들은 그녀가 숲으로 들어가는 것을 허용하지 않았다.

놈들은 마치 노련한 사냥꾼처럼 그녀를 자꾸 마을 쪽으로 몰아갔다. 미처 느끼지 못한 사이 그녀의 발은 어느새 평지를 밟고 있었다. 산과 집 사이에 난 좁은 길이었다. 뒤쪽과 머리 위에서 동시에 네 명의 괴물이 덮쳤다.

꽈직!

호괴는 어깨로 집의 벽을 허물고 안으로 들어갔다. 아무렇게나 널려져 있는 이불로 보아 방인 것 같았다. 겨우 중심을 잡고 섰는데 지붕이 무너지며 또 다른 괴물이 덮쳤다. 쉴 틈을 주지 않고 공격하는 녀석들이 어떻게 저렇듯 빠른 움직임을 보일 수 있을까 하는 의문을 가지게 만들었다. 그녀가 잡히지 않고 도망치는 것은 순전히 놈들보다 움직이는 거리가 짧기 때문이었다.

호괴는 앞으로 공중제비를 돌며 방문을 박차고 뛰어나갔다. 툇마루를 내려서 마당의 우물에 올라서자 뒤쫓는 다섯 개의 그림자가 보였다. 호괴는 그대로 담을 뛰어넘어 일 장 넓이의 길을 건넜다.

녀석들을 뒤쪽에 뒀으니 맞은편 숲으로 빠져나갈 수 있을 거라는 희망이 생겼다. 한 번의 도약으로 지붕에 올라선 호괴의 발 밑에서 콰광! 하는 소리가 들리더니 집 전체가 흔들렸다. 주춤한 호괴는 그대로 지붕을 박차고 숲의 어둠으로 스며들려 했다. 그러나 일은 호괴의 뜻대로 풀리지 않았다.

우악스럽게 집을 뚫고 나온 녀석이 아래서 그녀를 기다리고 있었다. 팔을 쭉 뻗어 잡으려는 녀석의 손길을 피해 분신술을 펼치자 순간 녀석이 당황했다. 세 개의 분신과 하나의 실체는 빠르게 숲 속으로 내달렸다.

드디어 우거진 나무 사이에 들어선 것이다. 뒤를 힐끔 보자 당연히 쫓아올 것이라고 예상한 괴물들의 모습이 보이지 않았다. 걸음을 멈추고 주위를 둘러봤지만 녀석들이 다가오는 기미는 없었다.

'숲 속으로 도망쳤기 때문에 쫓는 것을 포기한 것일까?'

알 수 없었다. 미지의 적은 예상할 수 없다는 점에서 상대하기 까다로운 존재였다. 호괴는 뾰족한 가시를 드리운 거친 잡목과 바위들을 피해 산 위쪽으로 움직였다. 워낙 빽빽하게 들어찬 장애물 때문에 걸음을 옮기기도 힘들었다.

무릎까지 빠지는 낙엽 더미가 기분 나쁜 감촉을 전해줬다. 호괴는 앞에 보이는 바위로 훌쩍 뛰어 올라가 바람결에 코를 가져갔다. 생기 잃은 나무를 스쳐 온 바람은 무색의 시려움만을 전해줬다. 숲 속 특유의 냄새 외에 아무것도 느껴지지 않는 것으로 보아 녀석들의 추격을 완전히 따돌린 모양이다.

"제길! 내가 천호만 됐어도… 아니, 이백 년 정기를 빼앗기지만 않았어도 이런 초라한 꼴이 되지는 않았을 텐데."

호괴는 투덜거리며 마을 쪽으로 시선을 던졌다. 무성한 나무에 가려 보이지 않는데도 그녀는 쉽게 돌아서지 못했다. 그곳에 아직도 주적자가 있기 때문이다.

"살아날 수 있을까?"

그럴 것이다. 붕과의 싸움에서도 살아났는데 저런 족보도 없는 괴물들에게 죽을 주적자가 아니었다. 그렇게 생각해도 걱정은 가시지 않았다.

'내가 왜 그 녀석을 걱정하고 있는 거지?'

갑작스럽게 던져진 스스로의 질문에 그녀는 당황했다. '녀석의 정기가 아깝기 때문이야'라고 변명을 해보지만, 온전히 그것만은 아니라는 것을 아는 자신을 속일 수는 없었다. 이미 한 명의 사람에게 정으로 얽매여 풀지 못한 상태에서 다른 인간과 정을 쌓고 싶지는 않았다.

그래서 그녀는 몸을 돌렸다. 뒤쪽에서 자꾸 잡아당기는 무언가를 떨치고 호괴는 바위에서 뛰어내렸다.

파아—

괴물은 너무 갑작스럽게 솟아올랐다. 아무 기척도 없이 턱 바로 밑에서 튀어나온 팔은 그녀의 목을 단단하게 움켜쥐었다. 목젖이 파열될 것 같은 고통과 함께 단숨에 숨이 막혀왔다. 호괴는 재빨리 분신술을 펼쳐 허상으로 옮겨갔다. 그런데 약속이나 한 듯 다른 괴물이 그녀를 기다리고 있었다.

허상이 실상으로 변하는 순간 뒷다리가 괴물의 손 안에 들어갔다. 다른 곳으로 옮겨가자 이번에는 꼬리가 붙잡혔다. 호괴는 허상들을 내쳐 달리게 하고 가장 가까운 허상으로 스며들었다. 하지만 이렇게 하면 도망칠 수 있을 것이라 생각했는데 아니었다.

괴물들은 단순히 본능에 의해서 움직이는 것이 아니라 서로 조직적인 연계 하에 호괴를 압박했다. 어찌 보면 그녀가 옮겨갈 허상을 미리 알고 있는 것 같았다. 옮겨간 허상이 실상으로 변하는 순간 두 명의 괴물이 그녀의 앞을 막았고 세 명은 혹시 있을지 모를 실상으로의 변환을 염려해 허상을 쫓았다.

설사 지금 허상으로 옮겨간다 하더라도 잡힐 것은 뻔했다. 그녀가 망설이고 있는 사이 거리가 멀어져 버린 허상은 허공으로 흩어졌다.

"제길!"

호괴는 욕설을 뱉고 뒤쪽으로 몸을 날렸다. 그녀의 허상을 쫓았던 세 명의 괴물은 금세 따라붙어 역한 냄새를 피워댔다. 나뭇가지에 털이 뽑히고 눈이 찔리면서도 호괴는 속도를 줄일 수가 없었다.

꾀 많은 호괴라 할지라도 이 위기를 타계할 좋은 방법이 떠오르지 않았다. 가장 최선의 방법은 저들보다 빨리 움직여 손길을 벗어나는 것인데 가능성이 희박해 보였다. 처음처럼 그녀만 잡기 위해 우우 몰려오는 것이 아니라, 분신을 대비해 학 날개 모양으로 퍼져서 쫓아왔다.

물론 당장 잡히지는 않을 것이다. 아무리 완벽하게 포위한다 할지라도 분신술을 펼치는 호괴를 쉽게 잡을 수는 없었다. 문제는 그녀의 체력과 정신력이었다. 밤새도록 미친년 널뛰듯이 이리저리 뛰어다닐 수도 없을 뿐더러 막대한 정신력이 소비되는 분신술을 무한대로 펼칠 수도 없었다.

정신없이 도망치다 보니 마을이 눈앞에 나타났다. 결국 그렇게 원하던 숲에서 다시 추방당한 것이다. 호괴는 쫓아오는 괴물들을 힐끔 보고 지붕을 넘어 마을 중앙 길에 섰다. 다시 반대 편 숲으로 도망칠까 하는 갈등은 오래지 않아 끝났다. 어차피 한번 경험한 일이 되풀이된다면 숲은 오히려 그녀의 행동에 방해가 될 뿐이었다.

호괴는 길을 가다 우측으로 달렸다. 빠르게 스치는 집의 지붕 위로 그녀와 나란히 달리는 괴물들이 보였다. 뒤쪽을 힐끔 보자 역시 세 명의 괴물이 쫓아오고 있었다. 마을 중간쯤을 지날 때 현판의 한쪽이 떨어져 덜렁거리는 청송주루가 보였다. 무심코 비켜가던 시선이 다시 그곳으로 돌아갔다.

지하!

그 지하에 새겨진 주술문은 틀림없이 저 괴물들을 가두는 것이었고, 주적자가 그것을 지움으로 녀석들이 탈출하게 된 것이 분명했다. 어쩌면 괴물들은 그 주술문을 두려워하고 있지 않을까? 그녀의 예상이 맞을 것이다.

지하실 중앙 바닥에 있던 주술문이 그것을 증명하고 있었다. 만약 괴물들이 그 주술문을 두려워하지 않았다면 힘들여 땅을 파고 반대쪽으로 나갈 이유가 없었다. 지하실 벽을 허물고 나오면 간단한 일이었으니까.

아직 바닥에는 주술문이 새겨져 있으니 숲보다 확실한 은신처가 생긴 셈이었다. 지하실로 들어가기만 한다면 괴물들이 감히 다가서지도 못할 것이다. 그러나 청송주루의 지하실까지 들어가기가 쉽지는 않을 것 같았다. 그녀의 생각을 눈치 챈 듯 지붕을 달리던 두 명의 괴물이 긴 호선을 그리더니 그녀의 앞을 가로막았다.

스팟!

호괴 또한 땅을 박차며 분신술을 펼쳐 녀석들을 지나쳤지만 뒤쫓아오던 녀석들이 어느새 앞을 가로막고 분신과 실체를 공격해 들어왔다. 옮길 분신을 찾기 위해 시선을 던지는 그녀의 눈에 낭패가 스쳤다. 녀석들은 절묘하리만치 동시에 실체와 허상을 공격하고 있었다.

호괴는 이를 악물었다. 한 번의 부딪침이 죽음을 부르지 않기를 바라며 그녀를 공격하는 녀석을 향해 앞발을 휘둘렀다. 괴물은 호괴의 공격에 아랑곳하지 않고 두 팔을 뻗어 머리와 몸을 동시에 잡아왔다.

픽!

앞발에 느껴지는 감촉은 마치 물먹은 모래 부대를 친 것처럼 둔했다.

"으악!"

뒤이어 전래지는 고통에 호괴는 비명을 내질렀다. 머리와 어깨 어름에 손이 닿았다고 느낀 순간 참을 수 없는 아픔이 찾아왔다. 그녀는 허상의 상태를 확인하지도 않고 실체를 빠져나왔다. 가장 가까운 허상은 괴물의 몸을 반쯤 통과하고 있었다. 저 상태로 들어가면 그녀의 몸은 그대로 반 토막이 나버릴 것이다.

좌측의 전방에 있는 허상도 엉덩이가 걸쳐 있어 들어가기가 어려웠다. 차츰 기운이 빠지고 앞이 뿌옇게 흐려졌다. 빨리 몸으로 들어가지 않으면 정신이 대기 중에 흩어져서 영영 몸을 갖지 못하는 사태가 발생할 것이다. 그녀는 재빨리 우측으로 몸을 날렸다. 아직 다리가 완전히 빠져나가지 않은 허상으로 옮겨가기 위해서였다.

천 길 낭떠러지에서 추락하고 있는 듯 멍하고 저릿한 느낌이 동시에 그녀를 괴롭혔다. 빨리 몸으로 들어가 허상을 실상으로 만들라고 본능이 재촉했다. 하지만 그녀는 조금만 더를 외치며 참았다. 눈 깜빡이는 것을 십 분의 일로 쪼갠 듯 짧은 찰나에 불과했지만 그녀에게는 춘하추동이 세 번은 바뀌는 것처럼 긴 시간으로 느껴졌다.

정신의 기가 어깨부터 흩어지기 시작했다. 더 지체하다가는 몸의 일부가 아닌 전부를 잃을지도 몰랐다. 그녀는 허상에 정신을 집어넣었다.

잠깐 세상이 길게 보이는 듯하더니 제자리로 돌아왔다. 그와 동시에 다리 끝에 극심한 통증이 전해졌다. 땅을 디디자 그것은 더 큰 고통으로 다가왔다. 괴물의 몸을 완전히 빠져나오지 않은 상태에서 들어온 것이 틀림없었다.

얼마나 큰 부상인가를 돌아볼 겨를이 없었다. 그녀는 고통을 무릅쓰고 청송주루를 향해 달렸다. 바람 때문일까? 아래로 늘어진 현판이 좌우로 끄덕끄덕 움직였다.

청송주루에 삼 장 가까이 다가갔을 때 그녀의 입에서 '아!' 하는 탄식이 터졌다. 그 끔찍하도록 파란색의 괴물이 지붕 위에 모습을 드러냈다. 피부색만큼이나 파란 눈은 그녀를 향해 번들거렸다. 너무도 적나라한 살의는 그녀에게 완전한 절망의 그물을 씌워놓았다.

여기서 멈추면 꼬리 끝에 다다른 녀석들의 손에 갈가리 찢겨질 것이다. 그렇다고 지금 지붕에서 몸을 날리는 녀석의 손길을 조금의 속도도 늦추지 않고 피할 자신 또한 없었다. 분신술을 쓰려 해도 그녀의 정신력은 이미 말라 버렸다.

완벽한 절망을 확인시키듯 지붕에서 뛰어내린 괴물이 호괴의 머리를 향해 주먹을 휘둘렀다. 그녀는 차라리 눈을 감았다. 지난 구백 년 동안 살아온 삶이 너무 억울했지만 그것이 다가오는 죽음을 피하게 하지는 못했다.

갑자기 몸이 옆으로 휘청 쏠렸다. 고통이 몸을 지배하기 전에 몸이 먼저 저승의 강을 넘는 것처럼 느껴졌다. 그런데 아니었다. 가슴에 느껴지는 따뜻한 손의 감촉이 그녀를 현실의 세계로 불러들였다.

눈을 뜨자 지붕에서 뛰어내린 괴물의 머리가 아래로 떨어지고 있는 것이 보였다. 유난히 붉은 피는 머리가 땅을 몇 바퀴 구른 후에야 터져 나왔다. 세상이 갑자기 옆으로 빠르게 이동하며 주적자의 목소리가 들렸다.

"지하실로 들어가!"

주적자가 호괴를 청송주루 쪽으로 던졌다. 공중제비를 돌아 바닥에 내려선 후 뒤를 돌아보자, 주적자는 그녀를 쫓아온 다섯 명의 괴물과 싸움을 벌이고 있다.

"빨리 들어가라니까!"

주적자가 검을 휘두르며 재촉했다. 그도 그녀와 똑같은 생각을 하고 있었다.

'그런데 그럴 필요가 있을까?

단숨에 괴물의 목을 날려 버린 주적자의 무위를 보면 굳이 도망칠 필요가 없을 것 같았다. 하지만 이내 그녀는 자신의 생각이 잘못되었다는 것을 깨달았다. 주적자에게 이미 머리가 떨어졌던 괴물의 몸에서 변화가 생기기 시작했다. 뿜어져 나오던 피가 멈추더니 해파리의 촉수처럼 하얀 줄기가 목에서 퍼져 나오기 시작했다.

그것은 점점 길어지는가 싶더니 네 자 정도 떨어진 머리까지 이어졌다. 그 촉수가 떨어진 머리 안으로 파고들어 몸 쪽으로 끌어당겼다. 이미 떨어져 버린 몸과 머리가 제자리를 찾아 괴물이 다시 움직이는 모습은 그렇게 연출되었다.

주적자가 부활하는 모습에서는 어떤 신성함조차 느껴졌었는데 괴물의 저런 모습은 끔찍할 뿐이었다.

크엉―!

기다란 비명에 호괴는 고개를 돌렸다. 주적자와 싸우고 있던 녀석 중 하나의 팔이 떨어져 나가 바닥을 뒹굴었다. 하지만 그 녀석 역시 하얀 촉수로 떨어진 팔을 다시 이어 붙이고 있었다. 이건 도저히 이길 수 있는 싸움이 아니었다. 부상도 죽지도 않는 괴물과의 싸움에서 얻을 수 있는 것은 자신의 죽음뿐이었다.

주적자는 몸을 빙글 돌려 괴물 다섯을 동시에 물러서게 한 다음 청송주루를 향해 몸을 날렸다.

"들어가!"

그의 외침에 퍼뜩 정신을 차린 호괴는 황급히 주루 안으로 뛰어들었다. 술 먹는 곳을 지나 부엌으로 들어가는 그녀의 뒤를 주적자가 바짝 따라붙었다. 금세 실내에 들어찬 역겨운 냄새로 괴물들이 가까이 왔음을 알 수 있었다. 호괴는 주적자가 부순 문을 통해 지하실 안으로 들어갔다.

단숨에 계단을 뛰어내려 주술문이 쓰여진 지하실의 중앙에 다다랐다. 호괴가 몸을 세움과 동시에 주적자가 곁으로 뛰어내렸다. 그는 황급히 자세를 잡고 괴물들을 향해 섰다. 주적자를 따라 가장 먼저 내려온 괴물의 몸에서 갑자기 연기가 피어 오르더니 비명과 함께 화들짝 물러섰다.

얼굴을 비롯해 괴물의 전면에서 지글거리며 기포가 끓어올랐다. 괴물은 고통스러운 비명을 지르며 바닥을 뒹굴었다. 계단 아래의 벽까지 굴러간 괴물은 그제야 비명을 멈추고 몸을 일으켰다. 여전히 피어 오르는 잔연 속에서 기포는 더 이상 커지지 않고 서서히 제 색깔인 푸른색을 찾아갔다.

뒤따라 들어온 다섯 명의 괴물들도 멈춰 서 일정한 간격을 유지한 채, 그들을 향해 위협적인 몸짓만을 보일 뿐이었다. 바닥에 쓰여진 주술문이 효력을 발휘한다는 것을 확인한 주적자는 가부좌를 틀고 앉았다. 눈여겨보지 않아서 몰랐는데 주적자의 모습은 어딘가 이상했다.

어금니를 악물고 괴로움을 참는 표정이 역력했다. 온몸에 선혈이 낭자하다고 하지만 그것은 대부분 괴물의 것이었고 어깨와 옆구리에 난 상처는 대수롭지 않았다. 외상도 별로 없이 괴로워한다는 것은 내상을 입었다는 뜻인데 그렇다고 보기에는 주적자의 얼굴이 이상했다.

순식간에 붉게 달아오른 주적자의 얼굴은 금방이라도 땀구멍에서 피를 쏟아낼 것 같았다.

"으드득—!"

비명보다 더 아픈 소리가 그의 입을 비집고 나왔다. 이빨이 부러지지 않을까 걱정스러울 정도로 주적자는 어금니를 물고 고통을 참고 있었다.

그녀는 잔뜩 찡그린 주적자의 얼굴을 보고 있다 이내 고개를 저었다. 지금으로써는 그녀가 그의 상태를 확인할 길이 없었다. 부디 빨리 저 고통에서 벗어나 정상적인 상태로 회복하기만을 바라는 수밖에.

그녀의 바램을 이루어주듯 주적자의 얼굴은 차츰 제 색깔을 찾더니 이내 평온한 안색으로 돌아왔다. 호괴는 안도의 한숨을 내쉬고 주적자가 운기행공을 하는 옆에 쭈그려 앉았다. 이런 상황에서는 쉴 수 있을 때 쉬는 것이 현명했다. 상황이 언제 어떻게 바뀔지 모르니까.

다쳤던 다리는 다행히 심하지 않았다. 발가락 끝이 약간 떨어져 나가기는 했지만 조금만 정양하면 다시 새 살이 돋을 것이다. 그것보다는 정신에 쌓인 피로가 문제였다. 육체야 지금 쉴 수 있다고 하지만 정신은 더 조용하고 편안한 상태에서 가다듬어야 할 부분이었다.

그들이 쉬는 사이 괴물들은 끊임없이 주위를 맴돌았다. 가끔 손을 집어넣어 고통을 자초하는 녀석이 있는가 하면 겁도 없이 성큼 다가왔다가 비명과 함께 뒹구는 녀석도 있었다. 지하실 안에 새로 나타난 괴물들이 그런 식이었다. 처음 그들을 쫓아온 여섯 외에 무려 여덟이나 더 늘어나 있었고, 그러는 사이 괴물들은 계속 모습을 나타냈다.

"대체 저놈들은 얼마나 되는 거야?"

그녀는 중얼거리며 괴물들의 숫자를 셌다. 주술문을 중심으로 빙 둘러 서 있는 녀석들은 스물두 명이나 되었다. 그리고 다시 한 명이 들어온 후 일각 동안 새로운 괴물은 나타나지 않았다. 여기 있는 괴물이 전부라고 해도 무려 스물셋이나 되었다. 주적자와 그녀만으로는 도저히 감당할 수가 없었다. 하긴, 누가 와도 마찬가지겠지만.

괴물들이 주술문을 뚫을 수 없다는 걸 깨닫고 물러나는 것이 최상의 결과였다. 하지만 계속 서성거리며 집적거리는 모습으로 보아 쉽게 물러날 것 같지 않았다.

녀석들은 곁이나 혹은 건너편의 괴물들과 시선을 나누며 무엇인가 의견을 교환하는 것 같았다. 놈들 사이에는 말이 아닌 정신적인 특이한 교감이 흐르는 모양이다. 괴물들의 표정을 정확히 읽을 수는 없었지만 잘 되지 않고 있는 것만은 분명했다. 아니라면 이미 주술문의 방어벽이 뚫렸을 테니까.

가부좌를 틀고 있는 주적자와 그 곁에 앉아 있는 호괴, 주위를 서성이는 스물세 명의 괴물들… 지하실을 꽉 채울 정도의 수가 모여 있음에도 숨소리조차 나지 않았다. 괴물들은 마치 공중을 부유하는 것처럼 걸음조차 침묵을 지켰다.

호괴는 상처 난 뒷발을 핥으며 괴물들을 끊임없이 살폈다. 처음 이리저리 빈틈을 찾아 서성이던 녀석들의 움직임은 많이 줄어들었다. 겨우 다섯만이 여전히 그들에게 군침을 흘리며 적극적일 뿐 나머지는 움직이는 녀석들이 좋은 방법 찾기를 기다리는 것 같았다.

그렇게 시간은 자꾸자꾸 흘러갔다. 이대로 날이 밝으면 좋겠다는 생각을 한 호괴는 이내 고개를 저었다. 설사 햇빛이 세상을 온통 노랗게 물들인다 하더라도 이곳 지하실까지 미치지는 못할 것이다. 괴물이 시간에 따라 영향을 받는 것이 아님에야 의미없는 시간의 흐름은 아무 도움도 되지 않았다.

"많이도 모였군."

낮은 목소리에 호괴는 주적자를 보았다. 언제 고통스러운 표정을 지었냐는 듯 그의 얼굴은 평안했다.

"괜찮아요?"

"보다시피."

주적자는 아무렇지도 않게 말하고 괴물에게 시선을 돌렸다. 가라앉은 눈은 이 순간에도 침착함을 지키고 있었다. 왠지 주위에 있는 사람에게 안도감을 전염시키는 이상한 인간이었다.

"지하실에 들어온 지 얼마나 지났지?"

"글쎄요. 한 시진에서 한 시진 반?"

주적자는 눈살을 찌푸렸다.

"해가 뜨려면 세 시진은 남았군."

"설사 해가 뜬다고 해도 이곳은 지하실이니 아무 소용이 없잖아요?"

주적자는 주위에 빙 둘러선 괴물들을 보다가 위쪽으로 시선을 옮겼다. 황토로 덮고 검은 칠을 한 천장은 유리처럼 미끈했다.

"천장을 뚫을 생각이에요?"

"빛을 끌어들이려면 그 방법밖에 없잖아."

"좋은 생각이기는 한데……."

그녀는 '그때까지 아무 일 없이 견딜 수 있을까?' 라는 물음을 삼켰다. 불길한 말을 뱉으면 그 말대로 될 거라는 근거없는 미신 때문이었다.

주적자는 괴물들을 향해 뚜벅뚜벅 걸어갔다.

"뭘 하는 거예요?"

"녀석들이 머리를 짜낼 겨를이 없게 만들어야지."

"어떻게?"

그녀의 물음이 끝나기도 전에 주적자의 몸이 빨라졌다. 흐릿한 잔영이 보일 정도로 돌진한 주적자는 가장 가까이 있는 녀석의 목을 향해 검을 그었다. 방법을 찾기 위해 서성거리던 녀석은 그저 움찔하는 것을 끝으로 주적자의 검을 받아야 했다.

서걱!

머리와 몸통이 너무도 간단히 분리됐다. 그녀의 발톱에는 상처 하나 나지 않았던 괴물이 주적자의 검에는 썩은 무처럼 잘려 나간 것이다. 주적자는 떨어지는 머리를 발로 차서 머리 뒤로 넘겼다. 괴물의 머리는 주적자를 넘어가더니 호괴가 있는 주술문의 영향권 안으로 들어왔다.

치이익—

특유의 소리와 함께 메케한 연기를 뿜으며 떨어진 머리통은 끊임없이 기포를 터뜨렸다.

크아아아—!

몸에서 떨어진 머리가 입을 크게 벌리고 비명을 지르는 모습은 너무도 이상했다. 팔도 다리도 없어 움직이지 못하는 머리는 좌우로 끊임없이 끄덕이며 비명을 질러댔다. 너무도 하얗게 보이는 이빨과 기포가 일어나며 까맣게 타 들어가는 모습이 극명한 대비를 이루었다.

끄덕이다 좌우로 빙글빙글 돌던 머리의 움직임이 차츰 잦아들었다. 그러면서 가늘어지던 비명이 어느 순간 멈췄다.

푸시시—

한줄기 피어 오른 연기를 마지막으로 움직임도 비명도 나타나지 않았다. 호괴는 까맣게 변해 버린 머리통을 발톱으로 슬쩍 건드렸다. 그러자 그것은 마치 모래처럼 무너져 버렸다. 그것이 머리의 형체를 띠

고 있었다는 증거는 어디에도 없었다. 단지 두 줌 정도 되는 검은 재로
남아 있을 뿐이었다.

카아아악―!

다시 들려온 비명에 호괴는 황급히 고개를 돌렸다. 또 다른 머리 하
나가 안으로 들어와 똑같은 모습으로 흔들거렸다. 주적자는 괴물 넷의
팔을 더 자른 후에야 주술문의 영향권 안으로 돌아왔다. 쫓아 들어오
려던 세 명의 괴물이 기포와 연기만을 남긴 채 황급히 물러섰다.

주적자는 바닥에서 여전히 비명을 지르는 머리를 그대로 밟아버렸
다. 도검불침의 머리는 너무도 쉽게 그의 발 아래 부서졌다. 원래부터
검은 재로 만들어진 것 같았다.

"둘은 해치웠군요."

호괴는 말을 하고 괴물들을 보았다. 쭉 훑어보던 그녀의 시선이 지
나쳐 왔던 곳으로 빠르게 돌아갔다.

"이럴 수가……!"

그녀는 놀람 때문에 심장이 입 밖으로 튀어나올 것 같았다. 머리를
잃고 바닥에 쓰러진 몸통의 목 부위에서 예의 그 촉수가 꾸물꾸물 나
오더니 서서히 머리 형태를 만들어가고 있었다.

"역시 그렇군."

주적자는 예상이나 했다는 듯 말했다.

"저렇게 될 것이라는 걸 알고 있었나요?"

회괴의 물음에 주적자는 제일 먼저 방관자의 입장으로 돌아섰고 지
금도 벽에 기댄 채 움직이지 않는 왼쪽의 괴물 하나를 가리켰다.

"저 녀석의 머리를 거의 가루가 될 정도로 베었었는데 멀쩡한 것이
이상하더군."

호괴는 고개를 갸웃했다.

"내가 보기에는 다 똑같은데 당신은 괴물들을 구분할 수 있나요?"

"쌍둥이도 완전히 똑같을 수 없듯이 저 녀석들도 마찬가지야. 이목구비의 생김새도 다를 뿐더러 손가락의 길이도 차이가 나지. 남근(男根)의 길이나 굵기로도 구별할 수 있고."

호괴는 즈적자를 물끄러미 보다가 고개를 끄덕였다.

"주 공자께 그런 변태적인 기질이 있는지는 몰랐군요."

주적자는 '무슨 소리냐?'는 표정을 짓다 이내 피식 웃음을 터뜨렸다. 이런 상황에서의 농담과 작은 웃음은 긴장을 풀 수 있는 한 방법이었다.

"다시 가볼까."

주적자는 괴물들을 향해 뚜벅뚜벅 걸음을 옮겼다. 이미 한 번 당한 괴물들은 온몸으로 긴장을 표현하고 있었다. 녀석들은 잔뜩 움츠린 채 주적자의 공격에 대비했다. 한 녀석이 슬금슬금 가까운 녀석에게 붙자 다른 녀석도 그 곁으로 다가갔다. 괴물들은 저마다 삼삼오오 짝을 지어 주적자의 공격에 대비했다. 주적자의 의도가 녀석들이 주술문 안으로 들어올 생각을 갖지 못하게 하는 것이라면 훌륭하게 들어맞고 있었다.

탓!

주적자는 괴물 넷이 모여 있는 곳으로 몸을 날렸다. 그의 움직임은 마치 순식간에 서로의 공간을 없애 버리는 것처럼 빨랐다. 괴물들은 주적자의 공격을 알고 있으면서도 피하지 못했다.

주적자의 검이 움직였다고 느낀 순간 한 녀석의 팔이 바닥을 뒹굴었다.

크엉!

곁에 있던 괴물이 중심을 잡는 주적자의 머리를 향해 주먹을 휘둘렀다. 채 두 자도 떨어지지 않는 거리였고, 호괴의 경험으로 괴물의 공격은 피하기 힘들 정도로 빨랐다.

"위험……!"

그녀는 경고성을 발하다 이내 입을 다물었다. 아니, 입이 너무 크게 벌어져 아무 소리도 낼 수 없었다. 어느새 빙글 돈 주적자가 주먹을 휘두른 녀석의 머리를 날려 버리고 있었다. 호괴는 주적자의 강함을 이해할 수 없었다. 분명 그녀와 처음 싸울 때는 저 정도로 강하지 않았다. 그녀의 이백 년 정기가 더해져 강해졌다고 하기에는 그 폭이 터무니없이 컸다.

지금의 주적자는 처음 만났을 때의 주적자보다 배는 강하게 느껴졌다. 그것은 지금 괴물들과 싸우는 것을 봐도 알 수 있었다. 주적자가 들고 있는 검이 천하의 명검이라 할지라도 아무나 벤다고 베어질 괴물이 아니라는 것을 그녀는 잘 알고 있었다. 설사 그녀가 저 검을 쓴다 해도 피부에 상처를 내는 것이 고작일 것이다.

그런데 주적자는 너무도 쉽게 괴물들을 베어 넘기고 있었다. 그 빠름과 강함은 그녀가 설사 천호가 된다 해도 감당할 수 없을 것 같았다. 함부로 덤벼든 괴물 넷을 동작 불능으로 만들어 버린 주적자를 보며 호괴는 어떤 전율을 느꼈다.

도저히 넘을 수 없는 산, 저 구름 너머에 있어서 손끝조차 닿지 않는 대상… 그것은 경외였다. 그녀가 구백 년 동안 살아오며 누군가에게 경외감을 가질 것이란 생각은 한 번도, 단 한 번도 하지 못했다. 어떤 상위의 괴라도 천호만 된다면 뛰어넘을 수 있다고 생각했다.

그런데 괴도 아니고 정도 아닌 인간에게 이런 감정을 갖다니… 단한 사람을 빼고는 경멸의 감정까지 가졌던 인간에게 이런 경외지심(敬畏之心)을 느끼리라고는 상상조차 하지 못했다.

호괴는 여덟 명째 괴물의 목을 떨구는 주적자를 홀린 듯 보았다. 온몸에 피칠을 하고 검무를 추듯 움직이는 모습은 육백 년 전의 '그'를 보는 듯했다. '그'도 저렇게 피를 뒤집어쓰고 사십 명의 살인자들에게 둘러싸여 검을 휘둘러댔었다. 하지만 그 피에는 자신의 것도 섞여 있었다는 게 '그'와 그녀의 불행이었다.

'그'가 주적자처럼 강했으면 죽지 않았을 텐데, 그때의 호괴가 지금처럼만 강했다면 '그'를 살릴 수 있었을 텐데…….

호괴는 그때의 감정을 그대로 느끼며 몸을 부르르 떨었다. 주적자에 대한 경외와 '그'에 대한 안타까움이 섞이며 주적자가 '그'가 되고 '그'가 주적자처럼 느껴졌다. 가슴을 짓누르듯 빽빽한 무언가가 목구멍까지 치고 올라왔다. 호괴는 싸움에 뛰어들기 위해 몸을 움츠렸다.

그런데 갑자기 주적자가 뒤로 튕겨져 나왔다. 괴물에게 어떤 타격을 받은 것 같지는 않은데 불에 댄 것처럼 물러선 것이다. 화들짝 놀란 호괴는 비틀거리며 겨우 중심을 잡는 주적자의 앞으로 다가갔다.

"괜찮아요?"

주적자는 대답 대신 한 모금의 선혈을 울컥 토해냈다. 바닥에 쏟아진 핏물은 너무도 선명해서 붉은색의 빛을 뿜는 것 같았다. 허리를 숙이고 있던 주적자는 급히 가부좌를 틀고 앉았다. 그의 안색은 처음 지하실에 들어왔을 때처럼 더 이상 붉어질 수 없을 정도로 붉어져 있었다.

바닥에 쏟아진 피가 입이 아닌 피부에서 배어 나온 것 같았다. 호괴는 고통스런 표정으로 앉아 있는 주적자를 자세히 살폈다. 피가 너무 많이 묻어서 확인하기 힘들었지만 눈에 띄는 외상은 없었다. 그렇다고 저 괴물들이 무림의 고수처럼 장력을 사용하지는 않았을 것이다.

그렇다면 결국 주적자의 몸 안에서 일어나는 변화가 원인일 수밖에 없었다. 일각이 지났는데도 고통스런 표정이 가시지 않는 것을 보면 주적자의 증상은 아까보다 훨씬 심해 보였다. 어쩌면 부활에 대한 부작용일 수도 있었다. 걸레처럼 찢겨졌다 살아났는데 처음처럼 멀쩡하다면 그것이 더 이상한 일이었다.

주적자와의 싸움으로 흥분한 괴물들이 으르렁거림을 토해내며 그들 주변을 배회했다. 호괴는 녀석들을 보며 주적자의 증세가 너무 과도한 힘의 소비 때문에 생긴 현상이 아닐까 하는 생각이 들었다. 부상도 없는 상태에서 몸이 잘못됐다는 것은 결국 내부의 문제일 수밖에 없었다. 그녀 또한 정신력을 과도하게 쓰면 회복하기 힘들다는 것을 경험으로 알고 있었다. 시간이 지날수록 그녀의 예상은 확신으로 다가왔다.

하지만 그렇다고 딱히 그녀가 주적자에게 해줄 것은 없었다. 다만 저 괴로움이 멈추고 빨리 회복되기를 바랄 뿐이었다.

시간이 흐르자 주적자는 핏물 대신 식은땀을 토해내며 운기에 열중했다. 여전히 붉은 얼굴로 어금니를 악물고 있지만 더 이상 증세가 악화되는 기미는 보이지 않았다. 그나마 다행이라고 생각하는 호괴의 눈에 괴물들의 이상한 움직임이 잡혔다.

무질서하게 서성이거나 멀찌감치 떨어져서 방관하던 녀석들이 주술문 쪽으로 가까이 다가오기 시작했다. 서로 겹쳐지지 않게 둥근 모양을 하고 접근하던 녀석들은 술법문의 힘이 미치지 않는 경계에 정확히 멈췄다. 그들을 둥글게 에워싼 괴물들의 시선이 일제히 지하실을 내려오는 문으로 향했다. 호괴의 시선도 자연히 괴물들을 따라갔다.

저벅! 저벅!

발자국 소리가 먼저 누군가의 출현을 알렸다. 빛 한 점 들어오지 않는 그곳에 왠지 그림자가 늘어지는 것 같았다. 아니, 느껴졌다는 표현이 옳았다. 그만큼 다가오는 자의 기운이 검다는 뜻이었다.

가장 먼저 보인 것은 털 한 올 없는 머리였다. 아래쪽에서 보고 있던 호괴는 굵은 침을 삼켰다. 피부색은 다른 괴물과 똑같았는데 뭔가 달랐다.

이마가 드러나고 눈과 코, 입이 차례로 모습을 보이자 호괴는 다른 괴물들과 새로 나타난 녀석과의 차이점을 알 수 있었다. 계단을 밟아 내려오는 새로운 녀석은 키가 불과 오 척도 되지 않을 정도로 작았다. 거기에 온몸에 이리저리 휘감긴 주름은 일 년 내내 다림질을 해도 펴질 것 같지 않았다.

이렇듯 연약해 보이는 외형과는 달리 새로운 녀석은 다른 괴물들보다 더 무섭게 느껴졌다. 그녀는 그 이유가 눈 때문이란 것을 알았다. 주위에 몰려 있는 괴물들과는 달리 녀석의 눈은 검은자위와 흰자위가 너무도 뚜렷했다. 눈만 놓고 본다면 미인의 그것보다 아름답다고 해도 좋았다.

그 서늘한 눈은 계단을 내려오면서도 주적자와 호괴를 떠나지 않았다. 여타의 괴물들처럼 그저 본능에 의해 쏘아보는 것이 아닌 철저히 분석하는 눈빛이었다. 호괴는 그것으로 새로 등장한 녀석이 인간의 지능을 가지고 있다는 것을 알았다.

다가오는 괴물을 보던 호괴의 시선이 무언가 묻어 있는 녀석의 손에 닿았다. 이미 말라 버려 적갈색으로 변한 그것은 분명 피였다. 물론 다른 괴물들에게도 피는 묻어 있었지만 저 녀석의 손에 묻은 피는 의미가 달랐다. 그것은 사내를… 바닥에 엎드려 미친 듯이 소리치던 사내를 땅속으로 잡아끌었던 바로 그 손이었다.

그 주름 잡히고 소름 끼치도록 긴 손가락이 지하실 벽을 가리켰다. 괴물들의 시선이 일제히 새로 나타난 녀석의 손끝으로 향했다. 녀석은 괴물들의 우두머리가 분명했다. 그래서 호괴는 녀석을 괴물두목이라 부르기로 했다.

호괴가 생각한 괴물두목은 세 면의 벽을 차례로 가리켰다. 괴물두목이 생기자 자연히 졸개괴물이 되어버린 녀석들의 시선이 손가락에 따라 이리저리 돌아갔다. 그들 사이에 무슨 뜻이 오갔음이 분명한데 호괴로서는 알 방법이 없었다. 하지만 굳이 알고 싶지 않아도 잠시 후 괴물두목이 무엇을 시켰는지 알 수 있었다.

괴물들은 저마다 벽을 허물더니 양손에 벽돌을 들었다. 녀석들의 의도가 무엇인지는 극명하게 드러났다. 호괴는 몸을 잔뜩 웅크리고 주적자를 보았다. 그의 얼굴은 평온을 되찾았지만 깨어날 기미는 보이지 않았다.

그녀가 알기로 운공 중에 외부의 타격을 받으면 자칫 죽을 수도 있었다.

'주화입마라고 했던가?'

호괴의 금빛 털은 긴장으로 꼿꼿하게 섰다. 사실 날아오는 벽돌을 막는 것은 그리 어렵지 않았다. 사방에서 아무리 빨리 던진다고 해도 막을 자신이 있었다. 중요한 것은 시간이었다. 그녀의 체력이 단순히 벽돌만 던지는 괴물들보다 오래 버틸 가능성은 거의 없었다.

'빨리 깨어나야 할 텐데……'

호괴는 생각을 하며 몸을 쭉 펴서 인간의 모습을 만들었다. 이런 종류의 공격을 막기에는 인간의 형태가 편했다. 실오라기 하나 걸치지 않은 그녀가 두 발을 딛고 일어서자 파공음이 들렸다. 검은색의 벽돌은 그만큼이나 짙은 어둠을 뚫고 주적자의 머리를 향해 날아갔다.

그저 시위를 떠난 화살 속도 정도 되리라 생각했는데 아니었다. 괴물이 던진 벽돌은 그보다 세 배는 더 빨랐다. 호괴는 주적자의 앞을 막으며 벽돌을 쳐냈다. 산산이 부서지는 파편 사이로 벽돌이 쉴 새 없이 쏟아졌다.

처음 주적자를 목표로 날아오던 벽돌들이 호괴에게 막히자 대상이 바뀌었다. 그들 둘 모두를 표적으로 삼아 벽돌이 날아들었다. 호괴는 주적자의 주위를 빙글빙글 돌며 팔과 다리를 놀려 날아오는 벽돌들을 쳐냈다. 주적자를 건드리지 않고 공격을 막아내는 것은 쉽지 않았다. 가위차기를 하듯 몸을 날리며 벽돌을 차내고 뒤쪽에서 날아오는 벽돌을 잡아 날아드는 벽돌을 막은 후 그래도 흘릴 것 같은 것은 아예 몸으로 견뎌냈다.

욱신욱신한 고통이 작렬했지만 당장 상처가 나지는 않았다. 하지만 이 상태로 오래 버틸 수 없다는 것은 그녀 스스로가 너무 잘 알고 있었다. 그것은 계단 앞에서 우두커니 서 있는 괴물 두목도 인지하고 있을 것이다.

자욱한 먼지 사이로 보이는 괴물들은 미친 듯이 벽돌을 집어 던졌다. 마치 벽돌 던지기를 위해 만들어진 자동 인형 같았다.

퍽!

허리를 뒤로 젖혀 팔뚝으로 막은 벽돌이 반으로 쪼개지며 주적자의 이마를 때렸다. 그녀가 한 번 막은 덕분에 속도가 떨어졌다고는 하지만 사람이 맨몸으로 견디기는 어려운 충격이었다. 그것을 증명하듯 주적자의 이마에서 한줄기 피가 흘러내렸다.

"이런!"

문제는 외상이 아니었다. 운공 중에 충격을 받았으니 그것이 걱정이었다. 쉼없이 날아드는 벽돌을 쳐내며 그녀는 주적자의 얼굴을 보았다. 감은 눈을 지나 뺨을 타고 흐르는 피의 궤적 외에 다른 것은 보이지 않았다. 여전히 평온한 얼굴이었고 고른 숨결을 토해냈다.

일단은 안심을 했지만 그 안도가 오래갈 것 같지 않았다. 지하실의 벽돌은 셀 수 없이 많았고 벽돌을 던지는 괴물들도 지친 기색을 보이지 않았다. 반면 그녀는 점점 팔다리가 무거워짐을 느꼈다. 지하실에 들어오기 전에 소비한 체력이 생각보다 훨씬 컸다.

쳐내고, 받아서 날리고, 몸으로 막는 일이 반복되는 동안 그녀의 가슴은 눈에 보일 정도로 일렁였다. 땀으로 번들거리는 몸 위로 먼지가 내려앉아 금세 까맣게 변했고 먼지를 반으로 가르며 또 땀이 흘러내리기를 반복했다.

그러는 사이 그녀의 체력은 점점 바닥을 드러내고 있었다. 맨몸으로 그 많은 벽돌을 받아냈으니 살갗이 벗겨져 피가 흐르는 것 또한 당연했다.

주적자의 앞에서 날아오는 벽돌 네 개를 동시에 걷어내고 허리를 뒤로 힘껏 꺾을 때 아찔한 현기증이 찾아왔다. 한계에 다다른 체력은 그녀에게 이런 식으로 휴식을 강요했다.

'안 돼! 여기서 쓰러질 수는 없어!'

그녀는 이를 악물었지만 의지가 육체를 지배하는 데는 한계가 있었다. 머리를 흔들어 흩어진 시야를 밝히자 바로 눈앞에 벽돌이 닿았다.

손을 들면 막을 수 있을 거라 생각했는데 몸은 그전처럼 움직여 주지 않았다.

빡!

타격음이 마치 머리 속에서 밖으로 터지는 것처럼 들렸다. 앞이 캄캄해지며 다리에 힘이 풀렸다.

'주 공자 위로 쓰러지면 안 되는데……'

하지만 그녀의 의지는 이 순간 아무 도움도 되지 않았다. 등에 주적자의 머리 감촉을 느끼며 그녀는 어둠의 나락으로 떨어졌다.

콰앙!

머리통이 통째로 터져 버리는 듯한 소리에 그녀는 화들짝 깨어났다. 뿌옇게 흐린 눈을 비비는 그녀의 얼굴로 무언가가 날아왔다. 막거나 피하기에는 너무 늦었다고 느낀 순간 그것은 눈앞에서 산산조각으로 부서졌다. 비로소 부서진 그것이 벽돌이라는 것을 깨달으며 빠르게 몸을 일으켰다.

갑작스런 현기증에 휘청거리는 그녀의 허리를 따뜻한 무언가가 감싸 안았다. 청송주루 앞에서 느꼈던 그 감촉을 고스란히 간직한 주적자의 팔이었다. 일순간 느낀 편안함은 밝아진 시야 덕분에 너무도 빨리 사라졌다.

괴물들은 불과 다섯 자 앞까지 다가와 있었다. 분명 일 장 이상 접근하지 못했었는데 어떻게 이처럼 가까워졌는지 알 수 없었다. 주적자의 팔을 빠져나오던 그녀는 발에 이상한 감촉을 느끼며 아래를 보았다.

"아!"

그녀의 입에서 낮은 탄성이 터져 나왔다. 괴물들이 던진 벽돌 때문에 발 밑에 쓰여진 주술문이 반 이상 사라져 있었다. 녀석들의 목표가 그들에서 주술문으로 바뀐 것이다.

아마도 그녀가 정신을 잃는 순간 주적자가 깨어나 막았고, 괴물들은 벽돌을 던져 주적자를 쓰러뜨릴 수 없다는 것을 깨달았을 것이다.

하지만 아무리 주적자라 하더라도 바닥을 향해 던져진 벽돌을 모두 막기는 불가능했으리라. 방어할 공간이 불과 다섯 자 남짓한 지금도 전부를 막아내지는 못하고 있으니까. 그래서 주술문의 범위는 점점 더 좁아져 갔다.

그런데 어느 때부터인가 날아 들어오는 벽돌의 수가 줄어들더니 급기야 뚝 끊어졌다. 호괴는 주위를 둘러보고서야 벽돌이 하나도 남아 있지 않다는 것을 깨달았다. 사면 벽과 주술문의 범위가 미치지 않는 바닥의 벽돌은 한 장도 남아 있지 않았다.

그녀와 주적자의 주위에는 벽돌의 잔해가 수북이 쌓여 검은 재 속에 있는 것 같았다. 깨진 수천 장의 벽돌이 대부분 먼지로 화해 흩어졌기 때문에 그나마 이 정도라 할 수 있었다.

안도의 한숨을 내쉬며 주적자를 보던 그녀의 얼굴이 다시 굳어졌다. 그의 안색이 또다시 붉어졌을 뿐만 아니라 코에서는 피까지 흘러나왔다.

"빨리 운기행공을 하세요!"

호괴가 소리를 질렀지만 주적자는 지하실 문만을 뚫어지게 보고 있었다. 그녀가 주적자의 시선을 따라가며 물었다.

"왜 그러……?"

그녀의 물음은 채 완성되지 못했다. 괴물 여섯이 기다란 쇠몽둥이를 가지고 들어오는 것이 보였기 때문이다. 어른 팔뚝만큼 굵은 여덟 자

길이의 쇠몽둥이가 어떤 용도로 쓰일지는 깊이 생각하지 않아도 알 수 있었다.

파란색 안광을 내뿜으며 벽돌을 던져 대던 녀석들은 어느새 저만치 뒤로 물러나고 쇠몽둥이를 가지고 온 괴물들이 그들을 에워쌌다. 절망적인 시선으로 주적자를 보던 호괴는 더욱 깊은 나락으로 떨어졌다.

피가 배어 나올 듯 붉은 얼굴의 주적자는 코에서뿐 아니라 입에서까지 피를 흘리고 있었다. 그 피가 뱃속에서 넘어온 것이든 아픔을 참기 위해 너무 이를 악문 탓이든 최악의 상황인 것만은 분명했다.

쉬익—

쇠몽둥이가 날카로운 소리를 내며 허공을 갈랐다. 주적자의 머리를 향해 휘둘러진 쇠몽둥이는 반도 오지 못하고 검에 잘려 나갔다. 하지만 그것이 주적자의 한계였다. 두 번째 휘둘러진 쇠몽둥이는 그의 등짝으로 고스란히 떨어졌다.

퍼걱!

무언가 부러지는 듯한 소리와 함께 주적자의 몸이 앞으로 휘청 꺾였다.

"주 공자님!"

호괴가 황급히 부축하는 사이 또 하나의 쇠몽둥이가 주적자의 머리를 강타했다. 마치 종을 때리는 것 같은 소리와 함께 그의 머리에서 피가 튀겼다.

"안 돼!"

그녀는 쓰러지려는 주적자의 중심을 잡아주려 했지만 괴물들이 때리는 힘은 너무 강했다. 주적자는 이미 의식을 잃은 듯 바닥에 힘없이 드러누웠다. 그 위로 괴물들의 쇠몽둥이가 떨어졌다. 녀석들은 도리깨

질을 하는 농부들처럼 그렇게 쇠몽둥이를 휘둘렀다. 쇠몽둥이가 떨어진 주적자의 안면은 온통 피로 범벅이 되었다.

호괴는 쇠몽둥이 사이를 뚫고 주적자의 몸에 자신을 겹쳤다. 뒤통수에서 장단지까지 뼈가 으스러지는 듯한 고통이 찾아왔다.

퍼벅! 퍽! 퍽!

쇠몽둥이는 이미 만신창이가 된 그녀의 피부에서 단숨에 피를 뽑아냈다.

"아악!"

살이 찢어지는 고통에 비명을 질러보지만 그것이 아픔을 가시게 해주지는 못했다. 척추가 부러지고 뼛조각이 내장을 파고드는 느낌이 전해졌다.

콰앙!

뒤통수에 떨어진 쇠몽둥이가 그녀를 아득한 낭떠러지로 떨어뜨리려 했다.

'그것도 좋겠지. 의식이 없으면 고통도 없을 테니…….'

흐릿해지는 시야 속에서 코앞에 있는 주적자의 얼굴이 설핏 보였다. 더없이 붉던 얼굴은 어느새 하얗게 탈색되어 있었다. 저승의 강을 넘은 사람 특유의 얼굴이었다. 그녀의 손이 주적자의 얼굴에 얹어졌다. 자신의 의지인지 쇠몽둥이가 때려서 저절로 올라갔는지 알 수 없었다.

이유야 어쨌든 경동맥에 얹어진 엄지손가락 때문에 주적자가 아직 살아 있다는 것을 알 수 있었다.

'지금 살아 있다면…….'

쇠몽둥이에 맞는 아픔은 둔감해질 때도 됐는데 끊임없이 그녀를 괴롭혔다. 호괴는 움찔거리며 주적자의 얼굴에 자신의 얼굴을 맞댔다.

'살아날 수 있겠지. 둘 다 죽는 것보다는 그게 낫겠군. 그래, 그런 것뿐이야. 나를 희생해서 이 사람을 살리는 것이 아니라……'

그녀는 주적자의 입술에 자신의 입술을 포갰다. 끊임없이 떨어지는 쇠몽둥이가 몸 안의 정기를 끌어올려 주는 것에는 오히려 도움이 되었다. 내부 여기저기에 흩어져 있던 정기가 울컥거리며 명치 부근으로 모여들었다. 그것은 이내 주먹만한 공 모양으로 변해 점점 위쪽으로 끌어올려졌다.

엷어지지드 않고 전해지는 고통은 아득해지는 정신을 일깨워 주었다. 호괴는 자신의 질긴 생명력에 스스로 놀라워하고 있었다.

'하긴, 구백 년을 이어온 목숨인데.'

하지만 이제 그 세월도 단절되어 버릴 것이다. 목구멍을 타고 넘어오는 정기와 함께.

울컥!

호괴는 주적자의 입을 벌리고 밖으로 나온 정기를 토해냈다. 푸르스름한 원형의 간개 같은 그것은 원래 있어야 할 곳으로 돌아가는 듯 너무도 쉽게 주적자 안으로 사라졌다.

해야 할 일을 마쳤다는 생각 때문일까? 갑작스런 졸음이 밀려왔다. 그것이 확실히 졸음인지 죽어가는 것인지 알 수 없지만 암흑의 낭떠러지로 추락하고 있는 것만은 분명했다.

'저승에서 '그' 를 만날 수 있을까?

만날 수 있을 거야……

제30장

세상 속으로

제30장 세상 속으로

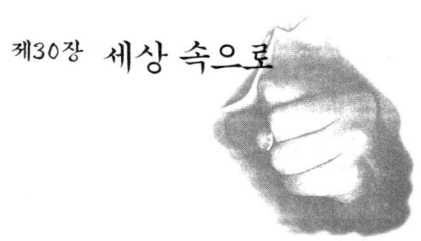

저승은 암흑인 줄 알았다. 너무 어두워서 저승사자의 옷깃을 잡아야만 걸음을 내디딜 수 있는 그런 곳인 줄 알았다. 축축한 검은 안개가 거머리처럼 달라붙는 그런 곳인 줄 알았다.

그런데 저승은 너무도 환했다. 눈이 따가워서 눈꺼풀을 밀어 올릴 수조차 없었다.

'생각보다 괜찮은 곳이군. 따뜻하기도 하고.'

그녀는 느긋한 마음으로 누군가 자신을 데리러 와주기를 기다렸다. 그녀의 기대에 부응하듯 무언가가 머리에 닿았다. 그것은 정수리에서 목덜미까지를 부드럽게 쓰다듬었다. 기분 좋은 나른함이 밀려들었다. 그냥 이대로 다시 잠들고 싶었다.

"깨어났군."

너무 웅웅거렸기 때문에 처음에는 무슨 뜻인지 알지 못했다.

"괜찮나?"

다시 들린 목소리는 훨씬 또렷해서 무슨 소리인지도, 말을 한 주인공의 정체까지 알 수 있었다.

'주적자!'

그녀는 힘겹게 눈을 떴다. 육면체의 태양 파편이 눈을 아프게 했지만 고개를 조금 돌리자 아픔은 곧 사라졌다. 가장 먼저 보인 것은 인간의 맨살이었다. 그리고 그것이 옆구리 부분이라는 걸 깨닫는 데는 한참이나 걸렸다.

그녀는 시선을 위쪽으로 천천히 옮겼다. 그 끝에 그녀를 보고 있는 주적자의 얼굴이 보였다. 그저 순수한 미소를 짓는 주적자의 얼굴은 굉장히 낯설었다.

'주적자도 저승의 강을 같이 건넌 건가?'

그녀의 생각 끝으로 주적자의 목소리가 파고들었다.

"다행히 살아난 것 같군."

호괴는 비로소 현실의 세계로 건너뛰었다. 그녀는 아직 이 세상에 발을 디디고 있는 것이다. 그녀가 움직이려 하자 주적자가 머리를 지그시 눌렀다.

"아직 움직이지 마. 맞춘 뼈가 덜 아물었으니까."

몸에 힘을 빼자 주적자 무릎의 굴곡이 그대로 느껴졌다.

"어떻게……."

'된 거죠?' 라는 끝 물음은 목이 가라앉아 나오지 않았다.

"모두 끝났어."

호괴는 머리만 움직여 주위를 둘러보았다. 비로소 자신이 사람이 아닌 여우의 모습이란 걸 깨달았다. 주적자가 무릎에 얹어놓은 이유가 있었다.

그들 주위는 온통 황토 흙으로 채워져 있었다.

'지하실에서 나온 건가?'

그녀는 고개를 얼마 돌리지 않아 자신의 생각이 틀렸다는 것을 알았다. 지하실 윗부분이 통째로 날아가 햇빛이 들어오고 있었고 사방은 부서진 벽돌과 흙으로 채워진 상태였다. 커다란 구덩이에 있는 느낌이었다.

어디에도 그 끔찍한 괴물의 흔적은 보이지 않았다.

"괴물들은요?"

"재로 변했지."

호괴는 고개를 들어 주적자를 보았다.

"당신이 이긴 건가요?"

"우리가 이긴 거야."

그녀는 설핏 웃음을 지었지만 역시 여우의 웃음은 짓기조차 어색했다. 안도 때문인지 햇빛이 주는 나른함 때문인지 그녀는 다시 잠 속으로 빠져들었다. 간혹 잠이 깼을 때에도 그녀는 주적자의 무릎에서 벗어나 있지 않았다.

수마는 그녀를 현실 세계로 잠깐 내놓았다가 다시 끌어들이기를 반복했다. 어둠과 밝음이 교차되기를 얼마나 했는지 알 수 없지만 그녀가 주적자의 무릎에 있는 것만은 변하지 않았다. '이 사람은 잠도 자지 않고 나를 지키는 것인가?' 라는 생각이 깰 때마다 반복되었다.

빛과 어둠의 교차가 몇 겹이나 겹쳐졌을까? 그녀는 비로소 잠을 떨쳐 버릴 수 있었다. 호괴는 조금 더 쉬라는 주적자의 권유를 뿌리치고 무릎에서 몸을 일으켰다. 뼈마디에서 우두둑 소리가 나며 고통을 호소

했지만 그녀는 애써 그것을 무시했다.

너무 오래 누워 있은 탓에 움직이기가 거북했다. 네 발을 땅에 디딘 후 걸음을 옮기기까지는 많은 노력이 필요했다. 지하실을 한 바퀴 돈 호괴는 몸을 쭉 펴서 뼈에 이상이 없음을 확인했다. 아직 아물지 않은 곳이 느껴지기는 했지만 시간이 해결해 줄 수 있는 상처였다.

그들은 비로소 밖으로 나왔다. 지하실에서 받던 햇빛과 밖에서의 그 것은 사뭇 느낌이 달랐다. 따뜻한 기운이 얼어붙은 가죽을 녹이는 것 같았다.

"내가 얼마나 잤죠?"

주적자는 깊은 숨을 들이마신 후 입을 열었다.

"오 일."

"그럼 오 일 동안 날 무릎에 올려놓고 있었단 말인가요?"

주적자는 싱긋 웃는 것으로 대답을 대신했다. 그녀는 처음으로 주적자의 웃음이 따뜻할 수도 있다는 것을 알았다. 언제나 다른 이의 통곡보다 아파 보이던 미소였는데……

호괴는 폐허의 마을을 둘러보다 뭔가 황량한 느낌을 받았다. 그것은 주위의 풍경 때문이 아니라 그녀 자신 안에서 나오는 기운 탓이었다. 너무 허전해서 열흘은 굶은 것 같지만 허기는 아닌 그런 것이었다.

물끄러미 내려다보는 주적자의 얼굴을 보고 그녀는 '아!' 하는 탄성을 터뜨렸다. 그녀 안에 충만했던 정기가 거의 빠져나간 탓이었다. 이제 그녀는 인간의 여자로도 변할 수 없을 정도로 정기가 메말라 버렸다. 천호를 바라보던 그녀가 인간의 말이나 겨우 할 수 있는 하급 호괴로 추락한 것이다.

한줄기 바람이 그녀의 콧등에 낙엽을 올려놓고 달아났다. 고갯짓으로 낙엽을 털어낸 호괴는 주적자를 올려다보았다.

"움직일 만한 것 같으니 이제 떠나자구."

애써 밝은 목소리로 말을 하는 주적자를 향해 그녀는 고개를 저었다.

"제가 동행할 이유가 없어졌어요."

"……."

"주 공자의 정기가 탐나서 같이 다녔는데 이제는 정기를 흡수할 방법이 없으니……."

그녀는 고개를 돌려 자신의 몸을 본 후 말을 이었다.

"무슨 뜻인지 아시죠?"

"하지만……."

"제게 미안함을 가지고 계시다면 그 미안함을 오랫동안 간직하세요. 언젠가는 주었던 정기를 돌려받기 위해 찾아갈 테니까요."

호괴는 말을 하고 돌아섰다. 북받친 감정이 커다란 응어리가 되어 가슴을 답답하게 했다. 자리에 주저앉아 목을 놓고 통곡이라도 하고 싶었지만 최소한 여기에서만은 아니었다. 주적자가 아닌 누구에게라도 동정을 받고 싶지는 않았다.

'그래, 이게 신의 뜻이겠지. '그'를 살리지 말라는……'

따뜻한 햇살과 함께 주적자의 시선이 등에 느껴졌다.

"이봐."

그녀는 걸음을 멈추었지만 돌아보지는 않았다.

"내가 죽지 않는다면… 내가 해야 할 일이 끝났는데도 살아 있다면 네 정기를 돌려줄게."

호괴는 잠시 서 있다가 다시 걸음을 옮겼다. 돌아보거나 대답을 하면 그대로 울음이 되어서 나올 것 같았다. 집 사이의 길을 걸어가는 내내 주적자의 눈길은 그녀에게서 떨어지지 않았다. 그녀가 숲 속으로 들어가 나무에 몸을 숨겨 보이지 않는 그때까지 주적자의 시선은 떨어지지 않았다.

빚을 진다는 것이 이렇게 마음 한쪽을 무겁게 하는 것인지 주적자는 알지 못했다. 얼굴도 모르는 어머니의 뱃속에서 나와 지금까지 살아오며 채무자(債務者)라는 이름을 가진 적은 한 번도 없었다. 당과에게 진 목숨의 빚조차 유보된 채무일 뿐이다.

하지만 지금 저 숲 속으로 사라진 호괴에게는 변명할 수 없는 빚이 생겨 버렸다. 그의 목숨에 대한, 아니, 영원히 흡혈귀로 떠돌아야 하는 죽음보다 무서운 형벌을 대신 받아준 것이다. 구백 년 수련을 물거품으로 만들면서.

주적자는 호괴가 떠난 숲의 흔들림을 오랫동안 보고 있었다. 바람이 만들어낸 그 흔적이 마치 호괴의 울음처럼 느껴졌다. 호괴의 잔상을 쫓던 주적자는 긴 한숨과 함께 몸을 돌렸다. 죽지 않는다면, 그래서 다시 만날 수만 있다면 언젠가 빚을 갚을 날이 있을 것이다.

힘없는 걸음을 옮기는 그의 양 옆으로 폐허가 되어버린 집들이 스쳐 갔다. 이곳 청송리에 와서 얻은 것이라고는 호괴의 희생으로 얻어진 강함과 풀리지 않는 의문뿐이었다.

"이곳은 네 목에 걸린 첫 번째 올가미일 뿐이다. 두 번째는 절대 벗어날 수 없다. 네가 살 길은 내밀어진 손을 잡는 것뿐……."

주름진 괴물이 죽어가며 한 마지막 말이 귓가에 맴돌았다. 그가 주술문을 지우고 괴물들을 깨운 것이 우연이 아니라 안배된 것이라는 여운을 남긴 말이었다.

"내밀어진 손이라……."

말속에 담긴 뜻은 분명 타협을 의미하는데 상대가 누구인지 짐작조차 가지 않았다. 흡혈야황이 아니라는 것은 분명했다. 흡혈야황이 당과든 아니든 그럴 이유가 없기 때문이다.

생각에 골몰하며 가던 주적자의 걸음이 멎었다. 가슴에 뜨끔한 무언가가 느껴졌기 때문이다. 그것은 외부의 힘이 아니라 내부에서 치고 올라오는 본능 같은 것이었다.

주위를 둘러봤지만 황량한 풍경이 전부였다. 하지만 눈에 보이지 않는다고 존재가 없는 것은 아니었다. 분명 새로운 무언가가 나타났고 그것은 점점 가까워지고 있었다. 발끝에서부터 물이 차 오르는 듯한 느낌은 아랫배를 지나 가슴을 거쳐 목까지 다다랐다.

그리고 비로소 그림자 하나를 볼 수 있었다. 서쪽으로 기울기 시작한 태양을 등에 진 사람은 자신보다 세 배나 긴 그림자를 앞세우고 걸어왔다. 성별을 구분할 수 없는 사람은 삼십 장 저편에서 걸음을 멈췄다.

온몸을 휘감은 망토와 어깨에서 이어진 모자는 얼굴 앞까지 늘어져 짙은 그림자를 드리우고 있었다. 느낌으로 볼 때 여자는 아니었다. 그래서 주적자는 상대를 사내로 결정지었다.

쿵! 쿵!

심장을 관자놀이에 붙여놓은 듯한 느낌을 받으며 주적자는 걸음을 내디뎠다. 주적자가 움직이기를 기다렸다는 듯 사내도 그를 향해 다가오기 시작했다. 삼십 장의 거리는 그들의 느린 걸음만큼이나 조금씩 좁혀지고 있었다.

'흡혈야황일까?'

생각이 들자 그것은 예상에서 확신으로 변해갔다. 특별한 사람이 아니라면 자신의 몸에서 이런 반응을 끌어낼 수가 없었다. 둘 사이의 거리가 가까워짐에 따라 주적자는 비로소 다가오는 사람이 남자임을 육안으로 확인했다.

강인해 보이는 턱과 두툼한 입술밖에는 보이지 않았지만 성별을 확인하기에는 그것으로 충분했다. 흡혈야황이 아니라면 괴물들의 손에 죽은 사내의 사부일 수도 있었다.

'제발 흡혈야황이기를……'

주적자는 강한 바램을 품고 걸음을 빨리했다. 이곳 청송리에서 자신의 긴 여정에 대한 확실한 답을 듣고 싶었다.

그는 단숨에 사내의 일 장 앞에 다다랐다. 사내는 주적자가 그만큼 다가오기를 기다렸다는 듯 걸음을 멈췄다. 둘은 일 장의 사이를 두고 한참 동안 우두커니 서 있었다. 물이 차 오르던 느낌은 이제 내장이 곧 두서서 입 밖으로 토해질 것 같은 기분으로 바뀌었다.

흡혈야황이 있었던 것이 분명한 청송리에서 낯선 사내를 만났다는 것에 기인한 기분 탓이라고 돌리기에는 너무도 뚜렷한 느낌이었다.

"역시……"

사내의 두꺼운 입술을 통해 나온 목소리는 너무도 가늘어서 마치 여인의 음성을 듣는 듯했다.

"반응을 하는군."

원숭이의 그것처럼 털이 부숭부숭 난 손이 모자의 머리 위로 올라갔다. 그 손짓 때문이었을까? 내부를 끓게 만들었던 그 느낌이 씻은 듯이 사라졌다. 착각이었나 싶을 정도로 단숨에 가라앉은 것이다.

"꿀꺽!"

주적자는 굵은 침을 삼키고 사내의 모자가 뒤로 넘어가기를 기다렸다. 천천히, 아주 천천히 사내의 손이 움직였다. 그리고 사내의 얼굴이 햇빛에 완전히 드러났을 때 주적자의 눈은 더 이상 커질 수 없을 정도로 커졌다.

*　　　　*　　　　*

드르륵—

문은 왕족발의 속도 모르고 요란한 소리를 내며 열렸다. 스스로 만든 소리에 놀라 주춤한 왕족발은 방문 밖으로 고개를 내밀었다. 양쪽으로 길게 난 회랑에는 다행히 아무도 없었다.

그는 낮은 문턱을 넘어 살금살금 회랑을 지났다. 충산현(忠山縣)의 정무문 비밀 지부인 이곳은 집이 크다는 것 외에 특별한 점은 찾을 수 없었다. 하긴, 종남파(終南派)의 앞마당인 이곳에 지부를 세웠으니 표가 나서는 안 되는 일이었다.

누구의 눈에도 들키지 않고 회랑을 빠져나온 왕족발이 대청으로 들어섰다. 한쪽이 정원으로 나갈 수 있도록 훤히 뚫린 대청에는 접객실이 양쪽에 자리해 있었다. 그가 막 대청을 빠져나갈 때였다.

"미현(美賢)아!"

그와 동행한 지호당주 백재상이 왼쪽 접객실에서 시비를 부르는 소리였다. 왕족발은 날듯이 대청을 뛰어나와 신발을 놓을 수 있는 섬돌

위에 납작 엎드렸다.

'네!' 하는 대답과 함께 오른쪽 접객실 문 열리는 소리가 들렸다. 두 자 정도 높이의 턱이 있음에도 왕족발은 뱃가죽에 신발이 파묻힐 정도로 몸에 힘을 줬다. 행여 등에 멘 도가 보일지도 모르기 때문이다. 시비의 발자국 소리는 대청을 지나 왼쪽 접객실 안으로 이어졌다.

"휴—!"

왕족발은 안도의 한숨을 내쉰 후 고개를 내밀어 대청에 아무도 없음을 확인하고 재빨리 몸을 날렸다. 그는 자그마한 연못과 담을 한 번에 훌쩍 뛰어넘어 거리로 나왔다. 거리를 지나는 행인 몇이 그를 힐끔거렸지만 신고 정신이 투철한 사람들이 아닌 듯 아무 반응도 나타내지 않았다.

왕족발은 담을 따라 일 장 넓이의 대로를 이리저리 돌아 저택에서 멀어진 후에야 걸음을 늦추었다. 주위를 둘러보아도 그를 쫓는 사람은 보이지 않았다. 하긴 있을 리가 없었다.

그는 정무문을 떠나온 지 근 한 달 만에 비로소 혼자가 된 것이다.

"흐흐흐……."

괜히 좋아서 웃음을 짓는 그를 사람들이 이상하다는 듯 힐끔거렸다. 하지만 그들의 시선이 그의 낮은 웃음을 막지는 못했다. 오히려 박장대소를 터뜨리지 않으려고 대단한 인내심을 발휘해야 했다.

그는 실실거리면서도 예리하게 주위를 둘러본 후 가장 가까운 가게로 들어갔다.

"어서 옵쇼!"

열대여섯 살 정도로 되어 보이는 소년의 우렁찬 목소리가 왕족발을 반겼다. 그는 자리에 앉지도 않고 소년 곁으로 바짝 다가가 낮은 소리로 물었다.

"이 고을에 술 파는 곳이 어디 있느냐?"

소년은 흰자위의 면적을 최대한 넓혀서 왕족발을 위아래로 훑어보았다.

"자장면 걱으려고 그러시오?"

"술 먹는 곳을 물었지 내가 언제 자장면 먹는 곳을 물었느냐?"

그러자 소년은 열두 명의 취객들이 있는 주루 안을 휘둘러 본 후 말했다.

"그럼 여기 는 뭐 파는 데 같습니까?"

왕족발은 비로소 길 물을 상대를 잘못 골랐다는 것을 알았다. 주루에서 술 마시는 곳을 물었으니 족발 전문점에서 맛있는 족발 집을 소개시켜 달라는 꼴이었다.

"아니, 이렇게 술만 파는 곳 말고… 에……."

그는 괜히 뒤통수와 목을 긁적이며 들릴 듯 말 듯 속삭였다.

"그러니까 … 있는데 말이야."

"네? 뭐라구요?"

왕족발은 점소이라는 직업을 가진 소년의 귀에 입을 가까이 가져갔다. 녀석의 머리와 옷에 밴 음식 냄새 때문에 절로 콧등이 찡그려졌다. 평소 같으면 일 장 이상 다가오지 못하게 하겠지만 지금은 냄새 따위에 신경 쓸 때가 아니었다.

"내가 묻고 싶은 것은… 여자가 있는 곳 말이야."

자신이 생각해드 '여자' 라는 발음을 너무 낮게 했는데 점소이도 평소의 관심사였는지 금세 알아들었다.

"아하! 기루(妓樓) 말이군요."

녀석은 충산현에 사는 사람 모두가 들을 정도로 크게 말했다. 최소한 왕족발에게는 그렇게 들렸다. 그는 잽싸게 검지로 입술을 가렸다.

"목소리가 너무 크잖아."

점소이는 '이놈은 맛이 간 것이 분명해' 라는 눈초리를 숨기지 않은 채 보내왔다. 저렇게 이마에 주름을 만들고 눈 또한 그 주름만큼이나 가늘게 뜬 표정은 다른 어떤 것으로도 설명할 수가 없었다. 평소 같으면 벌써 지랄옆차기가 날아갔겠지만 꾹 눌러참았다.

목적을 이루기 위한 잠시의 인내는 언제나 필요한 법이었다. 왕족발은 점소이를 향해 '자, 빨리 말해 봐!' 라는 뜻의 눈빛을 마구 쏘아댔다. 그의 눈빛이 제대로 전달됐는지 그게 아니면 '대답 안 하면 네 내장을 끄집어내서 줄넘기를 해버릴 거야!' 라는 뜻으로 받아들여졌는지 점소이가 순순히 기루의 위치를 가르쳐 주었다.

전자든 후자든 별 상관 없었다. 고양이가 쥐를 잡든 병아리가 쥐 골통을 빠개든 목적만 달성하면 그만이니까.

"여기를 포함해서 상가가 늘어선 길과 그 우측 일대를 모두 굴래방로(屈來方路)라고 부릅니다. 이름이 좀 삐리리하죠? 굴래방로라니, 차암. 뭐 어쨌든 기루를 가려면 여기서 오른쪽 길로 쭉 따라가다 보면 사거리가 나올 겁니다. 그곳에서 우회전해서 삼십 보만 더 전진하면 '걸어서굴래방로까지' 라는 상호의 주루가 나옵니다. 저희 가게의 가장 큰 경쟁자지요. 이름도 시골스러운 걸어서굴래방로까지 바로 앞에 작은 샛길이 나 있습니다. 그 샛길이 충산현에서 유일할 뿐 아니라 가장 좋은 기루인 천상천하제일기루(天上天下第一妓樓)로 가는 지름길입니다. 그 길을 빠져나가서……."

왕족발은 점소이의 설명을 다시 입으로 되뇌이며 필사적으로 외웠다. 가는 길 주변에 있는 건물 상상도까지 머리 속으로 그려가며 외우는 그의 의지는, 독문도법인 수라삼류도법(修羅三流刀法)의 구결을 외울 때보다 훨씬 치열했다.

"…바로 그곳이 천상천하제일기루입니다."

왕족발은 행여 놓친 설명이 없나 곱씹고 또 곱씹은 후 찾을 자신이 생기자 몸을 돌렸다. 막 주루를 나가려던 그는 점소이가 그를 보던 눈빛이 생각났다. 감히 그를 향해 그런 무례한 눈빛을 던진 녀석을 가만 놔두고 갈 수는 없었다.

그는 들아서서 점소이를 향해 다짜고짜 몸을 날렸다. 여전히 '정말 이상한 놈이야' 라는 눈으로 쳐다보던 점소이의 얼굴에 그의 지랄 옆차기가 작렬했다.

픽!

"어이쿠!"

점소이는 쥐며느리처럼 몸을 둥글게 말아 계산대에 그대로 처박혔다. 연신 '나 죽네!' 하며 비명을 지르는 점소이를 보면서 그는 아직 화가 덜 풀렸다는 것을 깨달았다. 여분의 응징이 있어야 하는 분명한 이유였다. 그래서 왕족발은 점소이를 열세 번 더 밟아준 후에야 주루를 나왔다.

주루를 나오며 뒤를 힐끔 돌아보자 하얀 바탕에 아무렇게나 써진 상호가 눈에 띠었다.

달려서 굴래방로까지.

왕족발은 피식 웃음을 터뜨리고 점소이가 가르쳐 준 길을 더듬어갔다. 그동안 정무문 안에서만 살아서인지 길을 찾는 데는 잼병이었다. 간 길을 다시 돌아오고 점소이의 설명을 곱씹으며 헤맨 지 한 시진 후에야 그는 천상천하제일기루에 도착할 수 있었다.

이름이 하도 거창하여 으리번쩍할 줄 알았던 기루는 그리 크지 않았다. 육십여 평 정도의 넓이에 이층으로 이루어진 건물은 전체적으로 우중충한 회색을 띠고 있었다. 하긴 건물이 무슨 상관이랴, 좋은 건물을 원했으면 정무문에서 나오지도 않았을 것이다. 그에게 정말 필요한 것은 여자였다.

태어나서 지금까지 오직 무공뿐이었던 그는 여자 손 한번 제대로 잡아보지 못했다. 한마디로 쑥맥인 것이다. 앞으로 있을 강호 여정에서 많은 여자들을 만날 텐데 그 때문에 실수를 한다면 정무문이란 이름에 먹칠을 하는 결과가 될 것이다. 왕족발이 이처럼 집을 몰래 빠져나와 기루 앞을 기웃거리는 이유는 순전히 정무문을 위해서였다. 열아홉 나이의 혈기방장함 때문이 절대 아니었다. 최소한 그의 생각은… 그랬다.

여덟 개의 계단을 밟아 올라가자 반쯤 열린 문이 왕족발을 향해 어서 들어오라고 유혹했다. 왕대발은 문틈으로 슬그머니 머리를 집어넣었다. 해가 지려면 시간이 좀 남아서인지 사십여 개의 탁자는 단 두 개만 차 있는 상태였다.

고개를 왼쪽으로 돌리며 기루 안을 둘러보던 그의 머리가 어느 순간 딱 굳었다. 바로 눈앞에 십대 후반 정도로 보이는 여인이 그를 물끄러미 쳐다보고 있었다. 그는 화들짝 놀라 계단을 뛰어 내려갔다.

"이봐요, 공자님!"

뒤쪽에서 그야말로 은쟁반에 옥구슬 굴러가는 목소리가 들려왔다.

순간 왕족발은 불에 비춰진 사슴처럼 우뚝 멈췄다.

"무슨 일로 오셨어요?"

당연한 질문이 들려왔다. 왕족발은 휙 돌아서서 '당연히 계집을 끼고 술을 마시러 왔지! 음하하하!' 라고 통쾌하게 말하고 싶었다. 하지만 그의 몸은 마디마디 따로 움직이는 나무 인형처럼 어색하게 돌아갔다.

"저… 수… 술……."

단 세 글자를 말하는 사이 그의 이마에서는 식은땀이 족히 세 바가지는 흘러내렸다. 생각해 보니 왕족발은 태어나서 어머니와 왕족쌍, 그리고 시비들 외의 여자와는 단 한 마디도 해보지 못했다. 그러니 떨리는 것은 당연했다. 다른 사람은 어떻게 생각할지 몰라도 최소한 그에게는 이것이 정당한 반응이었다.

"술을 드시러 오셨군요. 안으로 들어오세요."

여인은 문에서 비켜서서 안으로 들어오라는 손짓을 해 보였다. 살짝 웃으며 유혹하는 그 고혹적인 자태에 어느 사내가 넘어가지 않겠는가?

척! 척! 척!

왕대발은 절도 그 자체의 걸음으로 여인의 안내에 따랐다. 여인은 기루 안으로 들어서자 앞장서면서 입을 열었다.

"아무래도 밖보다는 방이 편하시겠죠? 돈은 좀 비싸지만……."

그는 황급히 주머니를 뒤져 은자 다섯 냥을 내밀었다. 여인은 갑작스럽게 내밀어진 거금에 놀라는 표정을 짓더니 재빨리 표정을 수습했다.

"계산은 나가실 때 하시면 돼요."

여인은 벽을 따라 난 계단을 올라가 이층으로 왕족발을 안내했다. 이층은 작은 복도를 사이에 두고 양쪽으로 방문이 줄줄이 나 있었다.

여인은 왕족발을 맨 끝 방으로 안내했다. 문을 열자 한 평 정도의 공간을 두고 다시 문이 자리해 있었다. 아마도 방음이 필요해서 이런 공간을 마련해 놓은 모양이다.

왕족발도 들은 풍월은 있어서 그렇고 그런 상상을 하며 여인의 뒤를 따랐다. 두 번째의 문을 열자 맞은편에 사군자(四君子)가 그려진 병풍이 보였다. 병풍 앞에는 누워서 잠을 자도 될 정도로 커다란 상이 놓여 있었다.

왕족발은 방에 들어서서 주위를 둘러보다가 얼굴을 붉히며 고개를 떨구었다. 양쪽 벽에 눈을 두기에 너무 민망한 춘화(春畵)가 걸려 있었기 때문이다.

"술은 뭘로 드릴까요?"

"네? 아, 아무것이나……."

그가 더듬거리자 여인은 의미 모를 웃음을 짓더니 다시 말했다.

"시중 들 아가씨도 필요하겠죠?"

물론이었다. 그게 아니었으면 이 고생을 하며 여기까지 올 이유가 없으니까. 왕족발은 최대한 고개를 크게 끄덕였다.

여인은 '잠시만 기다리세요' 라는 말과 함께 방을 나갔다. 왕족발은 그제야 벽에 걸린 춘화로 눈을 돌렸다. 이 년 전인가? 아버지의 서재에 들어갔다가 우연히 본 춘화도보다 훨씬 더 적나라했다.

그가 벽에 코를 박다시피 하고 열두 장째의 춘화를 뚫어지게 보고 있을 때 밖에서 발자국 소리가 들렸다. 그는 잽싸게 상 앞으로 가서 앉아 최대한 태연한 자세를 유지했다. 잠시 후 문이 열리고 네 명의 여인이 술과 음식을 가지고 들어왔다.

남들이 보기에는 어떨지 모르지만 그의 눈에는 여인들 모두가 천하

절색(天下絶色)이었다. 그는 여인들을 힐끔거리며 '저들 중 누가 내 시중을 들어줄까?' 하는 생각으로 입이 귀에 걸렸다. 그런데 여인들은 관심도 없는 산해진미를 상 위에 진열해 놓더니 우르르 나가 버렸다.

'어이! 이봐! 그냥 가면 어떡해!'

말로는 못하고 속으로 애만 태우는 그에게 마지막 여인이 나가며 말했다.

"잠시 후면 예기가 들어올 겁니다."

탁!

무정하게 문은 한 치의 빈틈도 없이 닫혀 버렸다.

"젠장!"

그는 투덜거리다가 이내 히죽 웃었다.

"손님을 접대하는 아가씨는 분명 훨씬 더 예쁠 거야."

혼잣말 끝으로 왕대발은 고개를 갸웃했다.

"그런데 예기라면 음악이나 춤을 보여주는 기생을 말하는 것이잖아? 들어와서 덜랑 거문고나 퉁기고 몇 바퀴 돈 후 간다고 하면 어쩌지?"

초조해하던 그는 사람을 불러 예기가 아니라 창기(娼妓)를 불러달라고 할까 하다가 이내 긴 한숨으로 생각을 지웠다. 그런 낯뜨거운 주문을 하기에는 그의 얼굴 가죽이 너무도 얇았다.

이런저런 생각을 하고 있는데 사박거리는 기척이 다가왔다. 그는 긴 숨을 뱃속에 집어넣고 반듯한 자세를 취했다.

"들어가도 되겠습니까?"

'물론이지! 어서 들어오너라.'

"네… 네, 들어오세요."

목에 달걀이라도 걸린 것마냥 힘들게 말을 뱉자 문이 소리도 없이 열렸다. 고개를 약간 숙인 여인의 자태는 입이 벌어져서 다물어지지 않을 정도로 고왔다. 남색 궁장 차림을 한 여인의 머리에는 보기에도 무거워 보이는 쪽이 찌어져 있었고, 얼굴은 면사로 가려져 보이지 않았다.

유일하게 드러난 눈은 밤하늘에 뜬 어떤 별보다 더 반짝였다. 눈이 저 정도이니 얼굴은 또 얼마나 미인일까?

왕족발 마음대로의 상상 안으로 예기가 천천히 다가왔다. 양손에 든 거문고가 유난히 무거워 보여 들어주고 싶은 마음이 간절했다. 하지만 그는 마치 기루라면 문지방이 닳도록 와본 사람처럼 태연한 표정으로 앉아 있었다.

여인은 상 맞은편에 앉더니 눈웃음을 살짝 지으며 말했다.

"먼저 술을 한잔하심이 어떠실런지요."

"예? 아, 예."

그는 재빨리 앞에 놓인 잔을 집어서 여인에게 내밀었다. 여인은 술병을 잡고 다시 한 번 웃음을 지었다.

"공자님, 그건 술잔이 아니라 간장 종지입니다."

"가, 간장 종지? 아하하! 난 코딱지만한 술잔에 먹으면 양이 안 차서 말이오."

그는 흘러내리는 식은땀을 감추며 애써 호탕하게 말했다. 하지만 술잔이나 간장 종지나 크기가 거기서 거기여서 한두어 방울이나 더 들어가려나?

예기는 왕족발이 내민 잔에 술을 따르려다 이내 술병을 내려놓았다.

"공자님께 특별한 술을 권하고 싶은데 괜찮을런지요?"

예기의 목소리에는 수줍음이 담겨 있었다. 여자가 특별 취급을 해준다는 데 마다할 왕족발이 아니었다. 말이 나오기 전에 고개가 먼저 끄덕여졌다. 기루에 들어선 후 입보다는 몸이 말을 하는 횟수가 잦아졌다.

예기는 치마 한쪽을 걷어 안으로 손을 집어넣었다. 하얀 종아리가 잠깐 비췄을 뿐인데 왕대발의 심장은 방망이로 후려치는 듯 두근거렸다. 치마 안에서 나온 그녀의 손에는 하얀 자기병이 들려 있었다. 손바닥만한 자기병을 쥔 예기는 고개를 외로 꼬며 말했다.

"이것은 아버님께서 절 낳으실 때 담은 마뇨주라는 술입니다. 천하의 호걸을 만나면 마음을 전하라며 주신 것인데……."

예기는 부끄러워서 더 이상 말을 못하겠다는 듯 고개를 떨궜다. 왕족발의 입이 금세 함지박만하게 변했다.

'마음에 드는 호걸!'

왕대발의 하얀 머리 속에는 오직 이 말만이 윙윙거리며 맴돌았다.

"어, 어서 따라주시오."

왕족발은 잔을 흔들며 재촉했다. 예기는 수줍은 듯한 손으로 입 근처를 가리고 술병을 기울였다. 노란 액체가 쪼로록 경쾌한 소리를 내며 잔에 채워졌다.

"이 술은 단숨에 드셔야 비로소 맛을 알 수 있습니다. 금방 다른 술과 다르다는 것을 느끼실 겁니다."

예기의 말에 고개를 끄덕였지만 왕족발이 알 리가 없었다. 무공 수련에 술은 절대 금기라는 이유로 이제까지 냄새조차 맡아본 적이 없는 왕족발이었다. 하지만 여기서 어떻게 '난 술이라고는 근처에도 가보지 못했소' 라고 말할 수 있겠는가? 그래서 그는 즉시 마뇨주를 입으로 털어 넣었다. 그 순간 코를 톡 쏘는 맛과 함께 절로 욕지기가 치밀어 올랐다.

속이 금세 울렁거리고 목젖이 입 밖으로 튀어나올 것 같았다. 입 안에 담은 것만도 이런데 이걸 삼키면 어떤 끔찍한 맛이 날까?

인상을 잔뜩 쓴 왕족발에게 예기가 걱정스런 목소리로 물었다.

"맛이 없으신가 보군요. 하긴 영웅호걸이 아닌 보통 사람들은 잘 먹지 못하는 술이죠."

그러면서 대접을 내밀었다.

"이곳에 그냥 뱉어내세요. 어쩔 수 없죠."

말을 하는 그녀의 눈은 잔뜩 찌푸려져 있었다. 그가 어찌 여인의 마음을 아프게 할 수 있겠는가? 왕족발은 고개를 젓고 혀와 달라붙은 목젖에 힘을 줬다.

꾸울~꺽!

목젖까지 통째로 넘어가는 소리가 들렸다. 그 짭짤하고 역겹고 말로 표현할 수 없는 이상한 맛은 도저히 사람이 먹을 음식이 아니었다.

'이런 것을 뭐가 좋다고 그렇게 마셔대는지.'

그는 생각을 하며 젓가락을 집어 들었다. 빨리 입가심을 하지 않으면 그대로 게워낼 것 같았다. 그가 막 소채를 젓가락으로 집으려 할 때 예기가 말했다.

"이 술은 안주를 먹지 않아야만 뒷맛을 제대로 음미하실 수 있습니다. 술을 마실 줄 아는 호걸이라면 당연히 그렇게 하시지요."

우뚝!

왕족발은 소채를 집어 가던 손을 멈췄다. 그 가느다랗고 파란 먹음직스런 이파리가 그를 끈질기게 유혹했다. 하지만 작은 유혹은 언제나 더 큰 유혹에 묻혀 버리기 마련이었다.

예기의 눈웃음이라는 유혹······.

"자, 한 잔 더 하시죠."

'이런 제길!'

술병을 내미는 예기를 보며 왕족발은 속으로 욕설을 뱉어냈다. 하지만 여기서 못 먹겠다고 꼬리를 내릴 수는 없었다. 그는 최대한 천천히 술잔을 내밀었다. 그 잔으로 특유의 노란색을 띤 술이 부어졌다.

"쭈욱 들이키세요."

낮게 속삭이는 여인의 음성은 그가 거부할 만한 수준이 아니었다. 그는 그렇게 마뇨주를 마셨고 다신 먹지 않겠다는 다짐은 예기의 꼬임에 너무도 쉽게 무너졌다.

손바닥만큼 작은 병에 든 술은 보기보다 많아 무려 여섯 잔이나 나왔다. 부글부글 끓는 속을 애써 달래는 그에게 다시 예기의 나긋나긋한 목소리가 들렸다.

"제 방에 가면 몇 병 더 있는데 좀 더 하시겠습니까?"

왕족발은 방이 흐릿하게 보일 정도로 빨리 도리질을 했다.

"됐소, 됐소. 이제 좀 취기가 오르는구려."

그녀가 터뜨린 소리없는 웃음 때문에 하얀 망사가 흔들렸다.

"그럼 재주는 없지만 소녀가 가무를 보여드리겠습니다."

그녀는 말을 하고 자리에서 일어났다. 그녀가 움직일 때 들리는 옷 비벼지는 소리가 왕족발의 가슴을 두근거리게 만들었다.

"너무 흉보지는 마시옵소서."

"내가 어찌 흉을 보겠소? 하하하······!"

왕대발은 일부러 호탕하게 웃음을 터뜨렸다. 춤에 대해 쥐뿔이라도 알아야 흉을 볼 것이 아닌가? 설령 저 예기가 곱사춤을 춘다 해도 그에게는 선녀처럼 아름다워 보일 것이 분명했다.

예기는 백옥같이 흰 손을 앞에 가지런히 모으더니 천천히 움직이기 시작했다. 다리를 움직이고 어깨와 팔을 휘돌아 꺾는 동작들이 원을 그리며 부드럽게 이어졌다. 왕족발은 넋을 잃고 예기를 쳐다보았다.

춤의 아름다움을 감상하는 것이 아니라 예기 그 자체에 감탄하고 있는 것이다. 곡선을 그리던 예기의 손이 앞섶에 닿더니 나비 날개 모양으로 묶은 옷고름을 잡아당겼다. 매듭이 풀리더니 이내 겉옷이 바닥에 떨어졌다. 여전히 목까지 감춰져 있었지만 왕족발은 겉옷만 벗은 것으로도 쿵쿵 뛰는 심장을 가라앉힐 수 없었다.

빙글빙글 돌아가는 예기의 옷고름이 다시 풀리고 저고리가 앞섶을 벌렸다. 하얀 목 선을 따라 가슴 바로 위까지의 살결이 드러났다.

"후우— 후우—"

왕족발은 흥분을 누르기 위해 거친 숨을 몰아쉬었다. 드디어 저고리가 방에 떨어지고 하얀 어깨 선이 고스란히 드러났다. 그는 주전자에 입을 대고 물을 벌컥벌컥 들이마셨다. 그러면서도 예기에게서는 잠시도 눈을 떼지 않았다.

그 상태로 한참 동안 춤을 추더니 드디어 그녀의 하얀 손이 치마끈을 잡았다. 커다란 원을 그리며 빙글빙글 돌던 그녀의 치마폭이 어느 순간 형태를 잃더니 저만치 날아갔다. 이제 예기의 몸에는 얇은 속치마와 가슴을 겨우 감춘 젖 가리개가 전부였다.

왕족발의 호흡이 점점 빨라졌다. 드디어 여자를 안는다는 생각은 주체할 수 없는 흥분을 불러일으켰다.

달랑 속옷 차림으로 춤을 추던 예기가 점점 그에게로 다가왔다. 알수 없는 향기가 그녀에게서 밀려들었다. 예기는 지루하도록 느린 걸음으로 상을 돌아 그의 곁에 다소곳이 앉았다.

"공자님."

그녀가 유난히 끈적한 음성으로 그를 불렀다. 왕족발은 대답도 하지 못하고 고개를 쭉 내밀어 다음 말을 재촉했다.

"면사는 공자님께서 벗겨주세요."

"그, 그래."

그는 면사로 손을 가져갔다. 부드러운 면사가 그의 손에 맞춰 잘게 떨렸다.

'침착하게… 떠는 꼴을 보이면 비웃을지도 몰라.'

왕족발은 자신을 타이르며 면사를 잡은 손에 힘을 줬다.

"으음—"

소화(小花)는 머리를 흔들며 깨어났다. 관자놀이를 문지르며 일어서자 차츰 시야가 밝아졌다. 눈에 익숙한 주위 풍경은 분명 손님들이 술을 마시는 방이었다.

"어떻게 된 거지?"

복도를 걸어가다 갑자기 앞이 캄캄하게 변한 것까지밖에 기억할 수 없었다.

"귀신에 홀린 것 같군."

그녀는 관자놀이를 문지르며 밖으로 나갔다.

"허억!"

왕족발은 허파를 토해내는 듯한 소리를 지르며 뒤로 몸을 젖혔다. 면사를 벗기자 너무도 익숙한, 이런 곳에서는 절대 만나고 싶지 않은 얼굴이 자리해 있었다.

"호호호호!"

입을 가리지도 않고 통쾌하게 웃는 여인!

왕족쌍!

바로 그의 쌍둥이 동생이었다.

"네, 네가… 왜?"

"집을 몰래 빠져나갈 때부터 알아봤지. 쯧쯧… 중요한 대사를 앞두고 기방이나 출입하다니… 아버님이 아시면 다리가 성치 않을걸?"

겨우 정신을 수습한 왕대발의 얼굴이 단숨에 붉어졌다.

"이, 이 계집애가! 감히 오라버니를 놀리다니!"

그의 역정에도 불구하고 왕족쌍의 입가에 머문 웃음은 사라지지 않았다. 그녀는 바닥에 떨어진 옷을 입으며 물었다.

"술맛이 어땠어? 괜찮았지?"

"너… 너……!"

"마뇨주(馬尿酒). 역시 좋은 술이야. 말 오줌에 취하지 않는 사람이 어디 있겠어. 호호호호!"

"마… 말 오줌?"

왕족발은 그제야 마뇨주란 이름의 정체를 깨달았다. 하긴 술맛이 그러면 사람들이 먹을 리가 없었다.

"내게 그 딴 것을 먹이다니! 정말 죽고 싶어 환장했구나!"

저고리의 옷고름을 맨 왕족쌍의 입가에 조소가 스쳤다.

"오호! 네 따위가 날 어떻게 할 수 있을 것 같아?"

"이게 정말!"

왕족발은 왕족쌍의 뺨을 향해 손을 휘둘렀다. 하지만 그녀는 이미 저만치 물러나 있었다.

"부랄이 달렸다는 이유만으로 온갖 특혜를 다 받고 자랐지만 네가 나보다 잘난 것이 뭐가 있는 줄 알아?"

콰앙!

일어서는 왕족발의 무릎에 걸린 상 한쪽이 산산조각으로 부서졌다. 그는 상을 뛰어넘어 왕족쌍을 향해 열석십권(裂石十拳)을 펼쳤다. 빠름과 파괴력이 극강한 열석십권은 정무문주의 독문권법으로 마도삼대권법의 수위를 차지하고 있었다.

왕족쌍의 즈위는 온통 수영으로 뒤덮였다. 하지만 그녀 또한 호락호락하지 않아서 물 흐르듯 유연하게 왕족발의 공격을 피했다. 그가 알지 못하는 사이 왕족쌍은 어머니 성수란의 무공을 고스란히 이어받은 모양이다.

"내가 남자로만 태어났어도 너 따위보다 훨씬 강하고 현명한 소문주가 될 수 있었어!"

왕족쌍의 외침에는 어떤 한이 묻어 나왔다. 막 풍중황엽(風中黃葉)의 초식을 펼치고 회풍무류(廻風舞柳)로 넘어가던 왕족발의 움직임이 거짓말처럼 멈췄다. 왕족쌍이 느끼는 상대적인 박탈감이 고스란히 가슴으로 스며들었다.

"휴ㅡ 관두ㅈ."

왕족발을 바닥에 떨어진 도를 들고 밖으로 나갔다.

"이 자식아! 도망칠 셈이냐?"

그는 계산을 요구하는 여인에게 은자 두 냥을 쥐어주고 기루를 나섰다. 밖은 이미 핏빛 태양의 그림자로 물들어 있었다.

"흥! 여자만 브면 땀을 삐질삐질 흘려대면서 강호의 미인들은 다 차지할 생각을 하고 있다니… 빨리 꿈 깨시지."

왕족쌍이 뒤따라오며 이죽거렸다. 속이 부글부글 끓기는 했지만 여동생을 상대로 뭘 할 수 있겠는가? 왕족쌍이 무공을 모른다면 엉덩짝이라도 두들겨서 버릇을 고쳐 주겠지만 혼줄을 내려면 무공을 사용해야 하니 참는 수밖에 없었다.

그러다 자칫 상하게라도 하는 날이면 천추에 한을 남길 수도 있었다.

씩씩거리며 막 모퉁이를 돌아가는데 갑자기 뭔가가 앞에 나타났다. 평상시 같으면 모르겠지만 흥분한 신경을 왕족쌍에게 모두 쏟은 탓에 피할 수가 없었다.

빡!

"어이쿠!"

달려오던 사내가 콧등을 감싸 안고 나뒹굴었다. 왕족발은 이마를 문지르며 도끼눈을 떴다.

"어떤 시러베 잡놈이 앞도 제대로 안 보고 다니는 거야!"

잔뜩 화가 난 그의 입에서 터진 욕설에 즉각적인 반응이 왔다.

"어린놈이 버르장머리없이 함부로 말을 하는구나!"

왕족발의 앞에는 코에서 피를 흘리며 일어나는 중년의 사내와 연배가 비슷한 두 명이 더 서 있었다. 셋 다 수염을 탐스럽게 기르고 옷차림이 비슷한 것이 마치 형제처럼 보였다.

"이놈! 어서 사과하지 못하겠느냐?"

넘어졌던 사내가 피를 닦으며 말했다. 하지만 성질머리가 개차반인데다가 화가 머리끝까지 치솟은 왕족발이 말을 곱게 들을 리가 없었다.

"이런 젠장! 무작정 달려와서 부딪쳐 놓고 나한테 사과하라니… 얌

전하게 보내줄 때 그냥 꺼져. 앞에서 얼쩡거리다가 어디 한 군데라도 부러지면 당신들 손해니까."

"건방진 놈! 따끔한 맛을 봐야 정신을 차리겠구나!"

우측에 있던 유난히 눈이 큰 사내가 왕족발을 향해 손을 뻗었다. 꽤 빠른 손속이기는 했지만 그를 잡기에는 터무니없이 느렸다. 왕족발은 사내의 손을 쳐냄과 동시에 가슴에 일격을 가했다.

"욱!"

짧은 비명과 함께 눈 큰 사내는 바닥으로 나뒹굴었다.

"흥! 그러니까 까불지 말고 꺼지랬잖아!"

"이놈!"

코에서 피를 흘리고 있던 사내가 소리를 지르며 덤벼들었다. 눈 큰 사내의 방심한 일격과는 비교할 수 없을 정도로 빠르고 강력했다. 하지만 왕족발의 상대가 되기에는 아직도 많이 부족했다.

얼굴을 향해 날아오는 주먹을 머리 위로 흘리며 상대의 무릎을 비켜 찬 왕족발은 휘청이는 사내의 턱을 팔꿈치로 걸어 올렸다.

덜컥! 소리와 함께 사내가 힘없이 앞으로 고꾸라졌다.

스릉―

마지막 남은 사내가 검을 뽑으며 소리쳤다.

"네가 일부러 우리 종남파 문도에게 시비를 건 것이 분명하구나!"

"흥! 그깟 종남파가 무얼 그리 대단하다고 내가 귀찮게 시비를 걸겠느냐?"

왕족발의 말이 끝남과 동시에 사내의 검이 허공을 갈랐다. 하지만 그것은 채 반도 휘둘러지지 못하고 어느새 품으로 파고든 왕족발의 손에 사내의 팔목이 잡혔다.

"이따위 실력을 가지고 구대문파라는 이유만으로 거드름을 피우다니."

왕족발은 사내의 목을 잡고 앞으로 넘겼다.

쿠웅!

머리부터 떨어진 사내는 피를 흘리며 비명도 없이 정신을 잃었다.

"별것도 아닌 것들이 까불고 있어."

손을 툭툭 터는 왕족발 곁으로 왕족쌍이 다가오더니 정신을 잃은 사내 옆에 쭈그려 앉아 경동맥에 손가락을 얹었다.

"쯧쯧… 죽었군."

"뭐?"

왕족발은 왕족쌍을 밀어내고 사내의 맥을 짚었다. 손끝에 전해져야 할 진동이 느껴지지 않았다. 왕족발은 어리벙벙한 얼굴로 한참 동안 움직이지 못했다. 비무를 할 때 간혹 상대가 크게 다치거나 죽을 뻔한 적도 여러 번 있었지만 실제로 죽은 적은 한 번도 없었다.

이보다 훨씬 심하게 다루었어도 며칠 지나면 멀쩡한 얼굴로 나타나 다시 비무를 하고는 했다. 그와 같이 정무문을 떠나온 백호단주도 세 번이나 그런 일을 겪었었다. 그런데 이놈은 머리 한번 처박은 것 가지고 죽어버리다니.

"정말 약골이군."

그는 아무렇지 않은 듯 말을 하고 일어섰지만 시체에서 한동안 눈을 떼지 못했다. 생전 처음 한 살인은 그에게 묘한 감흥을 불러일으켰다.

"결정을 해."

왕족쌍의 갑작스러운 말에 그가 물었다.

"뭘?"

그녀는 아직도 쓰러져 있는 두 명의 사내를 턱으로 가리켰다.

"보아하니 저들은 종남파 인물들 같은데 모두 죽여서 살인멸구(殺人滅口)를 하는가, 아니면 네가 누군지 밝혀져서 종남파와 일전을 할 모험을 감수하든가. 내 생각에는……."

그녀는 한산한 골목을 둘러보며 말을 이었다.

"간단하게 그냥 죽여 버리는 것이 좋을 것 같은데."

왕족발은 아직도 완전히 정신을 차리지 못하고 꿈틀거리는 두 사내를 보다가 걸음을 옮겼다.

"관둬. 이깟 종남파 놈들이 싸움을 걸어오면 호되게 밟아줘 버리지."

"사람을 죽이는 것이 꺼림칙한 것은 아니고?"

왕족쌍은 신기할 정도로 그의 마음을 잘 꿰뚫어 보았다.

"꺼림칙할 것이 뭐가 있어? 무림이란 원래 그런 곳인데!"

그의 강한 부정에 왕족쌍은 그저 웃음으로 대꾸할 뿐이었다. 왕족발은 빠른 걸음으로 그 자리를 떠났다. 주택가의 골목은 채 다섯 자가 되지 않을 정도로 좁았고 길도 이리저리 얽혀 있어서 방향을 잡기도 쉽지 않았다.

좁은 골목길을 한참 동안 헤매던 왕족발은 걸음을 멈췄다. 정무문의 지부로 돌아가는 길뿐 아니라 천상천하제일기루로 가는 길마저 잃어버리고 말았다.

그가 이곳저곳을 쑤시고 다니는 동안 잠자코 따라오던 왕족쌍이 짜증스럽게 말했다.

"왜 이렇게 헤매고 있는 거야? 빨리 집으로 돌아가야지."

차마 길을 잃었다고 말하지 못하고 왕족발은 벌컥 화를 냈다.

"가려면 너나 가! 왜 따라다니면서 귀찮게 하는 거야?!"

왕족쌍이 토라져서 가면 몰래 뒤를 밟을 생각이었다. 하지만……

"내가 길을 어떻게 알아? 집에서 나올 때부터 네 뒤만 따라왔는데!"

"뭐야?"

왕족발은 암담함을 느꼈다. 닮을 것이 없어서 길 못 찾는 것 따위나 닮다니.

어이없는 얼굴을 하고 있는 왕족발을 보며 왕족쌍도 뭔가 느꼈는지 인상을 썼다.

"설마 너도 길을 모르는 것은 아니겠지?"

왕족발이 배를 문지르는 모습만 봐도 그 원인이 배가 아파서인지 똥이 마려워서인지 알 정도로 눈치가 빠른 왕족쌍이었다.

"이런 바보 같은 놈! 길도 모르면서 왜 나온 거야?"

"젠장! 누가 너보고 따라나오라고 했냐?"

"어휴~! 저런 멍청이가 정무문의 후계자라니. 두 다리 뻗고 잠을 주무시는 아버지의 그 무신경이 존경스럽다, 존경스러워."

그녀는 휙 돌아서더니 어둠이 내리기 시작한 거리를 빠른 걸음으로 나아갔다.

"어딜 가는 거야?"

왕족발이 뒤쫓아가며 물었다.

"집을 찾아야 할 것 아니야. 일단 천상천하제일주루에 가서 다시 돌아가는 길을 더듬어봐야지."

근 이 각을 헤맨 끝에야 일 장이 넘는 대로에 접어들 수 있었다. 하지만 그들은 얼마 가지 못해서 걸음을 멈춰야 했다.

"저기다! 저놈이야!"

소리와 함께 행인들이 양 옆으로 쫘악 갈라섰다. 대로 중앙을 차지한 삼십여 명의 인물들은 하나같이 병장기를 들거나 빼내고 있었는데, 맨 앞의 얼굴은 퉁퉁 부은 것이 익숙했다. 그들 모두 청색 무복을 걸친 모습이 누구의 설명을 듣지 않아도 종남파라는 것을 알 수 있었다.

"날파리들이 귀찮게 하는군."

등에 걸린 검을 빼려는 왕족발의 팔을 왕족쌍이 잡았다.

"저들과 싸우는 짓은 그만둬."

"내가 수만 믿고 까부는 저깐 놈들을 처리 못할까 봐서 그래?"

"물론 저들을 이길 수도 있겠지. 하지만 그 뒤의 결과를 생각해야지. 백도와 힘을 합하려는 이때에 네 정체가 발각돼 봐, 당장 정무문과 백도의 전면전이 벌어질걸. 그래도 좋다면 잘난 수라도를 빼서 흔들어 봐."

"우리 정무문은 싸움을 두려워하지 않아. 물론 나도 그렇고."

왕족쌍은 고개를 끄덕였다.

"물론 네가 싸움만 잘하는 멍청이라는 것은 알아. 하지만 아버지의 주먹은 무섭겠지?"

"……."

"만약 이 일로 정무문과 백도 간에 싸움이 일어나면 아버지가 널 가만두실까?"

왕족발의 얼굴이 밑 닦은 휴지처럼 구겨졌다.

"젠장!"

그들이 말을 하는 사이 종남파의 인물들이 저마다 병장기를 들고 우우 달려들었다.

"잡아라!"

"홍 사형(洪師兄)의 원수를 갚아라!"

왕족발은 저마다 소리를 지르며 다가오는 종남파 인물들을 보다가 이내 몸을 돌렸다. 생각 같아서는 저놈들 배를 갈라 서로 창자를 엮어 주고 싶었지만 후환을 생각 안 할 수가 없었다. 아버지 주먹의 무서움은 이미 아홉 살 때 뼈저리게 느낀 터였다.

몸을 날리며 힐끔 돌아본 종남파 인물들은 저마다 소리를 지르며 쫓아오고 있었다. 하지만 저런 하찮은 경공 가지고 그들을 잡을 수는 없었다. 점점 멀어지는 종남파 인물들과의 거리처럼 그들이 집을 찾을 확률도 점점 멀어졌다.

제31장

화백 안의 화백

제31장 화백 안의 화백

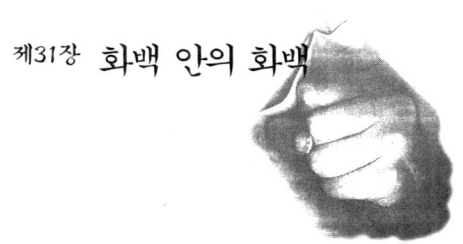

　"역시 이상한가 보군."

　사내는 얼굴 중앙 부근을 긁적였지만 손가락이 닿은 곳에는 코가 없었다. 숨 쉬는 구멍도 정상적인 위치가 아닌 입술 바로 위쪽에 작게 뚫려 있었다. 거기에 완벽한 원형의 눈은 흰자위 없이 온통 검은색뿐이었다. 이마와 눈 밑까지 덮은 검은 털이 산들바람에 흩날렸다.

　"당신은?"

　주적자는 사내의 이상한 모습에 대한 놀라움을 가라앉히고 물었다. 사내는 대답 대신 목 아래쪽에 매듭 지어진 끈을 풀고 망토를 젖혔다. 사내의 상체에는 듬성듬성 털이 나 있었는데 그 사이로 거미줄처럼 많은 흉터들이 보였다.

　마치 철사에 찢긴 듯 가로세로로 난 흉터는 절로 눈살을 찌푸리게 했다.

"화백에게 입은 상처지."

주적자는 의아한 눈길로 사내를 보았다. 그러다 문득 어떤 생각이 뇌리를 스쳤다. 그는 한 걸음 물러서며 검 손잡이를 잡았다.

"혹시 붕?"

사내는 입술 끝을 올렸는데 웃음이라고 보기에는 어딘가 어색했다.

"눈치가 빠르군. 흠흠……!"

사내는 자꾸 목을 쓰다듬었다.

"난생처음 인간의 모습으로 변했더니 이상하군. 하지만 이런 모습이 아니면 인간의 말을 할 수 없으니… 그렇게 경계할 필요는 없네. 싸우려고 온 것이 아니니."

주적자는 여전히 경계를 풀지 않고 물었다.

"그럼 왜 날 찾았나?"

"화백 때문이지."

그는 미간에 내 천 자를 그렸다.

"혹시 화백이 완전한 모습으로 탈바꿈한 건가?"

"그렇지 않았다면 내가 상처를 입고 널 찾아오지는 않았겠지."

"붕에게 상처를 입힐 정도로 화백이 강해졌다니 믿을 수가 없군."

붕은 상처를 쓰다듬으며 말했다.

"이 상처가 화백의 강함을 증명해 주잖아."

주적자는 붕을 물끄러미 쳐다보다가 물었다.

"그래서 화백을 없애는 일에 내 도움이 필요하다는 건가?"

"인간들 말 중에 가장 마음에 드는 것이 결자해지(結者解之)라는 말이야. 묶은 자가 풀어야지."

그는 검에서 손을 뗐다.

"그렇다면 잘못 찾아왔군. 화백의 일에 상관하고 싶은 생각은 조금도 없어."

"자신이 한 일에 책임을 지지 않겠다는 말인가?"

"인간인 내게 괴의 논리로 책임을 지우려 하지 마."

"가장 피해를 많이 볼 대상이 인간인데도?"

"모든 인간은 다른 인간을 위해 뭔가를 해준다라는 잘못된 생각을 가지고 있는 것 같군. 난 극히 이기적이고 내가 도와주고 싶을 때만 도와주는 사람이야."

"그래서 화백을 없애는 데 도와주지 않겠다고?"

"물론."

붕의 검은 눈이 스스로 빛을 발하는 것처럼 번들거렸다. 그것이 인간으로 치면 살기라는 것을 본능적으로 느낄 수 있었다. 주적자는 놓았던 검 손잡이를 다시 잡았다.

"너만 없었으면 화백을 죽일 수 있었는데… 무엇 때문에 화백을 도와줬던 것이냐?"

붕은 여전히 살기를 가라앉히지 않은 채 물었다.

"누군가를 찾기 위해서."

붕의 살기가 더욱 짙어졌다.

"고작 한 사람 때문에 수천 수만의 인명을 위험에 빠뜨렸다는 말인가?"

"사람이 아니야."

붕의 얼굴에 의아함이 스쳤다.

"그럼 괴라도 된다는 말이냐?"

"요괴일 수도 있고 정괴일 수도 있지."

붕은 주적자를 물끄러미 보다가 입을 열었다.

"그래서 찾았나?"

"아직."

"네가 찾는 괴가 어떤 것이냐?"

주적자는 잠시 망설이다 입을 열었다. 붕이 안다고 해도 해가 될 것은 없기 때문이다.

"흡혈야황. 흡혈귀의 일종인데 화백도 모르더군."

한동안 말이 없던 붕의 몸에서 살기가 점점 빠져나갔다.

"만약 내가 그 흡혈야황을 찾아준다면 날 도와줄 텐가?"

주적자의 얼굴이 딱딱하게 굳었다.

"흡혈야황을 알고 있나?"

"아니. 하지만 상대가 괴라면 세상 어디에 있든 찾을 수 있다."

"정말인가?"

"붕은 거짓말을 못해."

호괴도 똑같은 소리를 했지만 결국 그것 자체가 거짓이었다. 물론 붕의 말은 호괴와 달리 묘한 믿음이 갔으나 단지 감으로 결정할 수 있는 일이 아니었다.

"만약 그 말이 사실이라면 일의 순서를 바꾸도록 하지."

"어떻게?"

"흡혈야황의 소재를 알려주면 화백을 잡는 데 도움을 주는 것으로."

"안 돼! 그러기에는 시간이 너무 촉박해!"

뾰족한 붕의 목소리는 이내 차분하게 가라앉았다.

"너도 화백이 서른 명 이상의 원혼이 모여 만들어진 나무의 정괴라는 것은 알고 있겠지?"

주적자는 긍정의 몸짓을 보였다.

"이번 화백은 무려 여든두 명의 원혼이 그 나무에 살고 있던 거미의 정과 만나 태어났다. 원한이 크면 클수록 화백의 힘 또한 그만큼 강해지는데, 정말 중요한 것은 화백의 강약이 아니다. 어차피 화백은 세상에 태어나지 말아야 할 극강의 살귀(殺鬼)니까."

"그럼 뭐가 문제지?"

"첫 살인! 화백에게 깃든 원혼은 원한을 갚기 위해 상대를 찾아가게 된다. 그 원혼이 단 한 명이라도 죽이게 되면 화백은 돌이킬 수 없는 살귀(殺鬼)가 되어버린다."

"그럼 지금은 화백을 막을 방법이 있다는 것인가?"

"내가 물리적인 힘을 빌리기 위해 널 찾아왔다고 생각하나? 물론 네가 인간으로 오를 수 있는 최고의 강함을 갖췄다는 것을 인정한다. 하지만 화백과 싸우기에는 턱없이 부족하다."

화백의 강함이 어느 정도인지 알지 못한 상태에서 굳이 부정하고 싶지는 않았다.

"그럼 왜 내가 필요한 거지?"

"화백 본연의 의식에 네가 남아 있기 때문이다. 즉, 너는 화백의 은인인 셈이지. 그 의식이 살아 있을 때 화백을 죽여야 한다. 만약 원한이 있는 인간을 단 한 명이라도 죽이게 되면 여든두 명의 원귀 사이에 있는 화백 본연의 의식은 소멸되어 버린다."

주적자로서는 붕의 말이 선뜻 이해되지 않았다.

"화백의 의식이 산 것과 죽은 것이 무슨 차이가 있는 건데?"

"화백 본연의 의식이 살아 있어야만 방심을 끌어낼 수 있다. 너만이 할 수 있는 일이지."

"그럼 난 단순히 미끼가 되는 것인가?"

"아니, 화백은 네 손에 죽게 된다. 내가 네 몸속으로 들어갈 테니까."

"무슨 소리야? 어떻게 당신이 내 몸속으로 들어온다는 건가?"

붕은 주적자의 가슴을 가리켰다.

"내가 보낸 기운을 넌 분명히 느꼈다. 그것은 곧 네 안에 괴의 성질이 존재한다는 의미지. 성스러운 괴는 다른 괴의 의식에 파고들 수가 있다. 물론 받아들이겠다고 인정한 괴에 한해서."

주적자가 입을 열려고 하자 붕이 손을 들어 막았다.

"긴 얘기 할 시간이 없다. 일단 가부간(可否間)에 결정을 내려라. 내 제의를 수락하겠느냐?"

주적자는 잠시 붕을 보다가 입을 열었다.

"화백을 잡다가 목숨을 잃을 수도 있겠지?"

붕은 지체없이 대답했다.

"물론."

쓸데없는 물음이었다. 그에게 중요한 것은 자신의 안전이 아니라 흡혈야황의 위치였다. 물론 그 작고 앙증맞은 모습이 눈에 밟혀 화백을 죽인다는 것이 꺼림칙했다. 하지만 지금의 화백은 그때의 화백이 아니었고 정 때문에 흡혈야황을 찾을 수 있는 기회를 놓칠 주적자도 아니었다. 그는 한참을 더 생각하다가 이윽고 고개를 끄덕였다.

"좋아, 제의를 수락하지."

*   *   *

손위강(孫位姜)은 아버지 손석숭(孫晳崇)에게 침수 문안을 드리기 위해 방을 나섰다. 아직 밤 기운이 차갑기는 했지만 봄이 멀지 않았다는 것을 느낄 수 있었다. 어제보다 옅어진 입김을 뿜으며 그는 후원으로 향했다. 본채와 별채 사이에 난 담을 따라 걸어가자 머리끝이 닿을 듯 낮은 월동문이 나왔다.

그 문을 지나 돌과 키 작은 나무로 만들어진 후원을 거치자 비로소 손석숭의 침소가 눈에 들어왔다. 휘영청 뜬 달을 기와에 얹은 별채는 육십 평이 넘는 데도 그리 크게 보이지 않았다.

손위강은 옷매무새를 가다듬고 손석숭의 방 앞에 섰다. 그가 막 입을 열려고 할 때 안에서 여인의 표독한 음성이 들려왔다.

"이제야 나를 기억하는구나, 이 악독한 놈! 삼십 년이 흘렀다고 네 죄가 씻길 줄 알았더냐!"

황급히 문을 연 손위강은 놀람으로 눈을 부릅떴다. 바람도 없는데 허리까지 기른 백발을 마구 흩날리는 여인이 손석숭의 목을 움켜잡고 있었다. 입을 벌리고 심장을 토해낼 것처럼 고통스러워하는 손석숭을 보면서도 손위강은 움직일 수가 없었다.

아버지를 구해야 한다는 생각은 머리 속을 채운 공포에 하얗게 지워져 버렸다. 날카롭게 올라간 눈꼬리와 백태가 낀 듯 하얀 눈동자, 바늘 대용으로 써도 될 정도로 날카로운 콧날은 그만큼 얇은 입술과 너무도 잘 어울렸다.

설사 여인의 외모가 평범하지 않다고 해도 미동조차 하지 못할 정도로 공포스럽게 생긴 것은 아니었다. 하지만 손위강은 손끝 하나 까딱할 수 없었다. 움직이는 순간 온몸이 모래처럼 부서져 버릴 것 같았다.

그 하얀 눈동자는 손위강을 힐끔 본 정도로 무시하고 다시 손석숭에게 향했다.

"삼 일 밤낮 동안 네 살점 하나하나를 저미며 죽여주마."

여인의 말이 끝남과 동시에 기이한 일이 벌어졌다. 그녀의 안면 근육이 마음대로 움직이더니 전혀 다른 여인의 얼굴로 순식간에 변한 것이다.

"이봐, 네 복수만으로 그렇게 오랜 시간을 보낼 수는 없어."

여인은 또 다른 얼굴로 변했다.

"맞아. 빨리 끝내라구. 우리도 복수를 해야 할 것 아니야!"

"알았어, 알았어! 젠장, 목만 분지르고 가면 되잖아!"

말을 하는 사이 원래 있던 여인의 얼굴로 바뀌었다. 그녀는 잇새로 나오는 음성을 내뱉었다.

"너무 간단하게 죽이는 것이 마음에 안 들지만 네가 지옥의 불길에서 영원히 타오르는 것에 만족하마."

여인의 하얀 손가락이 손석숭의 목살 안으로 파고들었다. 꺽꺽거리던 손석숭의 음성은 이내 잦아들고 긴 혀가 입 밖으로 삐져 나왔다. 눈동자가 위로 올라가는 것이 금방이라도 숨이 끊길 것 같았다. 손위강은 '무언가 해야 하는데'라는 마음만 간절할 뿐, 공포 때문에 손가락 하나 까딱할 수가 없었다.

그의 부릅뜬 눈에 손석숭의 귀가 어깨에 닿는 것이 보였다. 그때!

콰앙!

갑자기 천장이 부서지더니 하얀 빛살이 손석숭을 세로로 훑고 지나갔다. 손위강은 눈을 몇 번 깜빡인 후에야 새로운 인물이 방에 나타난 것을 알 수 있었다.

쪼르륵—

어디선가 물 떨어지는 듯한 소리가 들렸다. 힘겹게 매달려 있던 지붕의 파편이 방바닥에 떨어지며 적갈색의 무언가가 튀어 올랐다. 손위강은 비로소 손석숭의 몸에서 피가 흘러나오고 있다는 것을 알았다.

"아버님……."

그의 신음은 여인의 날카로운 목소리에 묻혔다.

"네놈은 누구냐!"

눈빛이 유난히 날카로운 사내의 입이 열렸다.

"화백, 깨어나라."

"무슨 헛소리를 지껄이는 것이야!"

여인은 손석숭을 내팽개치며 소리쳤다. 손위강을 향해 날아오는 손석숭의 시체는 허공에서 반으로 갈라졌다. 역한 냄새를 풍기는 내장들이 손위강의 머리 위로 쏟아졌다. 피와 창자를 뒤집어쓴 그는 멍한 눈으로 쪼개진 손석숭을 번갈아 보았다. 눈앞으로 늘어진 창자가 마치 독을 품는 뱀처럼 느껴졌다.

너무 끔찍한 모습에 아무 감흥도 받지 못한 그는 무릎걸음으로 손석숭의 시체를 모았다. 내용물이 모두 빠져 버린 손석숭의 시신은 속 빈 가죽 부대에 옷을 입혀놓은 것 같았다. 아무 생각 없이 주섬주섬 시신을 챙기는데 갑자기 쩌정! 하는 굉음이 들리더니 주위의 사물이 빠르게 앞으로 내달렸다.

귓가를 스치는 바람 찢어지는 소리 뒤로 등에 극심한 통증이 느껴졌다. 캄캄한 어둠은 단지 밤이기 때문만은 아니었다. 그는 머리를 흔들어 어둠을 엷게 만든 후 몸을 일으켰다. 여기저기서 우두둑거리는 뼈마디의 비명이 들렸다.

주위를 둘러본 손위강은 손석승의 시체 찾는 것을 포기했다. 무슨 일이 있었는지 모르지만 별채는 완전히 폐허로 변해 있었다. 사방 벽은 물론이고 천장까지 사라져 버린 그곳은 천 근 폭약이 한꺼번에 터진 것 같았다.

원래 손석승의 방이었지만 이제 평지가 되어버린 그곳에 여인과 사내가 이 장 간격을 두고 서 있었다.

"네놈은 누군데 내가 죽여야 할 놈을 죽인 것이냐?"

"화백, 나다. 원귀들 틈에서 빨리 깨어나라."

고저없는 사내의 목소리는 듣는 이로 하여금 가슴에 묘한 떨림을 만들었다.

퍼석!

여인의 발 밑에 깔린 벽돌이 잘게 부서졌다.

"네놈이 누구든 상관없다. 내 복수를 방해했으니 갈갈이 찢어 죽여버리겠다!"

양팔을 새처럼 벌린 여인의 전신에서 머리카락처럼 가는 빛줄기가 새어 나오더니 사내를 향해 쏘아져 갔다. 너무 빨라서 눈으로 그 끝을 쫓을 수조차 없었다.

카카카캉!

날카로운 소리와 함께 빛줄기는 사내의 몸 앞에서 사방으로 굴절되었다. 수많은 빛줄기가 허공으로 치솟는 모습은 마치 유성이 밤하늘로 쏘아 올려지는 것 같았다.

퉁겨졌던 빛줄기는 동시에 멈칫하더니 처음보다 더 빨리 사내를 덮쳤다. 빛줄기에 가려 보이지 않는 사내에게서 다시 쉿소리가 들렸다. 그리고…….

"우욱!"

답답한 신음과 함께 사내가 빛줄기 밖으로 퉁겨져 나갔다. 개구리처럼 패대기쳐진 사내는 두어 번 땅을 구른 후 재빨리 일어섰다. 그의 옷이 차츰 피에 물들더니 이내 전신이 검붉은 색으로 뒤덮였다. 하지만 꼿꼿이 서 있는 사내의 자세는 한 점 흐트러짐이 없었다.

"화백, 어서 의식을 끌어내고 날 봐라."

여인의 머리카락이 하늘로 치솟고 흔들거리던 빛줄기가 더욱 요동을 쳤다.

"용케 버티면서 헛소리를 지껄여 대는구나! 이번에야말로 산산조각을 내주마!"

요동을 치던 빛줄기가 여인의 몸 위로 꼿꼿하게 솟구쳤다. 삼십 장 가까이 치솟은 빛을 품은 여인은 아름답기까지 했다. 까마득히 높이 솟은 빛줄기 끝이 부르르 떨리면서 여인의 얼굴이 다시 바뀌었다. 마치 열두어 살 먹은 소녀처럼 앳된 얼굴이었다.

"주 공자님! 어서 피하세요! 몸을 조종할 수가 없어요! 어서……!"

소녀의 얼굴은 급격하게 다른 얼굴로 바뀌었다. 입 안에 커다란 만두를 머금은 듯 뚱뚱한 얼굴이었다.

"넌 꺼져! 빨리 끝내고 내 복수를 하러 가야 돼!"

"알았으니까 너도 잠자코 있어!"

새로운 목소리가 끝났을 때는 원래의 날카로운 여자의 얼굴로 되돌아와 있었다.

사내는 들고 있던 검을 등에 걸린 검집에 집어넣은 후 양팔을 벌렸다.

"화백, 난 이제 반격하지 않겠다. 네가 네 몸을 지배하지 못하면 난 죽겠지."

사내는 말을 하고 아예 눈을 감아버렸다. 계속 흘러내린 핏물이 어느새 사내의 발 밑을 흥건하게 적시고 있었다.

"흥! 꼴값을 떠는군. 하긴, 반항해 봤자 소용없을 테니 그 편이 시간도 절약되고 좋겠지."

여인은 차가운 말을 끝냄과 동시에 빛살을 날렸다. 수천 가닥의 빛살이 사내에게 쏟아져 갔다. 분명 위험을 감지했을 텐데 사내는 정말 움직이지 않았다. 빛살은 그 기세 그대로 사내의 몸을 꿰뚫었다.

"크윽—!"

소리없이 관통한 빛살 때문에 사내의 입에서 신음이 새어 나왔다. 사내는 여전히 양팔을 벌리고 고통 때문에 짙은 주름이 잡혔던 눈꺼풀을 힘겹게 밀어 올렸다.

"화백… 어서 나와라……."

사내의 힘겨운 말에 여인의 얼굴이 잠깐 꿈틀거렸지만 변하지는 않았다.

"네가 아무리 화백을 불러도 우리들 손에 눌린 화백은 다시 나타나지 않을 것이다. 내 복수를 방해한 죄로 네 몸을 산산조각내주마."

사내를 관통한 빛살 끝이 잘게 꿈틀거릴 때 갑자기 여인의 얼굴이 바뀌었다. 그동안 한 번도 나타나지 않은 얼굴이었다.

"기다려. 저 녀석, 아무래도 사람이 아닌 것 같아. 만약 사람이라면 우리 공격을 막을 만큼 터무니없이 강할 수도 없을 뿐더러 아직까지 살아 있지 못할 테니까."

"그래서?"

"저 녀석의 체액을 빨아먹으면 그만큼 강해질 거야. 저런 먹이를 또 언제 구할 수 있겠어? 안 그래?"

대화를 하는 여인의 얼굴은 수시로 바뀌었다. 다시 처음 얼굴로 돌아온 여인은 고개를 끄덕였다.

"그것도 좋은 생각이군."

여인의 몸과 연결된 빛살이 휘어지면서 사내가 허공에 뜬 채 끌려왔다. 사내는 의식이 아닌 본능적으로 꿈틀거렸다. 땅에 끌릴 듯 휘어진 빛살이 점점 안으로 빨려 들어가더니 여인과 사내의 거리는 네 자 정도로 좁혀졌다.

여인은 목젖을 크게 움직인 후 입을 벌렸다. 그러자 갈고리 같은 무언가가 입술 양쪽에서 삐져 나왔다. 그것은 분명 이빨이었지만, 또한 이빨이 아니었다. 이빨이 먹물을 입힌 듯 검은색일 수도 없을 뿐더러 위아래가 아닌 옆쪽에서 튀어나온다는 것은 말도 되지 않았다.

뚝!

여인의 검은 이빨에서 하얀색의 끈끈한 액체가 떨어졌다. 마치 맛있는 먹이를 앞두고 군침을 흘리는 것 같았다. 빛살이 여인의 몸속으로 스며드는 거리만큼 사내와의 공간도 좁혀졌다. 사내의 몸에 파고들지 않은 빛살은 조금 후에 있을 포식을 즐거워하듯 여인의 어깨 위에서 너울거렸다.

여인의 이빨이 커다란 낫처럼 휘어져 사내의 관자놀이에 닿았다.

톡.

이빨이 머리를 파고드는 소리는 쌀알이 떨어지는 소리만큼이나 작게 들렸다. 꿀처럼 끈끈한 두 줄기 피가 사내의 볼을 타고 흘러내렸다. 사내는 여전히 양팔을 벌리고 있을 뿐 죽음에 초연한 사람처럼 미동도 하지 않았다. 아니, 어쩌면 저대로 죽어버렸는지도 모른다.

손위강은 자신도 모르게 주먹을 불끈 쥐었다. 저 사내는 저대로 죽으면 안 될 사람인 것처럼 느껴졌다. 비록 손석숭이 저 사내의 손에 죽었다 하더라도 본질적인 살인자는 사내가 아니니 이런 마음이 든다고 이상할 것은 없었다.

"안 돼!"

짧은 외침은 그 속에 담긴 처절함과는 다르게 너무도 미약하게 들렸다. 손위강은 그래서 자신이 잘못 들었다고 생각했다. 하지만 그 소리는 이내 백배쯤 더 증폭되어 다시 터져 나왔다.

"멈추란 말야!"

그것은 분명 사내의 관자놀이에 이빨을 박고 있는 여인에게서 나온 것이었다. 외침의 여운이 사라지기도 전에 여인의 이빨이 입속으로 빨려 들어가더니 얼굴이 변하기 시작했다. 그것은 잠깐 나타났다 사라진 소녀의 얼굴이었다. 그와 동시에 여인의 몸에서 뻗어 나온 빛살 또한 힘을 잃고 늘어졌다.

"주 공자님, 빨리 도망……!"

소녀의 말은 끝까지 이어지지 못했다. 죽은 듯 미동도 하지 않던 사내가 어느새 검을 빼 들어 소녀의 목을 날려 버렸기 때문이다.

손위강은 사내가 어떻게 팔을 움직여 검을 빼고 휘둘렀는지 보지 못했다. 사내의 손에 검이 들려 있고 소녀의 목이 바닥을 뒹구는 것에서 추측할 뿐이었다.

"끼이아악―!"

비명은 여인의 입이 아닌 온몸에서 터져 나왔다. 사내는 내려뜨렸던 검을 머리 위로 올려 머리가 떨어진 여인을 향해 그었다.

파아―!

하얀 액체가 여인의 몸속에서 터져 나왔다. 피와는 전혀 다른 색깔이지만 그것은 의심할 나위 없는 여인의 피였다. 사내는 빛살을 끊어 땅에 발을 내디딘 후 양쪽으로 갈라진 여인을 향해 횡으로 검을 휘둘렀다.

사내가 몇 번 검을 휘둘렀는지 손위강은 볼 수 없었다. 단지 여인의 몸이 손톱보다 작은 조각으로 쪼개져 바닥에 허물어지는 것만 볼 수 있었다.

휘청!

사내는 쓰러질 듯 몸을 흔들더니 검으로 땅을 짚고 겨우 중심을 잡았다. 그의 시선은 하얀 액체에 덮인 조각들에게서 떨어지지 않았다. 마치 아직도 살아 있는 적을 쏘아보고 있는 것 같았다.

어느 순간!

여인의 잔해 속에서 무언가 하늘을 향해 치솟았다. 주먹만한 크기의 하얀 액체를 담은 공은 순식간에 검은 하늘로 날아갔다.

캬아아악—!

고막을 울리는 소리에 손위강은 황급히 귀를 막았다. 수백 명의 여인이 귀에다 대고 동시에 비명을 지르는 것 같았다. 그는 소리의 진원지를 찾아 시선을 위쪽으로 옮겼다. 턱이 땅과 수직이 됐을 때쯤 손위강은 엄청나게 큰 새를 볼 수 있었다. 까마득히 높은 곳에 있는데도 하늘에 뜬 달이 새에 가려 보이지 않을 정도였다.

새는 치솟은 공을 향해 무섭도록 빠른 속도로 날아갔다. 공은 마치 살아 있는 생명체처럼 새를 피하려 했지만 쩍 벌린 새의 부리를 벗어날 수는 없었다.

공은 순식간에 새의 입 안으로 사라졌다. 까아악! 하는 울음이 다시 한 번 울리더니 거대한 새가 천천히 손위강 쪽으로 하강했다. 손위강은 주춤주춤 뒤로 물러서다 벽돌 잔해에 걸려 엉덩방아를 찧었다. 새의 날갯짓 때문에 생긴 바람이 굵은 돌멩이를 그에게 퍼부었다.

손위강은 양손을 뒤통수에 대고 납작 엎드렸다. 자잘하고 때론 둔중한 아픔이 한참 동안 전신을 강타했다.

'도망가야 해! 저 새가 날 잡아먹을 거야!'

그는 머리에서 양손을 내려 땅을 짚었다. 팔에 힘을 줘 막 일어서려할 때 그토록 세찬 바람이 거짓말처럼 멎었다. 손위강은 엉거주춤 일어서서 뒤를 돌아보았다. 날개를 얌전히 접고 있는 새는 가까이서 보자 한눈에 들어오지 않을 정도로 거대했다.

송위강은 행여 새의 눈길을 끌세라 조심조심 뒷걸음쳤지만 새는 그에게 조금의 관심도 두지 않았다. 지옥의 무저갱처럼 검은 눈동자는 오직 사내에게로 향해 있었다.

검끝이 땅에 닿을 듯 내려뜨리고 있던 사내의 몸이 한차례 부르르 떨리더니 검은 연기 같은 것이 정수리에서 빠져나왔다. 순간 사내의 몸이 옆으로 휘청 꺾였다. 간신히 중심을 잡은 사내를 뒤로하고 검은 연기는 새의 머리 꼭대기로 사라졌다.

"끝난… 건가?"

목이 잠겨 말이 제대로 나오지 않았다. 주적자는 피로 덮인 자신의 몸을 보고 붕에게 시선을 돌렸다. 거대한 붕이 차츰 무엇에 눌린 듯 작아지더니 이윽고 사람의 형태로 뭉쳐졌다. 망토를 머리끝까지 쓴 그 사내의 모습이었다. 저 검은 망토는 아마도 몸의 일부분인 모양이다.

"생각보다 쉽게 처리할 수 있었군."

붕의 말에 주적자는 피식 웃음을 터뜨렸다. 붕이 그의 몸을 지배하는 사이 그는 아무것도 할 수 없었다. 고통을 느끼면서도 의지대로 움직일 수 없다는 것은 생각보다 훨씬 힘든 일이었다. 그런데 그의 속도 모르고 쉽게 처리했다니…….

주적자는 한쪽에 오돌오돌 떨고 있는 중년인을 힐끔 보고 입을 열었다.

"이제 내게 한 약속을 이행할 차례군."

"조금 기다려. 천하에 날개 달린 것들과 그 괴들에게 흡혈귀를 찾으라고 명령해 놨으니 곧 소식이 올 거야."

"그냥 흡혈귀가 아니야."

붕은 안심하라는 듯 손짓을 했다.

"그래, 알아. 완전한 인간 모습을 한 흡혈귀는 네가 말한 흡혈야황밖에 없으니 다른 것을 찾을 염려는 없어."

"얼마를 기다려야 하는데?"

붕은 잠시 생각을 하다 입을 열었다.

"넉넉잡고 삼 일이면 될 거야. 그동안 어디 가서 푹 쉬어. 네가 어디 있든 찾을 수 있으니까."

약속에 대한 확답은 받을 필요가 없었다. 설사 붕이 약속을 지키지 않는다 하더라도 그가 할 수 있는 일은 아무것도 없으니까. 받은 만큼 돌려줄 수 없다는 이런 무기력한 상황은 그가 싫어하는 것들 중 하나였다. 하지만 이미 경험했듯 선택의 여지가 없는 것도 있으니 기다리는 수밖에.

"네가 찾아 헤매는 흡혈야황 또한 화백 못잖게 세상에 해악을 끼칠 존재더군. 반드시 잡길 바란다. 그럼 난 이만 가봐야겠군. 힘을 너무 많이 소비했으니 한숨 자야 할 것 같아."

주적자는 펄쩍 뛰어오르는 붕을 향해 말했다.

"삼 일이야."

"걱정 마, 성스런 괴는 절대 거짓말을 하지 않으니까."

십 장 높이까지 다다른 붕은 빠르게 커지더니 이내 새가 되어 밤하늘 저쪽으로 날아갔다. 붕이 보이지 않을 때까지 고개를 들고 있던 주적자는 긴 숨을 내쉬었다.

돌아서는 그의 발치에 화백의 잔재가 걸렸다. 인간의 살 조각 같은 그것을 보며 주적자는 아까의 싸움을 곱씹었다. 분명 화백의 공격은 육안으로 확인할 수 없을 정도로 빨랐다. 거미줄의 위력 또한 대단해서 세 치 두께의 철판이라도 쉽게 꿰뚫을 수 있었으리라.

하지만 그때의 생각도 그랬고 지금 다시 곱씹어봐도 상대하기 불가능한 싸움은 아니었다. 그의 무공과 혈정이 주는 육체의 무한한 힘, 거기에 호괴의 정기까지 흡수한 현재 상태는 주적자 스스로도 얼마나 강한지 측정할 수 없었다.

'제대로 싸워볼걸.'

그는 피식 웃었다. 마치 어린아이의 치기 같다는 생각이 들었다. 지금은 목적을 이룬 것만으로 만족해야 했다. 앞으로 강한 적과 싸울 기회는 얼마든지 있었다. 대부분 흡혈야황과 관련된 싸움이 될 것이다.

주적자는 화백의 잔해를 그냥 지나치려다 이내 쭈그려 앉아 살점들을 모으기 시작했다. 전부는 아니더라도 이 살점 한 조각에라도 예전의 화백이 깃들어 있을지 모르니 묻어주고 싶었다. 끈적한 점액이 묻어 나오는 그것은 부드러우면서도 질겼다. 조각을 손에 하나하나 포개며 주적자는 묘한 기분이 들었다.

육체는 점점 인간에게서 멀어져 가는데 마음만은 탈명침을 쫓던 그 때보다 훨씬 인간적으로 변한 것 같았다.

눈에 보이는 살점을 모두 주워 수건에 싼 주적자는 잠시 주위를 살피다 걸음을 옮겼다. 중년인은 지금까지도 잔뜩 겁먹은 얼굴로 움직이지 못하고 있었다. 그가 막 허물어진 담을 지날 때였다.

끼릭!

주적자는 걸음을 멈췄다. 허물어진 담벼락의 벽돌 조각이 이제야 떨어지는 소리인지도 몰랐다. 중년인이 이제야 움직이는 소리인지도 몰랐다. 그런데 그 낮은 소리는 묘하게 주적자의 마음을 잡아끌었다.

그는 돌아서 주위를 둘러보았다. 무너진 담벼락과 산산조각 난 별채, 허리가 부러진 나무들이 차례로 스쳐 갔다. 하지만 움직이는 것은 보이지 않았다. 환청이었나 싶을 정도로 사위는 고요했다. 주적자는 눈길이 스쳤던 곳을 다시 더듬었다.

별채를 스치던 그의 시선이 하얀 피가 흥건하게 고인 바닥에 멎었다. 그곳에서 뭔가가 움직이고 있었다. 주적자는 피가 고인 곳으로 걸음을 옮겼다. 그가 다가가는 동안 하얀 피는 거품을 만들듯 달걀만한 크기로 부풀어 올랐다.

그가 두 자 가까이 다다랐을 때 그것은 주먹 두 개를 합한 것만큼 커졌다. 주적자는 등에 멘 검으로 손을 가져갔다. 어쩌면 화백을 산산조각으로 베었을 때 그 몸에서 튀어 나갔던 거미의 정이 아직 남아 있는 것인지도 몰랐다. 이제 부활이란 그에게 너무나도 익숙한 단어였다. 화백이 다시 부활한다 해도 이상할 것은 없었다.

스릉—

주적자가 검을 반쯤 뽑았을 때 점점 커지던 거품의 움직임이 멎었다. 그것은 커지는 대신 표면의 하얀 피가 급속도로 굳어갔다. 윤기를 잃은 거품은 그대로 하나의 커다란 알 같았다. 그리고 잠시 후, 그것이 알이라고 해도 반박할 수 없는 일이 벌어졌다.

찌직—

낮은 소리와 함께 알에 균열이 생기기 시작했다. 주적자는 몸을 웅크리고 검을 한 자쯤 더 뽑았다. 정체가 확인되는 순간 벨 수 있는 만반의 준비가 되어 있었다.

툭!

균열이 갔던 알의 한쪽이 허물어지며 작은 손이 튀어 나왔다. 그것은 분명 다섯 개의 손가락이 꼼지락거리는 손이었다. 잠시 후 투명한 액체에 덮인 머리와 어깨가 알을 빠져나왔다.

무릎걸음으로 완전히 알을 빠져나온 '그것'은 좌우를 둘러보다 주적자를 발견하고 얼굴이 잔뜩 구겨졌다. 그것은 금방이라도 울음을 터뜨릴 듯한 얼굴이었고, 실제로 눈물이 뚝뚝 떨어졌다. 소리가 되어서 나오지 못한 눈물은 그래서 더 서러워 보였다.

주적자는 비로소 알에서 나온 '그것'이 화백의 처음 모습과 흡사하다는 것을 깨달았다. 그는 잠시 망설이다 검을 집어넣고 속옷의 피가 묻지 않은 곳을 찢어 화백을 감쌌다. 몸에 묻은 점액질을 닦는 동안 화백은 울음을 그치고 주적자를 물끄러미 쳐다보더니 천진난만한 웃음을 지었다.

주적자는 화백을 깨끗이 닦고 윗주머니에 넣었다. 화백은 절대 떨어지지 않겠다는 듯 양손으로 그의 옷깃을 꼬옥 붙잡았다. 그 모습을 본 주적자는 가는 한숨을 내쉬었다. 이 화백도 저번처럼 두 번의 탈피 끝에 살귀가 될 확률이 높았다. 그런 예상에도 불구하고 그는 화백을 죽일 수 없었다. 독한 마음 먹고 두 손 사이에 끼워 힘만 주면 그만이지만 마음이 그쪽으로 닿지 않으니 행동 또한 따르지 않았다.

　장원을 떠나려던 주적자는 끈질기게 그 자세 그 표정으로 서 있는 중년인에게 말했다.

　"옷 한 벌 팔 수 있겠소?"

*　　　*　　　*

　"정말 잡을 수 있긴 있는 거야?"

　왕족쌍의 투덜거림에 왕족발은 검지를 입술에 갖다 댔다.

　"쉿! 조용히 해. 사냥의 기본은 침묵이야."

　그는 마치 노련한 사냥꾼처럼 말했지만 언제 그가 사냥이라는 것을 해봤겠는가?

　구릉을 앞에 두고 엎드려 있는 왕족쌍이 자꾸 꿈틀거려 낙엽이 바스락거리는 소리를 냈다.

　"조용히 좀 해, 이 계집애야!"

　왕족발이 억눌린 소리를 지르자 왕족쌍의 아미가 위로 솟구쳤다.

　"땅에서 올라온 습기 때문에 옷이 다 젖었단 말이야. 갑갑해 죽겠다구!"

　"그러게 왜 나한테 그런 장난을 쳐서 일을 이 지경으로 만들어놔! 너 때문에 길을 잃고 이 고생을 하잖아!"

　왕족쌍이 참지 못하고 일어나 앉았다.

　"그게 왜 나 때문이야! 종남파 사람을 죽인 네 탓이지!"

　누군가를 올려다볼 왕족발이 아니었다. 그래서 그도 벌떡 일어서 왕족쌍을 쏘아보았다.

"네가 내 화만 안 돋웠어도 그런 일은 없었을 것 아니야!"

"흥! 자신의 잘못을 남한테 돌리는 소인배 같으니라구."

"뭐? 소인배? 이걸……!"

그는 오른손을 올렸다가 이내 자신의 가슴을 내려쳤다.

"어휴—! 어떻게든 집에 떨궈놓고 왔어야 했는데."

"내가 없었어봐, 지금도 기루에서 취해 가지고 헬렐레하고 있을걸?"

"차라리 그게 지금보다는 백배 낫지!"

꼬로록—

왕족발의 말을 뚫고 둘의 배에서 동시에 난 소리였다. 요 이틀 동안 그들이 먹은 것은 산에 흐르는 차가운 시냇물이 전부였다. 집 찾기를 포기하고 정천맹과의 약속 장소인 동정호로 발길을 돌린 지 닷새 만에 돈이 다 떨어졌으니 굶을 수밖에 없었다. 그렇다고 대정무문의 후계자가 어디 가서 구걸을 할 수도 없는 일이었다.

왕족발이 가진 은자 세 냥이면 둘이 한 달은 넉넉히 쓰고도 남을 돈이었지만 돈에 대한 개념이 없는 그들이 있는 대로 흥청망청 썼으니 당연한 결과였다.

그들은 '설마 굶기야 하겠어?' 라는 생각을 했는데 그 설마가 현실로 다가온 것이다. 궁여지책으로 생각해 낸 방법이 사냥이었지만 그 또한 제대로 될 리가 없었다.

산 중턱에서 '어디 눈먼 짐승 없나?' 하고 배를 깐 채 엎드린 시간이 벌써 반 시진 남짓 되었다. 짐승이 항상 지나다니는 길목을 지켜도 사냥하기 힘든 판에 몸을 숨길 구릉이 있다는 이유만으로 자리를 잡았으니 어려운 것은 당연했다.

언제나 그렇듯 한참 동안의 눈싸움에 약한 쪽은 왕족발이었다.

"어휴—! 사내대장부인 내가 참고 말지."

그는 다시 구릉을 방패 삼아 엎드렸다. 뭐라고 구시렁거린 왕족쌍도 하는 수 없이 왕족발과 자세를 나란히 했다. 얼마쯤 시간이 지났을까? 인내에 한계를 느낀 왕족발이 일어서려 할 때였다.

바스락!

풀잎 스치는 소리에 왕족발은 반쯤 일으킨 몸을 잽싸게 낮췄다. 무언가 낙엽을 밟는 소리는 점점 가까이 다가왔다. 왕족발은 앙상한 가지를 하늘로 뻗쳐 올린 잡목들 사이를 부지런히 살폈다. 자잘한 바위와 부러진 나뭇가지들만 보이던 시야에 색다른 무언가가 걸렸다.

하얗고 너무도 귀엽게 생긴 그것은 분명 토끼였다. 토끼는 코를 실룩거리며 점점 그들에게 다가왔다. 튼튼하고 먹음직스러운 뒷다리로 통통 튀어 오는 토끼와의 거리는 대략 십 장 정도 됐다.

굵은 침을 삼킨 왕족발은 등에 걸린 도를 천천히 뺐다. 행여 소리가 날까 걱정했는데 그동안의 무공 수련이 게으르지 않았다는 것을 증명하듯 조그만 소리도 나지 않았다.

도를 완전히 빼서 코앞에 놓은 왕족발은 엉덩이를 살짝 들었다. 토끼와의 거리는 팔 장 정도로 좁혀졌지만 아직 완전히 잡을 수 있는 거리가 아니었다. 최소한 오 장 정도는 되어야 단번에 포획할 수 있었다.

왕족발은 필생의 숙적을 만난 듯 전신의 근육을 팽팽하게 긴장시키고 두 눈이 충혈되어 핏물이 배어 나오도록 토끼를 노려보았다.

'조금만 더… 조금만 더……'

주문을 외듯 생각하며 그는 왼팔에 힘을 주고 몸을 약간 들었다. 얼마나 긴장을 했는지 팔과 허벅지에 경련이 날 정도였다.

뿌오오오오—웅!

맹세코 그의 쌍바위골에서 나온 소리가 아니었다. 그의 방귀 소리는
이렇게 방정맞거나 살포되는 순간 주위 일 장 범위를 특유의 냄새로
점령해 버릴 정도로 위력적이지도 않았다.

그는 소리의 진원지를 찾아 사나운 눈초리를 던졌다. 범인이 분명한
왕족쌍은 무슨 일이 있느냐는 듯 왕족발을 힐끔 보더니 황급히 앞쪽을
가리켰다.

"토끼 도망가잖아!"

"그것도 못 잡은 네가 바보지, 그러고도 정무문의 후계자라고…
쳇!"

왕족발은 무슨 말을 하려다 이내 긴 한숨만을 내쉬었다. 백날 말해
봤자 자신의 잘못을 인정할 왕족쌍도 아닐 뿐더러 말싸움할 기운도 없
었다.

"다시 사냥 안 할 거야?"

왕족쌍이 은근한 목소리로 물었다. 왕족발은 사나운 눈길로 왕족쌍
을 쏘아본 후 벌떡 일어섰다.

"사냥은 무슨 사냥! 그냥 아무 데나 가서 주워 오면 되지."

그녀가 따라 일어서며 물었다.

"아무 데나 가서 주워오다니?"

왕족발은 자신의 얼굴을 가리켰다.

"네 방귀 냄새 때문에 내 얼굴이 다 노랗게 변할 정도로 중독되었는
데 이 산의 짐승들이 성하겠냐? 전부들 어딘가에 퍼질러져 혼절해 있
겠지. 뒤지다 보면 금세 주울 수 있을 거다."

그는 말을 하고 비탈길을 내려갔다.

"야, 이 자식아! 한번 실수할 수도 있는 거지, 사내대장부가 아녀자의 실수를 감싸주지는 못할망정 그렇게 끄집어내서 창피를 줘야 되겠냐?"

"창피한 줄은 아나 보네. 꼭 자기 필요할 때만 아녀자고 사내대장부야."

왕족발은 구시렁거리며 발걸음을 빨리했다. 한참 동안 말도 않고 쫓아오던 왕족쌍이 입을 열었다.

"그냥 이대로 굶으면서 동정호까지 갈 거야?"

"내가 겨울잠 자는 곰이냐? 굶고 살게?"

"그럼?"

왕족발은 품에서 수건을 꺼내며 말했다.

"이렇게 됐으니 산적질이라도 해야지. 정무문 소문주 체면에 구걸을 할 수는 없잖아."

"쳇! 산적질은 퍽이나 고상하군. 아참!"

왕족쌍은 뭔가 깨달은 듯 손뼉을 치고 단호하게 말했다.

"산적질은 절대 안 돼!"

"왜?"

"협객이 장차 내 낭군이 될 텐데 처남이 산적질을 했다고 해봐. 그게 무슨 망신이겠어?"

그는 어이없는 얼굴로 왕족쌍을 보았다.

"넌 정무문 소문주가 산적보다 덜 악당이라고 생각하는 거냐?"

그녀는 수긍한다는 듯 고개를 끄덕였다.

"하긴… 하지만 산적질은 협객이 할 만한 일은 아닌데……."

"이 계집애야! 네 서방에게나 협객 하라고 해! 왜 나까지 그 개떡같은 부류에 집어넣으려고 하는 거야!"

"흥! 그러는 정무문 소문주는 뭐 무지개떡이라도 되는 줄 알아!"

그들은 티격태격하며 고개 사이에 난 길까지 내려왔다. 길이 제법 잘 닦인 것을 보니 사람이 많이 다니는 곳 같았다. 왕족발은 길 옆에 있는 커다란 바위 뒤쪽에 멈춰 서서 얼굴 반을 수건으로 가렸다.

"뭐 하는 거야?"

"보면 모르냐?"

왕족쌍은 어이없는 표정으로 말했다.

"이 산속에 누가 널 알아본다고 얼굴까지 가리냐?"

"유비무환(有備無患)이란 말이 괜히 있는 게 아니야. 혹시라도 정무문 소문주인 내가 산적질을 했다는 것이 들통나 봐. 그게 무슨 창피냐?"

그는 토끼 사냥을 할 때처럼 바위에 납작 엎드려 몸을 숨겼다. 왕족쌍도 덩달아 같은 자세를 취하고 양쪽 길을 살폈다. 그들의 기다림은 토끼 사냥 때처럼 길지 않았다.

한 무리의 사람들이 고갯길을 끄덕끄덕 넘어오는 것이 보였다. 대략 오륙 명 정도 되는 사람들은 저마다 등에 봇짐을 매고 있었다. 장사꾼들임에 분명했다. 첫 손님이 제대로 걸렸으니 운이 좋다고 아니 할 수 없었다.

장사꾼들이 일 장 가까이 다가오자 왕족발은 바위 뒤에서 몸을 날렸다. 필요 이상으로 높이 뛰어 자신의 경공을 과시한 왕족발은 장사꾼들 앞에 사뿐히 내려섰다.

"머, 멈춰라!"

왕족발이 굳이 소리치지 않아도 그들은 이미 멈춰 있었다.

"드, 등에 있는 짐 모두 풀고… 거 머시냐… 가지고 있는 것도 다 내놓고… 어쨌든… 잘 알고 있잖아! 빨리빨리해!"

어정쩡한 그의 말에 서로 눈치를 보던 장사꾼들 중 몇 명이 손에 든 지팡이를 지그시 움켜쥐었다. 아마도 싸울 생각을 하는 모양이었다.

'귀찮게 하는군. 배도 고파 죽겠는데.'

왕족발은 생각을 하며 길가에 있는 아름드리 나무 앞으로 다가가 주먹을 내질렀다.

쿵! 우지직!

나무는 비명과 함께 허리가 꺾여 넘어갔다. 몇 놈 패주는 것보다 힘도 덜 들고 광고 효과도 더 있을 터였다. 아니나 다를까, 지팡이를 움켜쥐던 녀석들의 고개가 슬그머니 내려갔다.

그는 큰 걸음을 내디뎌 장사꾼들 앞에 섰다.

"나도 바쁘다면 나름대로 바쁜 사람이야! 그러니 알아서 풀어놓고 빨리 꺼져!"

가장 앞에 있는 나이 지긋한 노인이 지팡이로 온 길을 가리키며 말했다.

"나으리, 우린 이미 저기 창령고개에서 용두채(龍頭寨) 산처사님들께 통행료를 바쳤는뎁쇼."

"용두채는 용두채고 난 나야! 계속 이렇게 시간 끌 거야? 배도……."

그는 '고파 죽겠는데'라는 말을 삼켰다. 최소한 초라하게 보이는 산적은 되고 싶지 않았다.

왕족발은 금방이라도 잡아먹을 듯 한 눈으로 장사꾼 하나하나를 노려보았다. 그러던 그의 시선이 네 번째 인물에게서 딱 멎었다. 시원한 눈매와 오뚝한 콧날, 손으로 누르면 그대로 톡 터질 것 같은 입술이 갸름한 턱 위에 올려져 있었다.

천상 여자같이 생긴 장사꾼이 여자라는 증거를 보여주는 곳은 바로 가슴이었다. 일부러 동여맨 듯하지만 숨길 수 없는 볼록함이 그곳에 자리해 있었다.

그의 눈길을 느꼈는지 여인은 얼굴을 붉히며 가슴에 손을 얹었다. 왕족발은 헛기침과 함께 황급히 시선을 돌렸다.

"나으리, 가난한 장사꾼이 벌면 얼마나 번다고 통행료를 두 번씩이나 내라고 하십니까? 제발 한 번만 봐주십시오."

노인이 사정을 하자 나머지 장사꾼들도 일렬로 서서 저마다 왕족발을 향해 머리를 조아렸다. 그중에는 물론 여인도 끼어 있었다. 얼굴이 불타는 고구마가 되어버린 왕족발은 어찌할 바를 몰랐다. 여인을 보는 순간 자신이 왜 여기 서 있는지조차 잊어버릴 지경이었다.

"그, 그거야… 그렇죠."

노인이 반색을 하고 머리를 들었다.

"그럼 저희를 그냥 지나가게 해주시는 겁니까?"

왕족발은 정면도 아닌 곁눈질로 여인을 보며 자신도 모르게 고개를 끄덕였다.

"아이고, 고맙습니다, 나으리. 고맙습니다."

노인이 연신 허리를 숙이자 왕족발도 따라서 넙죽넙죽 절을 했다. 장사꾼들은 희색이 만면하여 왕족발을 지나쳤다. 그의 머리 속을 탈색시켜 버린 여인이 곁을 지날 때였다.

"잠깐!"

왕족발의 외침에 장사꾼들은 걸음을 멈추고 불안한 시선을 보냈다.

그는 품 안을 여기저기 뒤져서 붓과 꼬깃꼬깃한 종이를 꺼내 여인에게 내밀었다.

"저… 여기에다 소저의 방명과 주소를 좀……."

왕족발은 뒷머리를 긁으며 수줍게 말했다. 어찌할 바를 모르고 서 있는 여인의 옆구리를 노인이 쿡 찔렀다.

"어서 적어드려라."

여인은 고개를 끄덕이고 붓과 종이를 받아 적기 시작했다. 그러는 동안 왕족발의 시선은 여인의 하얀 목덜미에서 떠날 줄을 몰랐다.

"여기……."

여인이 수줍은 얼굴로 내민 붓과 종이를 받아 든 왕족발은 '고맙소이다. 내 반드시 찾아가겠소'라고 다짐을 했다. 그는 장사꾼들의 행렬이 사라질 때까지 눈을 떼지 못했다. 여인의 머리 꼭대기가 고개를 넘어가자 왕족발은 아쉬운 한숨을 내쉬고 종이를 펼쳤다.

그가 막 쓰여진 글자를 읽으려 할 때 손 하나가 튀어나오더니 종이를 잡아챘다.

"야! 너, 그거……!"

말이 채 끝나기도 전에 종이는 왕족쌍의 손에서 갈기갈기 찢겨져 나갔다.

"무슨 짓이야!"

잘게 찢어진 종이를 바람에 날린 왕족쌍은 왕족발의 얼굴을 덮은 수건을 확 잡아채며 소리쳤다.

"내 보다보다 이런 꼴값은 처음 보는군! 너, 대체 무엇 때문에 그 장사꾼들 앞을 가로막은 거냐?"

"그, 그거야……."

"그저 계집만 보면 헬렐레해 가지고, 똥오줌 못 가리는 그런 정신 가지고 어떻게 무림 평정을 할래?"

"무림 평정이야 힘만 있으면……."

왕족쌍이 버럭 소리를 질렀다.

"항우(項羽)가 힘이 없어서 유방(劉邦)한테 패해 죽었냐! 너, 싸우다가 행여나 여자가 치마 휙 걷어 올리면 어떻게 할 거야?"

"……."

그가 말이 없자 왕족쌍은 씨근덕거리는 숨을 한참 동안 내쉬다 가슴을 지그시 내리눌렀다.

"일단 그 문제는 차차 해결하고 당면한 과제를 먼저 풀자."

"그래!"

왕족발은 불리한 상황을 모면하기 위해 잽싸게 대답했다. 왕족쌍은 속이 훤히 보인다는 표정을 지었지만 다행히 그것을 말로 표현하지는 않았다.

"산적질에서 가장 중요한 것은 기선 제압이야."

왕족발은 자신이 부러뜨린 나무를 가리켰다.

"그거야 내가 아까 확실히 했잖아."

"쯧쯧, 왜 괜히 힘을 쓰냐? 외모에서 풍기는 기도만으로 상대의 주머니를 열게 만들어야지."

"한 십 년 산적으로 굴러먹은 것처럼 말을 하는구나."

"꼭 경험을 해야 아냐? 그러니까 평소에 책 좀 읽으라고 했잖아!"

그녀는 핀잔을 주고 다리를 어깨 넓이로 벌렸다. 아까는 협객 운운하더니 이제는 더 열성적으로 사태를 해결하려 했다.

"일단 나처럼 이렇게 자세를 잡아봐."

"이, 이렇게?"

"아니, 좀 더 벌려. 아니, 너무 벌렸어! 어떻게 넌 적당히라는 걸 모르냐? 그래, 그 정도면 됐어. 그리고 이렇게 다리를 떨어봐. 학질(瘧疾) 걸렸냐? 그렇게 달달 떨지 말고 나처럼 여유있게 떨란 말이야!"

"이 정도면 됐냐?"

눈살을 찌푸린 왕족쌍은 마지못해 고개를 끄덕였다.

"그래. 일단 그건 그쯤 해두고 얼굴 표정으로 넘어가자구. 여기서 가장 중요한 것은 최대한 험악하게 보여야 한다는 거야."

왕족발은 걱정스러운 표정으로 얼굴을 문질렀다.

"나같이 잘생긴 얼굴에서 그런 표정이 나올까?"

"놀고 자빠졌네. 헛소리하지 말고 얼굴 근육이나 풀어!"

왕족발은 입을 크게 벌린 후 이리저리 움직여 안면을 최대한 부드럽게 만들었다.

"자, 이렇게 한쪽 눈을 가늘게 뜨고 다른 한쪽은 눈썹을 최대한 치켜 올려."

왕족쌍의 얼굴은 찰흙으로 만든 것처럼 자유자재로 움직였다. 왕족발이 움직여 보려 했지만 자신이 느끼기에도 잘 되지 않았다. 예상대로 왕족쌍의 핀잔이 날아왔다.

"너, 지금 나 꼬실려고 그러냐? 왜 한쪽 눈만 깜빡거리고 그래?"

"잘 안 되는걸?"

"어떻게 최상승의 무공을 익혔다는 애가 얼굴 근육 하나 제대로 못 움직이냐?"

"얼굴 근육하고 무공하고 무슨 상관이 있다고……."

왕족발은 투덜거리면서도 왕족쌍이 시키는 대로 계속 안면을 움직였다. 그가 한참을 그렇게 연습을 하고 있는데 갑자기 뭔가가 옆으로 휙 지나갔다. 안면 근육 훈련에 몰두한 나머지 사람이 나타난 것을 미처 깨닫지 못한 것이다.

그와 동시에 왕족쌍도 지나가는 사내에게 눈길을 돌렸다. 검은 무복에 키만 멀대같이 큰 녀석이었는데 등에 검을 멘 것으로 보아 무림인인 같았다. 하긴 일반 평민보다 무림인을 터는 것이 그래도 마음에 덜 걸렸다.

"빨리 가."

왕족쌍이 낮은 목소리로 재촉했다. 왕족발을 사내를 쫓으며 소리쳤다.

"이봐! 거기 서!"

제32장
돌아온 그들

제32장 돌아온 그들

그의 외침에도 사내는 걸음을 멈추지 않았다. 왕족발은 부리나케 달려 사내의 앞을 가로막았다.

"일단 다리를 어깨 넓이로 벌리고……."

왕족발은 왕족쌍이 시키는 대로 자세를 잡고 다리를 떨었다.

"그 다음에 얼굴 근육을……."

준비를 하는 사이 사내는 어느새 곁을 스쳐 가고 있었다.

"어이! 이봐! 그냥 가면 어떻게 해!"

왕족발은 다시 사내를 추월해서 길을 막았다.

"자세가 완전히 나올 때까지 기다려야 할 것 아니야. 잠깐만 있어보라구."

그가 왕족쌍의 지시대로 움직이고 있는데 또 사내는 지나쳐서 저만치 가버렸다.

"아니, 이봐, 형씨! 잠깐 기다려 보라니까. 성질도 급하네. 내게도 시간을 좀 줘야 할 것 아니야!"

왕족발은 또 사내의 앞길을 가로막았다. 그제야 사내는 걸음을 멈추고 그를 보았다. 유난히 날카로운 눈매와 보일 듯 말 듯한 얼굴의 흉터가 사내의 인상을 더욱 차갑게 만들었다.

"뭐냐?"

'어쭈! 첫 마디부터 반말로?'

왕족발은 그래도 사내가 멈춘 것에 만족을 하고 천천히 자세를 잡았다. 얼굴 근육을 움직여 표정을 만드는 것이 썩 마음에 들지 않았지만 처음치고는 괜찮다고 스스로를 위로했다. 그런데 그 다음이 문제였다. 아까처럼 첫마디를 어버버하게 처리할 수는 없는 노릇이었다.

그래서 왕족발은 멀리 서 있는 왕족쌍을 향해 손짓을 했다.

"잠깐 이리 와봐!"

왕족쌍은 긴 한숨을 쉬고 터벅터벅 걸어왔다. 왕족발은 그녀가 곁에 다가오자 귀에 대고 속삭였다.

"첫 마디는 어떻게 해야 하나?"

왕족쌍은 그가 도저히 이해할 수 없는 눈빛을 한참 동안 던지더니 다시 땅이 꺼져라 한숨을 토해냈다.

"어떻게 너 같은 얘가 우리 부모님의 아들로, 내 오빠로 태어났는지 모르겠다."

"왜?"

"관둬라, 관둬. 네게 무슨 말로 이 상황을 설명할 수 있겠냐?"

그들의 실랑이 사이로 사내의 목소리가 파고들었다.

"내 앞을 가로막은 이유가 뭐냐?"

"아참! 그래, 하던 일은 마무리 지어야지."

왕족발은 다시 자세를 잡고 얼굴을 찌그러뜨렸다.

"우리가 돈이 필요해서 말이야."

최대한 낮은 목소리로 깔아서 말하니 그런대로 위협적으로 들렸다. 하지만 무표정한 사내의 얼굴을 보니 그의 뜻이 제대로 이루어진 것 같지는 않았다.

"그래서?"

사내의 고저없는 물음에 왕족발은 대꾸할 말이 언뜻 생각나지 않았다. 왕족쌍에게 구원의 눈길을 보내봤지만 그녀는 아까부터 사내만을 뚫어지게 쳐다보고 있었다. 왕족발은 식은땀을 삐질삐질 흘리며 사내와 왕족쌍을 번갈아 보았다.

"그러니까… 돈이 말이지… 우리가 벌써… 이틀을 굶었는데… 에… 가진 돈이 있으면……."

갑자기 그의 앞으로 뭔가가 휙 날아왔다. 엉겁결에 그것을 받아서 손을 펴자 은자 하나가 놓여 있었다. 말발굽 모양의 하얀 그것이 이토록 반가울 때가 있었던가?

사내가 은자를 던짐과 동시에 지나치지 않았다면 왕족발은 절을 했을지도 몰랐다. 왕족발은 저만치 가고 있는 사내를 보는 왕족쌍에게 좋아라 말했다.

"봤지! 봤지! 성공했잖아! 나도 한 번 한다면 어쩔 때는 두 번도 하는 사람이야!"

왕족쌍의 눈이 게슴츠레하게 변하더니 그에게로 향했다.

"쯧쯧쯧… 지금 네가 산적질을 했다고 생각하냐?"

"그럼?"

"산적질과 동냥도 구분 못하는 놈하고 같이 다니고 있다니……."

그녀는 말끝을 흐리고 고개를 갸웃했다.

"그런데 저 사람 어디서 본 것 같지 않냐?"

왕족발은 이미 사라지고 없는 사내의 자취를 쫓았다.

"아니, 처음 보는 얼굴인데?"

"그런데 왜 이렇게 낯이 익지."

왕족발은 팔짱을 끼고 곰곰이 생각하는 왕족쌍을 재촉했다.

"빨리 가자. 이 돈 떨어지기 전에 동정호까지 가려면 부지런히 가야
한단 말이야."

그들은 정말 부지런히 산을 내려가서 해가 질 즈음에 진양현(振揚縣)
에 도착했다. 악양과 남창(南昌), 곡강의 교차점이어서인지 다니는 사
람도 많았고 상업도 제법 활발했다.

왕족발 남매는 두 눈을 벌겋게 뜨고 사람들 사이를 헤치며 식당을
찾았다. 어디선가 풍겨오는 음식 냄새에 그들은 코가 꿴 듯이 끌려갔
다. 백년은 된 듯 지저분하고 허름한 식당이 냄새의 진원지였다.

왕족발은 허겁지겁 식당으로 향했다. 그런 그의 옷깃을 왕족쌍이 잡
았다.

"이봐, 여긴 너무 지저분하잖아!"

왕족발은 인상을 쓰고 있는 왕족쌍을 보고 눈을 가름하게 떴다.

"넌 지금 우리가 어떤 상황에 처해 있는지 모르냐?"

"아무리 그래도 여긴……."

"호강에 취해 요강에 빠져 죽을 소리 하고 자빠졌네. 들어가기 싫으
면 관둬! 난 여기서 더 이상은 못 가니까!"

왕족발은 서둘러 식당 안으로 들어갔다. 초라한 외형과는 달리 특별

한 무언가가 있는 듯 식당 안은 빈자리가 없을 정도로 손님이 많았다. 왁자지껄한 소음을 뒤집어쓰며 그가 기웃거리고 있자 열서너 살 정도 되어 보이는 점소이가 쪼르르 달려왔다.

"어서 오십쇼, 손님."

"자리가 없네."

점소이가 식당 안을 기웃거리다 뒷머리를 긁적였다.

"합석을 하셔야겠는뎁쇼."

"어쨌든 좋으니 빨리 자리나 만들어줘."

"네, 따라오시죠."

왕족발은 점소이를 따라 따닥따닥 붙은 탁자 사이를 지나갔다.

'이번에 우리 집 개가 새끼를 낳았는데 그게 점박이더라구!', '왕서 방네 개가 점박이잖아!', '그러게 말이야. 졸지에 왕서방하고 사돈이 된 꼴이지 뭐야!', '내가 책임진다니까!', '네가 어떻게 책임을 져! 애를 네가 낳냐?', '내가 책임지고 안전하게 애 뗄 수 있는 곳을⋯⋯', '퍽!', '으악!', '우당탕!', 등등의 소음이 끊임없이 들려왔다.

안 들어올 것처럼 말하던 왕족쌍도 어느새 뒤에 들러붙어 있었다.

점소이는 삼십 평 정도의 식당 왼쪽 맨 구석으로 그들을 안내했다. 문이 있는 벽의 모서리인 그곳은 어두침침한 것이 바퀴벌레 열두 마리 정도는 쉽게 튀어나올 것 같았다. 점소이가 안내한 식탁에는 사내 한 명이 소면을 먹고 있었다.

가까이 다가가서 얼굴을 확인한 왕족발이 우뚝 멈춰 섰다. 따라오던 왕족쌍이 등에 부딪혀 한 발 물러섰다.

"왜 갑자기 서는 거야?"

왕족발은 턱으로 사내를 가리켰다. 왕족쌍이 그의 어깨 너머로 고개를 내밀더니 놀란 음성을 터뜨렸다.

"산에서 네게 은자 한 냥을 적선했던 사람이잖아."

왕족발의 얼굴이 심하게 구겨졌다.

"야, 난 동냥을 한 게 아니었다니까."

"뭐, 사람의 시각은 천차만별이니까."

그들이 얘기를 하는 사이 점소이가 사내에게 다가가 합석을 요구했다. 사내는 그들을 힐끔 본 후 마치 한 번도 만난 적이 없었던 사람처럼 무표정하게 고개를 끄덕였다. 왕족발은 왠지 꺼림칙해서 나가려 했지만 등가죽과 조우한 뱃가죽이 그의 걸음을 붙잡아놓았다.

'에라 모르겠다! 설마 무슨 일이 있기야 하겠어? 수틀리면 없애 버리면 그만이지.'

왕족발은 태연한 얼굴로 사내 앞에 털썩 엉덩이를 걸쳤다. 왕족쌍이 옆에 앉으며 회가육(回鍋肉)을 시키자 왕족발은 목청을 가다듬은 다음 음식 이름을 나열했다.

"통마늘자라찜 이 인분하고 쇠꼬리인삼탕면, 탕수육과 잡채튀김면, 그리고……."

점소이가 버르장머리없이 그의 말을 끊었다.

"저… 손님."

"왜?"

"여긴 만두와 소면 전문점인데요."

"뭐야?"

왕족발은 주위를 둘러보았다. 점소이 말대로 사십여 개의 식탁에는 만두 아니면 소면만 즐비하게 놓여져 있었다. 그가 언제 저런 맛도 없는 음식을 먹어봤겠는가?

그렇다고 산해진미를 찾기 위해 다른 곳을 찾기에는 허기에 대한 인내력이 바닥난 상태였다.

"그냥 만두하고 소면 오 인분씩 가져와."

왕족발이 힘없이 말하자 점소이는 대답을 한 후 주방으로 향했다.

"난 만두나 소면 같은 것은 싫단 말이야."

왕족쌍이 어떻게 그런 저질스런 음식을 먹느냐는 듯 눈살을 찌푸리고 말했다.

"그럼 어떡해? 난 죽어도 여기서 한 발자국도 못 가겠으니 다른 곳에 가고 싶으면 혼자 가."

왕족쌍은 입을 삐쭉 내밀어 불만을 표시할 뿐 갈 생각은 없는 모양이다. 왕족발은 묵묵히 식사를 하는 사내를 보았다. 뜨거운 김이 피어오르는 소면을 보니 침이 절로 넘어갔다. 배에서 꼬르륵거리는 소리가 진동하는 인내의 시간이 한참을 이어진 후 드디어 만두와 소면이 나왔다.

왕족발은 젓가락을 들어 허겁지겁 면을 넘겼고 안 먹을 것처럼 말을 하던 왕족쌍도 손을 부지런히 놀렸다. 배가 고파서인지, 아니면 원래 주방장 솜씨가 좋아서인지 그렇게 맛있을 수가 없었다.

마파람에 게눈 감추듯 음식을 해치우고 있을 때 뒤쪽이 갑자기 소란스러워졌다. 웬만큼 배가 차서 여유가 생긴 왕족발은 고개를 돌렸다. 구르듯이 문을 열고 들어온 사내가 허겁지겁 바닥을 기어오고 있었다.

이제 삼십 대 중반 정도로 보이는 사내는 산발을 하고 얼굴이 멍투성이였다. 원판이 어떻게 생겼는지 구분을 못할 정도로 엉망이 된 산발사내는 겁먹은 눈으로 뒤를 연신 돌아보며 왕족발을 향해 기어오고 있었다.

"이놈! 어딜 도망가!"

막 문을 들어온 우락부락하게 생긴 장한 두 명이 산발사내를 발견하고 소리쳤다.

"에구구구ㅡ!"

죽는소리와 함께 엉덩이로 바닥 청소를 하며 다가오던 산발사내의 등이 왕족발이 앉은 의자에 부딪혔다. 먹을 때는 개도 안 건드린다는데 즐거운 식사를 방해받았으니 기분 좋을 리 없었다.

"이 사람이 왜 하필 나한테 엉기고 지랄이야!"

벌떡 일어서서 저만치 굴러가도록 찰 생각이었는데 그런 그를 왕족쌍이 말렸다.

"야, 힘없는 사람한테 그러면 안 되지. 자고로 미녀들이란 강한 자에게 강하고, 약한 자에게는 아량을 베풀 줄 아는 사내를 좋아하는 법이라구. 그게 바로 협객의 도리고."

"이런 젠장, 난 협객 같은 것에는 관심없어!"

"물론 그렇겠지. 네가 협객이 된다면 사람들이 섣달 열흘은 웃을 테니까. 하지만 미인이 걸린 일인데⋯⋯."

왕족쌍은 말끝을 흐리며 의미심장한 눈길로 왕족발을 보았다.

"미, 미인? 정말 미인이 네가 말한 그런 사람을 좋아할까?"

"물론이지."

그녀는 주위에 무슨 일이 일어나든 신경 쓰지 않고 묵묵히 소면만 먹고 있는 사내를 힐끔 쳐다보았다.

"우리 옆에 있는 이 사람처럼 등에 검이나 차고 다니면서 무게 잡다가 정작 도와줘야 할 사람이 나타나면 외면하는 그런 사람을 미인이 좋아하겠어?"

왕족발도 사내를 보고 고개를 끄덕였다.

"그렇겠지?"

"협객 곁에 나 같은 미인이 따르는 것은 당연한 일 아니겠니?"

왕족쌍의 '나 같은 미인'이란 말에 기분이 좀 상했지만 전혀 틀린 논리 같지는 않았다. 그래서 왕족발은 산발사내를 도와주기로 했다. 그의 마음을 읽었는지 산발사내가 그의 허리를 붙잡으며 애원했다.

"나으리, 제발 살려주십시오!"

왕족발은 인상을 찡그리며 사내의 손을 처냈다.

"알았으니 지저분한 몰골로 엉기지 마!"

그는 비칠비칠 물러서는 사내를 뒤로하고 두 장한에게 다가갔다. 두 장한은 왕족발이 가까이 오자 흠칫 놀라는 표정을 짓더니 멈춰 섰다. 왕족발의 어깨 위로 삐죽 올라온 도 손잡이를 본 그들은 한 발자국을 물러서기까지 했다.

"제법 눈치가 빠른 녀석들이군."

왕족발은 자신의 기도에 눌린 장한들을 보며 여유있는 웃음을 지었다.

"귀하는 무림인이 분명하구려."

실처럼 가는 눈을 가진 장한이 겁먹은 목소리로 말했다.

"알았으면 약한 사람 괴롭히지 말고 빨리 꺼져!"

그의 호통이 결정타가 됐는지 두 장한은 잠시 머뭇거리다가 이내 돌아서서 식당을 빠져나갔다. 왕족발은 희희낙락한 얼굴을 하고 자리로 돌아왔다.

"이것도 꽤나 재미있는데?"

그의 말에 왕족쌍이 고개를 갸웃했다.

"이상하네. 어떻게 널 상대도 안 해보고 꽁무니를 빼는 거지?"

"그게 다 나에게서 풍겨져 나오는 기도 때문 아니겠냐? 이 식당의 많은 사람들 중 나한테 도움을 청한 그 녀석도 그것을 알아봤을 테고."

그는 말을 하며 산발사내를 찾았지만 식당 어디에도 모습을 볼 수 없었다. 음식을 먹던 사람들도 그의 시선이 닿자 눈길을 피하며 짐짓 먹는 것에 열중하는 척했다. 뭔가 분위기가 이상하기는 한데 딱히 문제를 꼬집어낼 수가 없었다.

왕족발은 고개를 갸웃한 후 다시 자리에 앉아 남은 음식을 먹었다.

"아무래도 뭔가 이상해."

왕족쌍의 중얼거림에 왕족발이 핀잔을 줬다.

"이상하기는 뭐가 이상해! 빨리 먹고 잘 곳이나 찾아보자. 이틀 동안 산에서 잤더니 온몸이 다 찌뿌둥하다."

왕족발 남매가 어찌나 음식을 빨리 먹었는지 앞의 사내가 일어설 때쯤 그들도 식사를 끝냈다.

"꺼억—!"

왕족발을 긴 트림을 하고 계산대로 향했다. 주방에서 황급히 나온 주인이 이미 계산대 앞에서 기다리고 있는 사내에게 말했다.

"두 문입니다, 손님."

사내는 동전 두 문을 떨구더니 왕족발을 힐끔 돌아보고 말했다.

"저 애들이 먹은 것은 얼마요?"

사내가 말한 '애들'은 왕족발 남매를 가리키는 것이 분명했다. 애취급을 받고 가만있을 왕족발이 아니었다.

"이봐, 당신! 지금 누구한테 한 소리야?"

사내는 발끈 화를 낸 왕족발에게 시선을 돌리지도 않고 다시 말했다.

"얼마요?"

"에… 만두와 소면이 각각 오 인분이니까… 총 이십 문인뎁쇼."

사내가 돈을 꺼내 들자 왕족발이 앞으로 나섰다.

"이 양반이 누굴 거지로 아나!"

왕족발은 말을 하며 품 안을 더듬었다. 그런데 당연히 있어야 할 돈주머니가 잡히지 않았다. 여기저기, 심지어 부랄 밑까지 더듬어봤지만 주머니는 손에 잡힐 기미가 보이지 않았다.

"이거 어떻게 된 거지?"

"왜?"

왕족쌍의 물음에 왕족발은 울상이 돼서 말했다.

"돈이 없어졌어. 식당 들어오기 전에도 분명 있는 것을 확인했는데……."

"뭐야?"

그사이 사내는 왕족쌍 남매의 음식 값까지 계산을 하고 밖으로 나갔다. 그들은 황급히 사내를 쫓았다.

"이봐, 형씨!"

왕족발의 부름에 사내가 뒤를 돌아보았다.

"당신, 어떻게 내게 돈이 없다는 것을 알았지?"

"동생까지 데리고 강호를 나왔으면 소매치기 정도는 조심해야지."

사내는 그 말만 하고 돌아섰다.

"아! 맞다! 네게 도움을 청하던 그놈! 그놈이 소매치기였어! 어쩐지 이상하다 했더니……."

왕족쌍은 말을 하고 뭔가 깨달은 듯한 표정으로 사내를 보았다.

"그런데 저 사람은 어떻게 우리가 남매라는 것을 알았지?"

왕족발도 고개를 갸웃했다.

"그러게, 우리가 말한 적 없었잖아."

"아무래도 뭔가 이상한데……."

"지금 그게 문제가 아니야. 당장 오늘 밤에도 노숙을 하게 생겼다구."

왕족쌍은 난감한 표정을 짓고 있는 왕족발을 힐끔 보더니 사내 뒤를 따르기 시작했다.

"넌 노숙을 하든지 맘대로 해. 난 저 사람 따라갈 테니까."

"아야! 너 겁도 없이 누굴 함부로 따라간다는 거야?"

"설마 무슨 일이야 나겠어? 정체도 궁금할 뿐더러 우리에게 별로 악의도 없는 것 같으니 괜찮을 거야."

왕족쌍의 말에 왕족발도 고개를 끄덕였다.

"하긴, 돈도 주고 음식 값도 내줬으니."

"돈도 줬다는 말을 하는 걸 보니 산에서의 그 행위가 동냥이라는 것을 너도 인정하는구나."

왕족발은 황급히 손사래를 쳤다.

"그… 그건 아니지."

"안이고 껍데기고 빨리 가자. 저 사람 놓치겠다."

그들은 재빨리 사내의 옆으로 따라붙었다. 그들이 어떤 행동을 하든 사내는 소 닭 보듯이 하며 묵묵히 자기 갈 길만 갔다. 사내의 걸음이 멈춘 곳은 이층으로 된 객잔이었다. 아래층과 위층 모두 술 마시는 사람들로 시끌벅적했다.

"방 세 개 주시오."

사내의 말에 주인이 난색을 표했다.

"저, 방이 두 개밖에 없는데요."

"그럼 그거라도 주시오."

"네, 손님."

주인은 대답을 하고 사내를 객잔 뒤쪽으로 안내했다. 문을 두 개 지나자 아담한 후원이 나왔다. 그 후원의 두 면을 낫 모양으로 객실이 차지하고 있었다. 주인은 담과 닿은 맨 끝에 있는 방들로 주었다.

주인이 가자 사내가 왕족쌍에게 말했다.

"이 방은 네가 써라."

대꾸도 할 사이 없이 사내는 다른 방으로 들어가 버렸다. 왕족발도 어깨를 으쓱하고 사내를 따라 들어갔다. 아직 자기는 이른 시간이었지만 밖에서 딱히 할 일도 없었다. 그는 돈이 없으면 세상에서 할 일도 없어진다는 것을 새삼스럽게 깨달았다.

방에는 다행히 침대가 둘이 있었다. 각각 양쪽 벽에 붙은 침대 중 하나에 사내가 걸터앉으며 물었다.

"어디까지 가느냐?"

'어쭈, 또 반말이네.'

그런 생각을 하면서도 그리 기분 나쁘지 않은 것은 그런 태도가 사내에게 너무 잘 어울렸기 때문이다.

"악양……."

왕족발도 일부러 반말 비스무리하게 말끝을 흐렸다.

"흑도와 백도가 연합을 한다고 하더니 너도 그곳으로 가는 모양이군. 그런데 정무문에는 소문주 수행원도 없나?"

"뭐, 그럴 만한 사정이… 어? 당신, 날 알고 있잖아?"

왕족쌍은 침대에서 한참 동안 뒤척이다 일어났다. 몸은 물을 먹은 솜처럼 무거운데 쉽게 잠이 들지 않았다. 찬바람이라도 쏘이면 괜찮을까 싶어 방을 나서는데 연못가 바위에 앉아 있는 익숙한 등이 보였다.

연못을 물끄러미 보고 있는 뒷모습이 세상의 근심을 모두 어깨에 짊어진 것처럼 느껴졌다. 그녀는 일부러 헛기침을 터뜨려 사내의 관심을 끌려 했지만 그는 미동도 하지 않았다. 왕족쌍은 툇마루를 내려와 사내에게 다가갔다.

"저기요."

그녀의 부름에 사내는 힐끔 뒤를 돌아본 후 다시 시선을 원위치로 돌려놓았다. 연못에 비친 달이 경국지색의 미인인 양 줄기차게 쳐다보고 있었다.

"족발이는요?"

"잔다."

왕족쌍은 고개를 끄덕였다. 어떤 상황에서도 잠을 잘 수 있는 무신경의 소유자니 이상할 것도 없었다.

"우리 정체를 어떻게 알았죠?"

그녀는 내내 궁금해하던 것을 물었다. 사내는 돌아보지도 않고 말했다.

"예전에 한 번 본 적이 있지."

"어디서요?"

사내는 더 이상 말하기 싫다는 듯 입을 다물어 버렸다. 다른 누군가가 이런 행위를 했다면 결코 조용히 넘어가지 않았을 것이다. 하지만 사내에게는 왠지 화를 터뜨릴 수 없었다. 사내 속에 갈무리된 알 수 없는 무언가가 자꾸 그녀를 짓눌렀다.

왕족쌍은 사내와 같은 자세로 바위에 걸터앉았다.

"어디 가는 길이에요?"

사내의 대답은 한참 뒤에 나왔다.

"글쎄……."

그는 독백을 하듯 나직하게 말했다. 사내의 '글쎄' 라는 대답은 '너에게 가르쳐 주기 싫어' 라는 뜻으로 다가오기보다는 정말 자신이 어디로 가야 할지 모른다는 인상을 풍겼다.

왕족쌍은 그런 사내의 옆얼굴을 물끄러미 쳐다보았다. 손을 갖다 대면 베일 듯 차가운 얼굴은 미남이라고 할 수 없었다. 그녀가 꿈꾸는 낭군은 최소한 왕족발 정도는 생겨야 했다. 거기에 이 사내는 적어도 서른 이상은 되어 보이니 너무 나이가 많았다.

결정적으로 협객의 풍모가 없었다. 그녀 자신도 협객이 무엇인지는 정확히 정의할 수 없지만 최소한 저렇게 날카롭고 냉정하지는 않을 것이다.

"휴~"

그녀는 '역시 이 남자는 아니야' 라는 생각을 하고는 화들짝 놀랐다. 단지 후보에 올려놓았다는 이유만으로도 그녀가 사내에게 상당한 호감을 느꼈다는 뜻이기 때문이다.

왕족쌍은 괜히 얼굴을 붉히다가 스스로 만든 당혹감에서 벗어나기 위해 물었다.

"이름이 뭐예요?"

이번에도 사내의 대답을 듣기 위해 한참을 기다려야 했다.

"주적자."

주적자는 방문이 닫히는 소리를 들은 후에야 뒤를 돌아보았다. 왕족쌍의 방문은 이내 불이 꺼져 먹물을 뿌려놓은 듯 보였다.

"과거의 인연에 얽매이다니……."

그는 중얼거리고 고개를 저었다. 사실 따지고 보면 대단한 인연도 아니었다.

칠 년 전. 정무문이 흑도 최고의 문파라는 이름을 갖기 전이었다. 정무문이 자리한 안휘성(安徽省)에는 당시 흑도 최고라고 불렸던 기련성(起聯城)이 있었다. 중원 최고의 문파를 향해 나아가는 정무문과 기련성의 싸움은 어차피 일어날 수밖에 없었다.

산발적인 전투가 곳곳에서 일어나고 전면전이 무르익어 갈 즈음, 열두 살의 왕족발 남매와 어머니 성수란이 평흥현(平興縣)이란 곳에 고립되어 버렸다. 급박한 상황 속에서 왕청일은 정무문을 비울 수 없었고 기련성의 손길은 점점 왕족발 남매와 성수란을 조이고 있었다.

때마침 그 근처를 지나고 있던 주적자에게 과거 안면이 있었던 왕청일의 동생 왕청원(王淸元)이 찾아와 청부를 했다. 주적자는 은자 오백 냥이라는 거금으로 청부를 받아들였고 당장 평흥현으로 떠났다.

왕족발 남매와 성수란을 호위하며 기련성의 포위망을 뚫기는 쉽지 않았다. 정무문의 정예 무사 육십여 명을 대동했다고 하지만 적은 무려 사백이나 되었다.

가끔 그때를 생각해 보면 '운이 좋았었지'라는 말이 절로 나왔다. 성수란의 무공이 상승의 경지에 다다라 있었던 것도 그 좋은 운 중에 하나였다. 혈로를 뚫는 동안 성수란은 왕족발을, 주적자는 왕족쌍을 품에서 떼지 않았다.

그 피가 튀고 살이 찢어지는 아비규환(阿鼻叫喚)의 외중에도 왕족발 남매는 눈물 한 방울 보이지 않았었다. 어쩌면 그 다부지던 왕족발 남매에 대한 기억이 지금 주적자로 하여금 그들에게 호의를 베풀게 하는지도 모른다. 또 군이 자신을 합리화시킨다면 정무문주 왕청일이나 동생 왕청원 모두 보기 드물게 호감을 느끼게 하는 사내들이었다.

왕청일은 떠날 때도 '부탁하오' 라는 한마디로 보내더니 피를 흠뻑 뒤집어쓰고 돌아온 그에게 '고맙소이다' 라는 말뿐이었다. 주적자는 짧은 감사의 말을 뱉는 왕청일의 당당함이 마음에 들었었다.

왕족발이 그 소년이었다는 것을 알아본 것은 그때 왕청일이 메고 있던 수라도 때문이었다.

주적자는 엷은 웃음을 짓던 왕청일의 모습을 생각하며 왕족쌍 남매의 방을 보았다. 동정호까지 저들과 동행해야 할지 망설여졌다. 어차피 그가 가는 곳도 악양이니 동행 못할 것도 없었지만 역시 혼자가 편했다.

"황금도(黃金島)."

요즘 중원에서 가장 유명한 섬의 이름이었고, 그가 가고자 하는 곳 또한 바로 그곳이었다. 봉의 전령이 알려준 흡혈야황의 위치는 동정호의 서쪽에서 동쪽으로 팔십 리 밖에 있는 섬이라고 했다. 사람들이 말하는 황금도의 위치와 비슷한 곳이었다. 물론 그 근처에 다른 섬들도 많겠지만 하필 흡혈야황이 있을 만한 곳에 나타난 이상한 섬을 목표로 잡는 것은 당연했다.

이번에야말로 흡혈야황과의 질긴 인연의 끈을 끊고 싶었다. 황금도에서 흡혈야황을 만날 것 같은 예감이 드는 것은 그의 강한 바램 때문인지도 모른다.

부스럭—!

옷 스치는 소리와 함께 가슴 주머니에서 화백이 얼굴을 내밀었다. 그녀는 잔뜩 굳은 주적자의 얼굴을 보고 방긋 웃었다. 마치 전염된 듯 주적자의 입술도 양 옆으로 금이 그어졌다. 주적자는 그렇게 밤늦게까지 연못가에 앉아 있었다. 힘든 여정이 황금도에서 끝나기를 바라며.

＊　　　　＊　　　　＊

점창파(點蒼派)의 이대 제자 경유기(京柔基)는 팔베개를 베고 밤하늘을 보았다. 파랗게 반짝이는 별들이 금방이라도 쏟아질 것 같았다. 불어오는 바람에 재 냄새가 섞여왔다. 멀리 보이는 우화산에서 전해지는 것이었다. 불이 꺼진 지 몇 달이 지났지만 흔적이 지워지려면 앞으로 몇 년이 더 필요할지 모른다.

그는 나무 사이에서 잔뜩 웅크린 사람들에게 시선을 돌렸다. 두꺼운 모포와 차갑지 않은 날씨 때문에 모두 잘 자고 있었다.

'황금도라…….'

그는 최종 목적지인 그곳이 어떤 곳일까 나름대로 상상의 나래를 펼쳤다. 목격자의 말에 따르면 온통 황금으로 뒤덮인 섬이라고 했는데 잘 상상이 가지 않았다. 그에게 더 크게 다가오는 것은 황금이 아니라 그곳에 도사리고 있을지도 모르는 위험이었다.

이미 수백 명의 사람들이 황금도로 간 후 실종되었다고 했다. 대부분이 황금에 눈이 어두운 일반인이었지만 그중에는 이름만 대도 웬만한 무림인이라면 다 알 정도의 고수도 있었다. 수많은 사람들을 삼켜버린 섬 황금도!

절대 평범한 곳은 아닐 것이다.

"으음—!"

곁에 잠든 사형 백종도(白宗道)가 무슨 꿈을 꾸는지 모포를 차며 몸을 뒤척였다. 그는 귀찮음을 마다하지 않고 백종도에게 모포를 덮어준 후 주위를 둘러보았다. 열두 명의 사람들은 모두 깊은 잠에 빠져 있었다.

점창파와 청성파(靑城派)의 문도가 각각 여섯 명이 섞인 일행이었다. 황금도 사건으로 인해 정천맹에서 구파에 사람을 보내줄 것을 요청했고, 지금 여기 열두 명이 황금도로 가는 사람들이었다.

모두들 자파에서 나름대로 인정을 받는 후기지수이니 약한 전력은 아니었다. 물론 정천맹의 요구 때문에 어쩔 수 없이 가는 것이기는 하지만…….

다시 자신의 모포로 들어가려던 경유기는 이질적인 냄새 때문에 걸음을 멈췄다. 그것은 분명 강한 노린내였고 과거에 한 번 맡은 적이 있었다.

'호랑이!'

그는 머리맡에 놓아두었던 검을 슬며시 집어 들었다. 고작 호랑이 한 마리 대문에 사람들을 깨우고 싶지 않았다. 녀석이 그냥 물러가면 더없이 좋겠지만 그렇지 않다면 되도록 조용히 처리할 생각이었다.

경유기는 소리없이 검을 뺀 후 후각을 의지해 호랑이의 위치를 더듬었다. 강한 노린내가 콧속으로 파고들었지만 쉽게 위치를 잡을 수가 없었다. 냄새가 너무 강한 탓이었다. 그는 안력을 모아 어둠을 더듬었다. 아름드리 나무와 낙엽 더미를 얹은 바위들이 밤의 색깔을 덮고 눈앞을 스쳐 갔다.

크르르—!

호랑이의 출현은 눈보다 귀로 먼저 다가왔다. 잔뜩 억누른 으르릉거림은 왠지 등골을 서늘하게 만들었다. 경유기는 허리를 반쯤 구부리고 소리가 나는 쪽을 뚫어지게 쳐다보았다. 마치 불이 켜진 듯 허공에 두 개의 빛이 나타났다. 노란 안광을 번들거리는 그것은 밤에 보이는 고양이과 동물 특유의 눈이었다.

산에서 오래 산 덕분에 저런 종류의 눈은 퍽이나 익숙했는데 이번에는 뭔가 달랐다. '왜?'라는 물음이 떠오르는 순간 답이 나왔다. 호랑이의 눈 위치가 원래보다 훨씬 높았다. 그가 올려다봐야 할 정도였다. '바위에 올라서 있나?' 하는 생각도 들었지만 점점 다가오는 것을 보면 그것도 아니었다.

선 키가 사람의 키보다 훨씬 큰 호랑이는 보지도 듣지도 못했다. 눈빛이 다가옴에 따라 호랑이를 가리고 있는 어둠도 점점 옅어졌다. 그리고 호랑이가 육 장 정도 전면으로 다가왔을 때 경유기의 입이 경악으로 딱 벌어졌다.

그의 앞에 나타난 것은 호랑이이면서 또한 호랑이가 아니었다. 머리는 분명 털이 부숭부숭 난 호랑이인데 몸은 완전한 사람이었다. 거기에 오른손에는 날이 잘 선 도끼가 들려 있었다.

경유기는 혼자 호랑이를 잡아야겠다는 생각을 포기했다. 그는 백종도를 깨우기 위해 몸을 돌렸다. 그런데 그쪽의 어둠에도 노란 안광이 자리해 있었다. 점점 수를 더해가는 호랑이 인간은 한두 마리가 아니었다.

"사… 사형!"

그는 지금 낼 수 있는 최대한의 목소리로 백종도를 불렀다. 백종도는 귀찮은 듯 모포를 머리끝까지 덮어쓰며 말했다.

"발가벗은 여자가 나타난 게 아니면 깨우지 마."

"백 사형! 빨리 일어나요!"

이번에는 경유기도 만족할 정도로 커다란 소리가 나왔다. 백종도는 심상치 않음을 느꼈는지 황급히 모포를 가슴 아래로 끌어내렸다.

"왜 그러냐?"

경유기는 천천히 다가오는 호랑이 인간들을 향해 턱짓을 했다. 백종도는 눈을 비비며 상체를 일으키다 이내 벌떡 일어나 머리맡의 검을 집어 들었다.

"저게 뭐야?"

경유기의 소리침에 깬 사람은 백종도만이 아니었다. 이미 대부분의 일행이 불에 대인 것처럼 자리를 박차고 일어난 상태였다.

"이… 인호(人虎)!"

청성파의 이대 제자 단목성(段木晟)이 비명처럼 소리쳤다.

커어어엉—!

경유기가 가장 먼저 발견했던 인호가 포효를 터뜨리자 사방에서 같은 소리가 울렸다. 몸을 한바퀴 빙 돌리자 수십 개의 안광이 번뜩였다. 어림잡아도 스물다섯 마리는 넘어 보였다. 녀석들 모두 처음 나타난 인호처럼 검이나 도를 들고 있었다. 이런 상황에서 그들은 무엇을 가장 먼저 해야 할지 잘 알고 있었다.

열두 명은 약속이나 한 듯 서로 등을 대고 원형을 이루려 했다. 하지만 인호들은 그럴 시간을 주지 않았다. 풀 밟는 소리도 없이 동시에 허공을 격한 녀석들은 그들과의 공간을 순식간에 좁혔다.

쉬이익—!

도보다 바람이 먼저 경유기의 목을 따끔하게 만들었다. 그는 몸을 뒤로 젖혀 도를 피한 후 그대로 빙글 돌아 인호의 허리를 향해 검을 휘둘렀다.

"으악—!"

밤 공기를 얼어붙게 만드는 비명은 불행히도 인호의 것이 아니었다. 경유기의 검은 맥없이 허공을 갈랐고, 잠깐 스친 시야에 청성문인 한 명이 쓰러지는 것이 걸렸다.

'젠장!'

그는 속으로 욕설을 뱉으며 한 발 물러선 인호를 향해 연환삼(連環三)을 펼쳤다. 달빛에 반사된 검끝은 순식간에 세 개로 늘어나 인호의 상중하를 점했다. 하지만 인호는 그의 생각보다 훨씬 강했다. 위에서 아래로 아무렇게나 긋는 한 수에 그의 검은 땅으로 눌려 버렸다.

손목이 부러질 것 같은 고통에 하마터면 놓칠 뻔한 검을 고쳐 쥔 경유기는 다시 섬전분광(閃電分光)을 시전했다. 단 두 수를 겨루는 동안 다섯 개의 비명이 들렸다. 눈으로 확인하지 않아도 인호의 것이 아니라는 건 알 수 있었다.

'제발 사형제가 아니길.'

이런 이기적인 생각이 경유기의 솔직한 바램이었다. 하지만 이런 상황에서 그의 뜻이 이루어질 가능성은 희박했다.

"크윽—!"

경유기는 어깨에 시큰한 통증을 느끼며 뒤로 물러섰다. 그 빠르고 강력한 힘 앞에 그의 현란한 검법은 속수무책이었다. 황급히 자세를 잡는 그의 오른쪽에서 갑작스럽게 공격이 들어왔다.

"헙!"

그는 급히 숨을 들이키며 머리로 떨어지는 도를 막았다.

까앙!

날카로운 소리와 함께 경유기의 검은 어둠 너머로 사라졌다. 부딪친 충격은 팔목에서 온몸으로 전해졌다. 겨우 잡은 중심은 단숨에 흐트러져 다리가 꼬였다. 뒷걸음치던 그는 물컹한 무언가에 걸려 넘어졌다. 바닥에 주저앉으며 얼핏 본 그것은 백종도의 시체였다.

"백 사형!"

경유기는 넘어진 충격도 잊은 채 돌아올 수 없는 이름을 불렀다. 열한 살 때 점창파에 발을 들인 후 십 년이나 동고동락을 하던 사형이었다. 넘치는 장난기와 함께 그만큼의 다정함을 전해주던 그런 사형이었는데…….

그에게는 사형의 죽음을 슬퍼할 시간이 오래 주어지지 않았다. 그를 넘어뜨린 도가 머리 위로 떨어지고 있었다.

'저승길이 쓸쓸하지는 않겠군.'

그는 자신이 생각해도 놀라울 정도로 담담하게 떨어지는 칼날을 보았다. 그 칼날과 겹쳐서 유성 한줄기 밤하늘을 갈랐다. 그때 놀라운 일이 벌어졌다. 하늘을 가로지른 유성이 그대로 인호의 이마에 쑤셔 박힌 것이다.

크아앙—!

인호는 비명과 함께 뒤로 퉁겨 나갔다. 나무에 거칠게 부딪친 인호를 놀란 눈으로 쳐다보는 경유기의 귀로 또렷한 목소리가 들렸다.

"천봉천봉 래호오신 오령신부구아 생남불역 내호오신 천전천승……."

주문 같은 목소리는 귀가 아닌 정수리를 통해 뇌로 파고드는 것 같았다. 그토록 사납게 날뛰던 인호들의 움직임이 거짓말처럼 멈췄다.

쉬이이—익!

대기를 가르는 소리가 들렸다 싶은 순간 인호 한 마리가 뒤로 나뒹굴었다. 비명을 지르며 괴로워하는 녀석의 가슴에는 보통 것보다 훨씬 작은 화살이 꽂혀 있었다.

"나오자마자 이상한 녀석들을 만나는군."

경유기는 걸걸한 목소리가 들린 쪽으로 고개를 돌렸다. 삐쩍 마른 노인이 어둠 속에서 걸어오는 것이 보였다. 검은 장포를 걸친 노인의 손톱은 엄청 길어서 그것으로 코를 팠다가는 뇌수까지 딸려 나올 것 같았다. 곧이어 키가 노인의 어깨 정도밖에 닿지 않는 단신의 사내가 나타났다.

"몸 풀기 딱 좋은 상태죠."

"쯧쯧쯧… 그저 싸움은 좋아해 가지고."

그 말에 단신 사내가 노인을 째려봤다.

"사도 영감은 싸움을 안 좋아해서 줄로 손톱까지 갈아가며 뛰어왔소?"

"나야 사람들을 빨리 구하고 싶어서 그랬지."

"어련하시겠소."

그들이 농 같은 말을 주고받을 때 흥분한 인호들이 두 사람을 덮쳤다.

"영감은 여기서 이 요괴들 때려잡고 있으슈. 난 가서 쥐새끼를 잡을 테니까."

"빨리 가게. 밤눈도 어두운데 도망치면 큰일이니."

단신 사내는 공격하는 인호들 사이를 물 흐르듯 빠져나가더니 어둠

속으로 치달렸다.

"불쌍하지만 이미 죽은 몸이나 마찬가지니 노부를 너무 원망하지 말 게나."

노인은 말을 하며 정면으로 달려드는 세 마리 인호를 향해 몸을 날렸다. 달빛을 가르며 세 개의 검이 노인의 상중하를 베어왔다. 팔로 아래쪽 두 개의 검을 막고 머리 위로 나머지 검을 흘렸다.

"어어……!"

경유기는 노인의 팔이 잘릴까 봐서 당혹스런 음성을 내뱉었다. 하지만……

까강!

쇳소리와 함께 인호의 검은 벨 때보다 빠르게 퉁겨져 나갔다. 그가 인호의 검을 받아내고 휘청일 때처럼 인호도 노인의 팔 힘에 비틀거렸다.

경유기는 노인의 몸이 한 바퀴 빙글 돈 것만 보았다. 그런데 어느새 인호 둘의 목에서 피가 뿜어져 나오고 있었다.

크어엉!

특유의 비명은 사 장 정도의 핏줄기가 한참을 치솟은 후에야 들렸다. 인호 둘은 바람을 못 이긴 고목처럼 쓰러졌다. 노인은 죽은 인호의 몸을 넘어 나머지 한 마리의 머리를 박살 내버렸다. 노인은 그토록 강한 인호를 벌레 밟듯이 죽이고 있었다.

노인이 싸우는 외중에도 '천봉천봉 래호오신…' 하는 주문은 끊임없이 들렸고 그럴 때마다 인호가 한 마리씩 화살에 뚫려 죽어갔다. 경유기는 그 화살이 어디서 날아오는지도 가늠할 수 없었다. 그저 미친듯이 노인을 향해 달려가던 인호가 퉁겨져 나가면 '화살을 맞았구나'

하는 생각만 할 뿐이었다.

이제 경유기에게 신경을 쓰는 인호는 한 마리도 없었다. 땅에 발을 딛고 선 인호가 여섯 마리뿐이었고, 그조차 숫자가 빠르게 줄고 있으니 그에게 위험이 미칠 일은 없었다.

경유기는 마음을 가라앉히고 주위를 둘러보았다. 땅을 스치는 그의 눈에 비탄이 어렸다. 점창파와 청성파 문인 열두 명 중 살아남은 사람은 그를 포함해 고작 둘뿐이었다. 살아 있는 청성문인 단목성조차 오른팔이 잘려 끊임없이 신음을 토하고 있었다.

경유기는 단목성에게로 다가가 혈도를 눌러 지혈을 시켰다. 일그러진 단목성의 시선이 경유기를 일별한 후 이곳저곳으로 향했다.

"살아남은 사람은……."

말끝을 흐리는 단목성 대신 경유기가 뒷말을 이었다.

"우리뿐이오."

단목성은 억지로 몸을 일으켜 마지막 인호의 목에 손톱을 쑤셔 박는 노인을 보았다.

"저 사람은 혹시……."

버릇처럼 말을 맺지 않는 단목성에게 경유기가 물었다.

"아는 사람이오?"

단목성은 그들을 향해 돌아서는 노인에게서 시선을 떼지 않고 말했다.

"비쩍 마른 몸에 큰 키, 두 자 가까이 되는 긴 손톱… 경 형은 생각나는 사람이 없소?"

"누구……?"

물으려던 경유기의 뇌리에 이름 하나가 떠올랐다.

"사지마군 사도철광!"

자연스레 커진 그의 목소리를 노인이 들은 모양이다.

"어린 녀석이 버릇없이 어른 함자를 함부로 부르는군."

사도철광이 분명한 노인이 그들에게 다가왔다. 경유기는 자신도 모르게 땅에 놓아둔 검으로 손을 가져갔다. 그에게 흑도의 인물은 절대 상종해서는 안 되고 만나면 필히 손을 섞어야 하는 적이었다. 사부와 사숙들에게 평생 그렇게 교육되었으니 그의 행동은 어쩌면 자연스러운 것이었다.

그의 모습을 본 사도철광의 얼굴에 어이없음이 스쳤다.

"차암~ 살려줬더니 이제 한 판 붙자고 하네."

"그러게 평소에 행실을 제대로 하고 다녀야 그런 소릴 안 듣죠."

경유기는 목소리가 들린 쪽으로 고개를 돌렸다. 어둠 속으로 사라졌던 단신 사내가 옆구리에 누군가를 끼고 오는 것이 보였다.

"자네에 비하면 내 행실이야 군자 그 자체지. 암."

단신 사내는 정신을 잃은 사람을 땅바닥에 아무렇게나 던지며 말했다.

"세상 물정 모르는 젊은 처자 꼬시는 것이 군자의 도리요?"

"어험! 그건 군자의 능력이라고 해야지. 그리고 그렇게 말하는 자네는 치료를 빙자하여 환자를 유혹하지 않았나?"

단신 사내가 발끈 화를 냈다.

"누가 치료를 빙자했단 말이오! 단지 서로에게 호감을 느껴서 가까워졌을 뿐이지!"

그들의 말 사이로 여인의 음성이 끼어들었다.

"동굴 안에서 네 달 넘게 날마다 다투시더니 아직도 부족한가요?"

어둠을 뚫고 활을 든 여인과 지팡이를 짚은 여인이 나타났다. 둘 다 만 명의 여인 사이에 놓아두어도 단숨에 눈에 띌 정도로 미인이었다.

"일단 주위를 정리한 다음에 잡아온 사람을 심문하는 것이 좋겠네요."

활을 든 여인이 말을 하자 사도철광과 단신 사내는 군소리없이 따랐다. 사도철광이 시체들을 치우는 동안 단신 사내가 경유기에게로 다가왔다.

"제기랄! 환자 복은 타고났다니까. 많이 다쳤나?"

경유기는 그때까지 쥐고 있던 검을 놓고 말했다.

"저는 괜찮습니다만……."

그는 말끝을 흐리고 망연한 표정의 단목성을 보았다. 그의 시선은 땅에 떨어진 자신의 오른팔을 향해 있었다. 오른팔의 부재는 무인으로서 치명적일 수밖에 없으니 단목성의 저런 표정을 이해할 수 있었다.

단신 사내는 품에서 주머니와 붕대를 꺼내더니 단목성을 치료하기 시작했다. 단신 사내의 손놀림은 수백 번 같은 치료만 한 것처럼 빠르게 움직였다. 보통 팔이 잘리는 부상을 치료하면 환자는 거의 까무러칠 정도의 고통을 느끼기 마련이었다.

하지만 단목성은 처음 어깨 부위에 침을 꽂을 때만 눈썹을 찡그렸을 뿐, 치료를 하는 동안 일관되게 무표정한 얼굴을 짓고 있었다. 잘려진 상박에 붕대를 감고 침을 뽑자 그제야 단목성은 신음을 터뜨렸다.

"엄살 부리지 마. 한 삼 일쯤 지나면 아프지도 않을 테니까. 천하제일의 반선의에게 치료받은 것을 행운으로 알라구."

경유기는 일어서는 단신 사내를 놀란 눈으로 보았다. 소문으로만 듣던 반선의 소소자를 이런 곳에서 만나리라고는 상상도 하지 못했다.

"뭘 봐?"

소소자가 그에게 다가오며 물었다.

"아, 아니……."

"자다가 겁탈당한 할망구 같은 얼굴 하고 있지 말고 팔이나 내밀어 봐."

경유기는 황급히 팔을 내밀었다.

"가시에 찔린 정도군."

소소자는 말을 하며 상처 난 팔을 아무렇게나 잡아당겼다.

"으윽―!"

팔이 떨어질 것 같은 고통에 비명을 지르자 소소자가 눈살을 찌뿌렸다.

"쯧쯧… 요즘 젊은것들은 왜 하나같이 이렇게 엄살이 심한지. 내가 아는 사람은 온몸이 걸레처럼 너덜거려도 허허하고 웃어 넘기는데 말이야."

소소자의 시선이 그에게서 하늘 쪽으로 비켜갔다.

"그런데 그 녀석은 잘 있으려나. 혼자 흡혈야황을 찾아가지는 않았어야 할 텐데……."

소소자는 의미 모를 중얼거림을 뱉은 후 그의 팔을 치료하기 시작했다. 단목성을 치료할 때와는 다르게 침을 꽂지 않아서 고통스럽기 그지없었다. 하지만 그는 처음 이후로는 신음 한마디 뱉지 않았다. 이를 악물고 식은땀을 삐질삐질 흘리는 사이 치료가 모두 끝났다.

툭!

"으악!"

소소자가 일어서며 팔을 치는 바람에 참았던 비명이 한꺼번에 터져 나왔다.

"쯧쯧… 역시 요즘 것들은 참을성이 없다니까."

경유기는 온몸을 부들부들 떨며 멀어지는 소소자의 등을 보았다. 결국 저 말이 하고 싶어 그에게서 비명을 끄집어낸 것이 틀림없었다.

소소자가 치료를 하는 사이 사도철광은 땅을 파고 시체들을 묻었다. 어느새 인간 본연의 모습으로 변한 인호들을 한 구덩이에 묻은 사도철광은 나머지 시체들도 커다란 구덩이에 차곡차곡 쌓았다.

'저렇게 묻으면 안 되는데.'

그가 말을 꺼내려고 하는데 단목성이 먼저 입을 열었다.

"사형제들의 시체는 정당한 절차를 밟아서 청성산 기슭에 묻고 제사를 지내야 합니다."

저만치 가던 소소자가 휙 돌아섰다.

"놀고 자빠졌네. 지금 이 상황에서 뭐가 정당한 절차야? 하여간 정파라는 놈들은 똥오줌도 구별 못하고 원리 원칙만 따지려고 들어요."

사도철광이 시체들을 구덩이에 던지며 소소자를 거들었다.

"원리 원칙도 자기들 편한 대로 지키니 그게 문제지."

"하지만……."

단목성의 말을 소소자가 단호하게 끊었다.

"시끄러! 짐승들 밥 안 되게 매장해 주는 것을 고맙다고는 못할망정 웬 투정이야? 나중에 너희 패거리 우루루 끌고 와서 파가. 알았어?!"

경유기나 단목성 모두 할 말을 잃었다. 사형제들의 저런 모습이 가슴 아프기는 하지만 지금으로써는 방법이 없었다. 소소자 말대로 짐승의 먹이가 되는 것보다는 저 상태가 나을 것이다.

사형제들의 시체 위에 흙이 덮여가는 것을 보자 잊었던 슬픔이 다시 밀려들어 가슴을 뻑뻑하게 만들었다.

"우리가 살아남은 것이 기적이군요."

단목성의 목소리는 의외로 담담했다.

"네."

경유기는 짧게 대답하고 단목성의 오른팔을 보았다. 당연히 팔이 자리해야 할 곳에 덜렁 감겨 있는 붕대는 너무 낯설었다. 그의 시선을 의식했는지 단목성이 손가락 하나 정도 길이밖에 되지 않는 짧은 팔을 움직였다.

"역시 이상하죠?"

경유기는 목욕하는 여인을 훔쳐보다 들킨 아이처럼 얼굴을 붉히며 고개를 돌렸다.

"아, 아니오… 미안하오."

경유기는 미안하다는 말을 뱉어내고 난감한 표정을 지었다. 갑자기 튀어나온 적절하지 못한 말은 그래서 더욱 어색했다.

"괜찮소이다."

단목성은 흙이 점점 쌓이는 무덤을 보며 말을 이었다.

"내게는 아직 왼팔이 있으니 그만큼의 기회 또한 있는 것 아니겠소?"

경유기는 쓸쓸하지만 웃음을 짓는 단목성을 새삼스럽게 쳐다보았다. 자신보다 두 살 많은 단목성이 이십 년은 더 오래 산 사람처럼 느껴졌다.

그들이 얘기를 하는 사이 무덤은 모두 완성되었다. 경유기와 단목성은 자리에서 일어나 무덤으로 향했다. 그들이 다가가자 소소자와 사도철광은 손을 털고 바닥에 누워 있는 사내에게로 향했다.

"자, 그럼 잡아온 녀석을 심문해 볼까?"

경유기는 옷깃을 여미고 무덤 앞에 섰다. 이 초라한 무덤 안에 십여 년을 웃고 떠들고 같이 무공을 익히던 사형제들이 한데 포개져 묻혀 있다는 것이 선뜻 실감나지 않았다. 그가 멍한 눈으로 무덤을 보고 있는 사이 단목성이 허리를 굽혀 절을 했다.

그런 단목성의 모습이 뿌옇게 흐려졌다. 경유기는 볼을 타고 흐르는 느낌이 눈물이라는 것을 비로소 깨달았다. 가슴을 뻑뻑하게 만드는 슬픔보다 눈을 적시는 슬픔이 먼저 찾아오는 것은 처음이었다.

경유기는 애써 눈물을 삼키고 절을 했다.

한 번, 두 번, 그리고 반 배.

더 이상 할 것이 없었다. 무덤 안에 있는 사람들에게 아무것도 해줄 것이 없다는 것은 살아 있는 자들에게는 또 다른 고통이었다.

"원수를 갚겠다고 약속을 할 수는 없지만 최선을 다하겠습니다."

단목성의 독백을 하는 듯한 목소리에는 물기 한 점 묻어 나오지 않았다. 너무도 담담해서 안부를 묻는 말처럼 느껴졌다. 하지만 악다문 입술과 잘게 떨리는 왼팔이 그의 슬픔을 말해 주고 있었다. 여인은 눈으로 울고 남자는 가슴으로 운다는 말을 이해할 수 있을 것 같았다.

경유기는 그저 큰 숨을 들이키는 것으로 단목성과 똑같은 다짐을 했다.

단목성의 시선을 따라 고개를 돌리자 땅에 누운 사내의 혈도를 푸는 소소자가 보였다.

"반선의는 무공을 모른다고 들었는데 내가 잘못 알고 있었던 모양이오."

너무도 차분한 목소리였다. 경유기는 가시지 않은 슬픔을 억지로 삼키고 대답했다.

"숨기고 있었거나, 아니면 그동안 무공을 익혔겠지요."

"아마 전자일 것이오. 아까 인호들 사이를 빠져나가는 신법은 단시일 무공을 익힌 사람의 것이 아니었소."

경유기도 그럴 것이란 생각이 들었다.

"으음⋯⋯."

소소자가 혈도를 풀자 마치 여자처럼 수염 한 가닥 없이 창백한 안색의 사내가 신음과 함께 깨어났다.

제33장

왕족발 남매를 부탁해

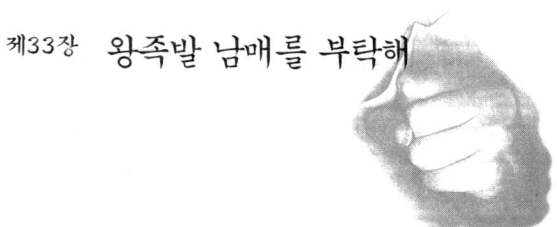

　자신이 처한 상황을 이해하지 못하겠다는 듯 몇 번 눈을 깜빡거린 사내는 벌떡 상체를 일으켰다. 하지만…

　빠악—!

　"어이쿠!"

　소소자의 주먹에 사내는 다시 땅바닥에 나뒹굴었다. 소소자는 엉금엉금 기는 사내의 멱살을 당겨 자신의 얼굴 앞에 바싹 붙였다.

　"네가 인호를 만들었냐?"

　사내는 몇 차례 눈알을 굴리다가 말했다.

　"너, 너희들, 사부님께 죽고 싶으냐? 빨리 날 놔주지 않으면……."

　다시 빠악! 하는 타격음이 들리더니 사내의 뒤통수와 땅이 힘차게 조우를 했다. 소소자는 자신의 이마를 스윽 문지른 후 말했다.

　"기생오라비같이 생긴 놈이 어디서 협박을 해! 묻는 말에나 대답해,

이 내시 부랄 같은 놈아!"

사내는 뒤통수를 감싸 안고 발악하듯 소리를 질렀다.

"너희들, 이러고도 무사할 줄 알아! 사부님이 얼마나 무서운 분인데! 너희들 다 죽었어!"

소소자의 발이 사내의 안면에 틀어박혔다.

"그래, 이 자식아! 네 사부 좀 불러와라! 빨리 불러와! 불러오라니까!"

소소자는 사내의 전신을 자근자근 밟아댔다.

"으악! 사부님! 제자 죽어요!"

사내는 땅바닥을 이리저리 구르며 소소자의 발을 피하려 해보았지만 단 한 번도 성공하지 못했다. 사내의 몸은 금세 피로 덮였고 옷은 갈기갈기 찢어졌다.

"이보게, 그러다 죽겠네."

사도철광의 말에 소소자는 더욱 광분하며 소리쳤다.

"이런 자식은 죽여 버려야 해요! 보아하니 아무 말도 할 것 같지 않은데 이대로 밟아 죽여 버릴 겁니다!"

"에휴~ 누가 자네를 말리겠나? 맘대로 하게. 멀쩡한 사람을 인호로 만들고, 그 인호로 인명까지 해쳤으니 죽을죄를 짓기는 했지."

사내는 비명을 지르다 급기야 허겁지겁 소소자의 다리를 잡았다.

"인호는 제가 만든 게 아닙니다! 전 사부님께서 만든 것을 조종만 했다구요!"

소소자는 어이없는 눈으로 사내를 보다가 돌멩이를 차듯 다리를 떨쳤다. 양팔로 꼭 매달려 있던 사내는 힘없이 저만치 날아가 땅에 처박혔다.

"어이쿠!"

소소자는 비명을 지르며 뒹구는 사내를 쫓아가서 또 밟았다.

"이게, 자기 살자고 사부를 팔아! 천하에 못된 놈 같으니라고!"

"정말이라구요! 전 시키는 대로만 했어요! 으악!! 제발 살려주세요!!"

소소자는 그 후로도 한참 동안 발길질을 한 후에야 사내 앞에 쪼그려 앉았다.

"정말이냐?"

사내는 한줄기 희망을 발견한 듯 얼굴에 흐르는 피는 닦을 생각도 않고 최대한 애처로운 표정으로 말했다.

"네, 정말입니다. 믿어주세요."

소소자는 사내의 말을 믿는 것처럼 고개를 끄덕였다.

"하긴, 너 같은 놈이 어떻게 인호를 만들었겠느냐?"

"제 말이 그 말입니다. 전 육 개월 전만 해도 남의 마누라 꼬드겨서 먹고 살던 건달이었다구요. 그게 죽을죄는 아니잖아요."

"그건 그렇지."

소소자는 사내의 위아래를 훑어본 후 말했다.

"그럼 인호를 만든 네 사부는 누구냐?"

사내는 지체하지 않고 말했다.

"모릅니다."

"몰라? 자기 사부도 모른단 말이냐? 이런 시궁창에 담갔다 똥물에 튀겨 죽일 놈 같으니라고! 좋은 말로 하려고 했더니……!"

소소자가 일어서 다시 발길질을 하려 하자 사내는 뒤통수를 감싸고 엎드리며 황급히 소리쳤다.

"정말입니다! 우리에게 자신에 대한 것은 전혀 말하지 않았다구요!"

소소자는 들었던 발을 다시 내려놓고 물었다.

"우리? 너 말고 또 있다는 말이냐?"

"네, 네. 저 말고도 한 마흔 명쯤 더 있었습니다."

"마흔 명이나?"

사내는 소소자가 때리지 않을 것이라는 걸 눈치 채고 슬그머니 고개를 들었다.

"네. 한 명씩 격리시켜 놓아서 확실한 숫자는 모릅니다만 대충 그 정도 돼 보였습니다."

"그 사부에게 무엇을 배웠느냐?"

사내는 품속을 더듬더니 손바닥 길이만한 검은색 피리를 꺼냈다.

"이 묵적(墨笛)으로 인호 다루는 법을 배웠습니다."

소소자는 사내의 손에서 묵적을 빼앗아 이리저리 살펴본 후 물었다.

"마흔 명 모두 말이냐?"

"다른 사람이 무엇을 배웠는지는 저도 모르죠. 아까 말씀드렸다시피 큰 건물의 각 방에 격리되어 있었으니까요."

소소자는 이마에 주름을 만들고 생각하는 표정을 짓더니 입을 열었다.

"어떻게 그 사부라는 사람을 만나게 되었느냐?"

사내는 쑥스러운 듯 뒷머리를 긁적였다.

"저와 재미를 보던 여편네의 남편이 눈치를 채는 바람에 도망치다가 우연히 만나게 됐습니다. 절 보더니 부귀영화를 얻고 싶다면 따라오라고 하더군요. 마땅히 갈 곳도 없었고 그 자리에서 은자 열 냥을 선뜻 주기에……."

따악!

소소자의 주먹이 오랜만에 사내의 머리를 가격했다.

"아이구! 왜 때려요?"

"이놈아! 길에서 우연히 만난 너 같은 놈을 제자로 데려간다는 것이 말이나 되느냐!"

소소자의 말이 끝나기 무섭게 한쪽에서 잠자코 서 있던 활 든 여인이 나섰다.

"우연이 아니에요."

여인의 말에 소소자나 사내 모두 어리둥절한 표정을 지었다.

"그 사내에게 있는 특별한 재능을 알고 있었겠죠."

"특별한 재능이라뇨?"

사내의 물음에 여인이 대답했다.

"당신에게는 술법사로서의 재능이 있다는 거예요."

그녀는 뒤쪽의 지팡이를 짚은 여인에게 눈길을 돌리며 말을 이었다.

"여기 있는 호소저가 풍의 기운을 타고났듯 저 사람도 비슷한 기운을 타고났어요. 하지만 성질만 비슷할 뿐 본질은 전혀 다르죠."

소소자가 여인의 말을 받았다.

"마치 빛과 어둠처럼 말이오?"

"네. 어쩌면 사부라는 사람은 술법사로서의 재능을 가진 사람들을 모아서 가르쳤을 가능성이 높아요."

소소자는 고개를 끄덕였다.

"하긴, 보통 사람이 단시간 내에 요괴 다루는 법을 배운다는 것 자체가 불가능할 테니까."

소소자의 시선이 사내에게 향했다.

"결국 넌 사부에 대해 아는 것이 전혀 없겠군."

사내는 고개를 크게 끄덕였다.

"그렇죠. 시키면 시키는 대로 한 제가 뭘 알겠습니까."

이제껏 잠자코 있던 사도철광이 갑자기 나섰다.

"하지만 저 인호들을 이대로 방치해 두지는 않을 것 아니냐? 일을 끝낸 후 인호들을 데려갈 장소는 알고 있겠지?"

"아뇨."

"모른다는 말이냐?"

"네. 일을 다 끝내면 사부님이 데려간다고 하셨거든요."

사도철광은 예리한 시선으로 주위를 둘러보았다.

"네 사부가 이 근처에 있느냐?"

"그것도 모르죠."

소소자의 얼굴이 험악하게 변했다.

"너 지금 우리하고 장난하냐? 네 창자를 네 눈으로 봐야 정신을 차리겠구나."

으스스한 말에는 정말 그렇게 하고야 말겠다는 의지가 담겨 있었다. 사내는 기겁을 하고 양손을 저었다.

"저, 정말 모릅니다. 사부님이야 워낙 신출귀몰(神出鬼沒)한 분이라 언제 어느 때 어떻게 나타날지 모르거든요. 그저 일이 다 끝나고 주문을 외우면 오겠다고 하셨습니다. 정말 그뿐이에요."

사내의 표정을 보면 거짓말하는 것 같지는 않았다. 소소자는 위협적인 표정을 풀지 않고 물었다.

"그 주문이 뭔데?"

사내는 바지춤을 주섬주섬 더듬더니 작게 접힌 종이를 꺼냈다.

"잃어버리면 큰일 난다고 해서……."

종이를 펴서 읽으려는 사내를 소소자가 막았다.

"잠깐."

소소자는 사내가 가진 종이를 힐끔 보고 물었다.

"그 주문을 외우면 네 사부가 나타난다고 했지?"

"네."

소소자의 시선이 사도철광에게로 향했다.

"이 내시 부랄 같은 놈의 말이 믿기지는 않지만 혹시 모르니 각오는 해놔야겠죠?"

"그래야겠지."

소소자와 사도철광, 그리고 두 여인은 서로 등을 맞대고 사위를 경계했다. 준비를 끝낸 소소자가 사내에게 말했다.

"읊어라."

"네… 아참!"

잔뜩 긴장해 있던 소소자가 신경질적으로 물었다.

"뭐가 아참이야?"

"사부님께서 한 명을 살려둔 후 이 말을 전하라고 했어요."

"무슨 말인데?"

"황금도에는 절대 오지 말아라."

소소자는 이해할 수 없는 표정으로 물었다.

"황금도가 뭐야?"

"그건 모르죠. 질문받기를 싫어하시는 분이거든요."

경유기는 어리둥절한 표정의 소소자에게 다가가며 말했다.

"황금도는 제가 알고 있습니다."

"잘됐군. 말해 봐."

그는 자신이 알고 있는 황금도에 관해 설명을 시작했다. 사실 아는 것이라고 해봐야 소문으로 들은 것이 전부이니 설명은 일각을 넘기지 않고 끝났다. 이마에 주름을 만든 소소자가 고개를 갸웃하더니 말했다.

"결국 우르르 황금도로 몰려오란 소리나 다름없군."

"네? 황금도에는 오지 말라고……."

경유기의 말을 사도철광이 끊었다.

"황금도에 오지 말라고 했다고 가지 않을 정천맹이냐? 보나마나 더 많은 인원과 고수를 총동원해서 황금도로 향하겠지. 그게 이 일을 꾸민 자가 바라는 것일 테고."

듣고 보니 사도철광의 말에 수긍이 갔다. 고개를 끄덕이는 그에게 소소자가 손짓을 하며 말했다.

"넌 저기 찌그러져 있어. 지금은 이 녀석 사부를 만나는 일이 중요하니까."

소소자는 사내에게 시선을 돌렸다.

"빨리 주문이나 외워봐."

경유기가 단목성의 곁에 서자 사내의 주문이 들리기 시작했다.

"상화금루병옥전(上化金樓並玉殿), 금루옥전청성현(金樓玉殿清聖賢), 일루명향통삼계(一縷名香通三界)……."

사내가 주문을 외워감에 따라 장내는 차츰 긴장에 휩싸였다. 기분 탓인지 모르지만 사내의 주문은 묘한 기운을 담고 있어서 어둠 속에서 금방이라도 무언가가 튀어나올 것만 같았다.

"오색채운뇨분분(五色彩雲嬲紛紛), 자미궁중개궁전(紫微宮中開宮殿)……."

처음 어색하게 읽어가던 사내는 주문을 외우는 동안 스스로 도취되어 평생을 술법사로 산 사람 같아 보였다. 어둠이 내려앉은 산중에 퍼지는 묘한 울림은 배 밑바닥에서부터 알 수 없는 불안을 끄집어냈다.

"조청오방치부신(調請五方値符神)!"

강하게 끊은 '신' 자 뒤로 더 이상의 주문은 이어지지 않았다. 술법에 문외한인 경유기도 주문이 끝났다는 것을 알 수 있었다. 주위는 어둠만큼이나 무거운 침묵을 뒤집어쓰고 무슨 변화가 일어나기를 기다렸다.

그런데 누구도 상상하지 못한 상황이 벌어졌다.

"커억!"

주문을 외운 사내가 갑자기 목을 잡고 쓰러졌다. 화들짝 놀란 소소자와 사도철광이 사내에게 다가갔다. 사내는 눈을 하얗게 뒤집어 깐 채 간질 걸린 사람처럼 거품을 물고 떨더니 이내 축 늘어졌다.

천하제일의 소소자조차 손쓸 수 없을 정도로 갑작스럽게 벌어진 일이었다. 소소자는 빠르게 경직되어 가는 시체의 손목을 잡더니 고개를 저었다.

"완전히 죽었는데?"

"그거야 눈으로 보면 알지. 지금으로써는 왜 죽었느냐가 중요하잖아."

소소자가 사도철광은 째려보며 말했다.

"그걸 지금 어떻게 알아요? 급살맞은 개구리마냥 찍 뻗어버린 녀석인데. 속을 뒤집어보든지 해야죠."

"그럴 필요 없어요."

뒤에 서 있던 활을 든 여인이 죽은 사내 앞에 쭈그려 앉았다.

"이 사람은 고(蠱)에 당한 거예요."

사도철광이 그녀의 말에 대꾸했다.

"몸에 심어 사람을 조종하는 그 고 말인가?"

"네."

여인은 말을 하고 사내의 굳어가는 입을 억지로 벌렸다. 입 안으로 손가락을 집어넣은 여인은 꾸물거리는 벌레 한 마리를 끄집어냈다. 까만 색의 중지만한 그 벌레는 먹물을 입혀놓은 거머리의 모습과 다를 바 없었다.

"흔히 묘강(苗疆)에서 연인의 변심을 막는 데 쓰이는 것으로 알려진 고는 사람을 가장 확실하게 지배할 수 있는 방법이죠. 고는 암수 한 쌍으로 반응하거나 아니면 특별한 주술로 제어를 하는데 이 사람에게는 두 번째 고가 쓰인 것 같아요."

소소자가 이해하겠다는 얼굴로 말했다.

"그렇다면 이 사람이 읊은 주문이 고를 발작시켰다고 봐야겠군요."

"이번 일만을 위해 키워진 일회성 소모품이죠."

잠깐 꿈틀거리던 고는 어느새 그녀의 손가락 사이에서 죽어 있었다. 고를 바닥에 아무렇게나 던진 여인은 근심 어린 표정을 지었다.

"아무래도 술법사가 이 일을 저지른 것 같아요. 인호를 만들 수 있는 술법사라면 결코 만만치는 않을 거예요."

소소자는 죽은 사내를 내려다보며 중얼거렸다.

"흡혈야황에 술법사까지 나타나다니… 휴~ 정말 지랄맞은 상황이군."

소소자는 말을 하고 경유기의 뒤쪽 어둠을 바라보았다.

"서둘러 가는 것이 좋겠습니다. 주적자가 걱정되기도 하고."

소소자의 말을 사도철광이 받았다.

"주 아우를 대장간에서 만날 수 없을 거라고 생각하는 사람이 나만은 아닌 것 같군."

소소자와 사도철광은 서로의 얼굴을 보고 씁쓸한 웃음을 지었다.

*　　　　　*　　　　　*

쫘르르르—!

요란한 호차 굴러가는 소리와 함께 문이 왈칵 열렸다. 윗도리를 입고 있던 왕족발은 화들짝 놀라 문 쪽을 보았다. 아침 햇살을 등에 진 왕족쌍이 묘한 얼굴로 서 있었다.

"야! 이 계집애야! 남자들만 있는데 방문을 그렇게 사정없이 열면 어떡해!"

호통에도 불구하고 왕족쌍은 그에게 고개조차 돌리지 않은 채 탁자 앞에 서 있는 사내를 뚫어지게 쳐다보았다. 검을 등에 맨 사내는 뒤늦게 왕족쌍을 향해 돌아섰다. 왕족쌍은 그런 사내에게 성큼성큼 다가갔다.

"족쌍아, 너 왜 그래?"

그의 물음은 공허하게 흩어졌다. 왕족쌍은 서로의 콧김이 닿을 정도로 사내에게 가까이 다가갔다.

"당신이 그 주적자 맞죠?"

사내는 묘한 웃음을 지을 뿐 아무 대답도 하지 않았다. 왕족쌍은 같은 질문을 던졌다.

"당신이 호인불사 주적자 맞죠?"

"너, 호인불사 주적자가 어쨌다고……."

다가가던 왕족발은 둔기로 뒤통수를 맞은 것 같은 느낌을 받고 우뚝 멈춰 섰다.

"호, 호인불사 주적자? 칠 년 전 우리 보표를 섰던 그 호인불사 주적자를 말하는 것이냐?"

이번에도 왕족쌍은 대답하지 않았지만, 왕족발 또한 그것에 신경 쓰지 않았다. 주적자라는 이름이 너무 크게 다가왔기 때문이었다.

다른 무림인에게야 호인불사라는 별호가 중원제일보표라는 것 이상도 이하도 아니겠지만, 그들에게는 특별한 이름일 수밖에 없었다. 아직도 가끔 나타나는 칠 년 전의 그 악몽을 꿀 때 소스라치게 놀라 일어나 밤을 하얗게 새우지 않은 이유는, 그 꿈속에 언제나 주적자가 함께 있었기 때문이다.

검은 그림자 같은 형태로 왕족쌍을 안고 있는 그 모습이 나타나면 악몽은 곧 안도로 바뀌어 그를 다른 세계로 인도하고는 했다. 그 후 삼 년 간 주적자는 그에게 우상과 같은 존재였다. 썩은 짚단처럼 적을 베어 넘기며 앞서가는 주적자의 등을 생각할 때면 어느새 피부에 소름이 돋고는 했다.

하지만 그의 무공이 점점 강해지고 주적자가 단지 은자 오백 냥 때문에 성수란과 그들 남매를 호위해 주었다는 사실을 안 후에는, 주적자에게 보표라는 이름 이상의 의미를 부여하고 싶지 않았다. 지금은 그 자신도 주적자만큼 충분히 강하고, 결정적으로 돈에 움직이는 자가 그의 우상이 될 수는 없었다.

그렇게 애써 잊고 있던 주적자라는 이름이 여기서 튀어나왔으니 어찌 놀라지 않겠는가?

"가자."

주적자는 짧게 말을 하고 문을 나섰다. 왕족발은 따라 나가려는 왕족쌍을 잡았다.

"정말 저 사람이 그 주적자냐?"

그녀가 이런 일을 잘못 알고 있을 리 없었지만 그는 다시 한 번 확인했다.

"틀림없어. 그때… 나를 안고 시산혈해(屍山血海)를 누비던 그 사람이 분명해."

말을 하는 왕족쌍의 눈빛은 그때의 기억을 끄집어내는 듯 몽롱하게 변했다.

"주적자란 말이지."

왕족발은 침상 옆에 놓아둔 수라도를 들고 주적자를 쫓아 나갔다. 아직까지 그의 가슴 한구석에 남아 있는 주적자에 대한 외경을 씻어낼 기회였다. 방을 나서자 후원을 벗어나고 있는 주적자가 보였다.

"멈추시오!"

키 작은 동백나무 곁을 스치던 주적자가 걸음을 멈추고 돌아보았다. 왕족발은 오른손에 수라도를 움켜쥐고 주적자에게 다가갔다.

"당신이 정말 호인불사 주적자요?"

주적자는 한동안 그를 보다가 입을 열었다.

"나와 싸우기라도 할 태세구나."

"그렇소."

왕족발은 말과 함께 도를 빼 들었다. 아침 햇살을 머금은 수라도가 은빛으로 물들었다. 그는 도 끝을 주적자의 미간에 맞추었다.

"자, 한 수 겨뤄봅시다."

왕족발을 물끄러미 보고 있던 주적자가 피식 웃음을 터뜨렸다. 다른 의미를 생각할 것도 없이 그것은 분명한 비웃음이었다. 왕족발의 눈썹이 역팔자로 곤두섰다.

"지금 나를 비웃는 것이오?"

"갈 길이 멀다."

주적자는 그 말만 뱉고 돌아서 버렸다. 잔뜩 긴장한 왕족발로서는 맥이 풀리지 않을 수 없었다.

"이, 이봐요! 글쎄 한판 붙어보자는데 그냥 가면 어떡해요!"

그가 소리를 치며 쫓아가려는데 왕족쌍이 그를 불러 세웠다.

"족발아! 그만둬!"

왕족발은 사나운 눈길을 왕족쌍에게 돌렸다.

"왜?"

그녀는 그의 이마를 검지로 콕콕 찍으며 말했다.

"넌 정신이 있는 애냐, 없는 애냐?"

왕족발은 그녀의 손을 탁 치며 되물었다.

"내가 뭘 어쨌다고 그러냐?"

"뭘 어쨌다고? 하! 넌 저분이 우리 생명의 은인이라는 것을 잊었냐?"

"흥! 너야말로 착각하고 있는데, 주적자는 단지 은자 오백 냥을 받고 우리를 구해준 것뿐이야!"

왕족발을 물끄러미 쳐다보던 왕족쌍은 가는 한숨을 내쉬었다.

"너에게 몇 년 전 엄마가 내게 해주었던 말을 하게 될 줄이야."

"어머니가 뭐라고 하셨는데?"

"넌 엄마와 우리 남매의 목숨 값이 얼마라고 생각하냐?"

"그거야……."

왕족발이 우물쭈물하는 사이 왕족쌍이 입을 열었다.

"만약 나와 너희 남매의 목숨 값이 오백 냥에 못 미치거나 딱 그만큼의 액수라고 생각하면 주 보표에게 고마움을 느낄 필요는 없다. 하지만 그렇지 않다면 우린 그에게 그만큼의 빚을 지고 있는 것이다."

그녀는 숨을 고른 후 말을 이었다.

"내가 너와 같은 말을 했을 때 엄마가 들려주셨던 애기야. 그러니 내게 주 보표는 은인이야. 물론 오백 냥을 공평하게 삼 등분 해서 네 몫을 나눈다면… 넌 주 보표에게 돈을 받아내야 하겠지만. 그것도 많이……."

왕족쌍은 말을 하고 휑하니 주적자를 따라갔다.

"삼 등분 해서 내 몫을 나누면 주적자에게 돈을 받아야 된다고?"

곰곰이 생각하던 왕족발의 얼굴이 일그러졌다.

"뭐야? 그럼 내 목숨 값이 백칠십 냥도 안 된다는 소리잖아. 이 계집애가 정무문 소문주를 뭘로 보고… 야! 왕족쌍!"

왕족발은 부리나케 두 사람을 쫓아갔다. 그 문제로 티격태격하는 사이 비무는 어느새 뒷전으로 밀렸다. 그렇다고 왕족발이 비무를 포기한 것은 아니었다. 이 정도에서 물러날 왕족발이 아닌 것이다.

그는 마차와 배를 번갈아 타며 송한성(松閑城)까지 오는 오 일 동안 주적자에게 끊임없이 비무를 요구했다. 남강(南江)나루에 발을 디디자마자 왕족발은 주적자에게 다가가 말을 붙였다.

"주 형, 자꾸 그렇게 빼지 말고 비무 한번 해봅시다. 몇 년 동안 시답잖은 자객 나부랭이들만 상대하느라고 변변한 싸움 한번 못해봤을 것 아니오? 자신의 무공 수준을 가늠해 볼 수 있는 기회까지 잡았으니 일석이조 아니겠소?"

주적자는 대꾸도 없이 사람들 사이를 잰걸음으로 빠져나갔다. 왕족발은 황급히 쫓아가 주적자와 어깨를 나란히 했다.

"혹시 나와 비무하는 것이 겁나는 것 아니오? 물론 자칫 죽을지도 모르는 비무를 두려워하는 것이 인지상정이기는 하지만 사내대장부가 그 정도 배포는 있어야 하지 않겠소? 그만한 배포도 없는 졸장부라면 불알을 떼고 다녀야지."

이번에도 주적자의 대꾸가 없는 가운데 왕족쌍이 나섰다.

"야, 그만 좀 해라. 닭살 돋아서 볼 수가 없다. 두 살 먹은 애가 엄마한테 젖 달라고 조르는 것도 아니고."

"계집애야, 넌 좀 가만있어!"

"어지간해야 가만있지. '비무 한 번만 해줘~, 비무 한 번만 해줘~' 이건 완전히 동냥하는 거지새끼잖아."

왕족발의 얼굴이 단숨에 일그러졌다.

"뭐, 뭐? 동냥하는 거지새끼? 너, 대정무문 소문주한테 그런 표현을 함부로 남발해도 되는 거냐?"

"지랄하고 자빠졌네. 소문주가 소문주다워야 대우를 해주지."

"이젠 지랄까지! 야, 이 계집애야! 너 그런 쌍욕까지 할 거야!"

왕족쌍이 같잖다는 눈으로 쳐다보았다.

"나한테 욕먹은 것이 어디 하루 이틀이냐? 새삼스럽게 핏대 올리기는."

"단둘이 있을 때랑 이렇게 사람 많은 대로변에서 하는 거랑 같아?"

"다를 건 또 뭐가 있어? 하여간 걸핏하면 소리나 지를 줄 알지 정무문 소문주다운 품위는 눈 씻고 찾아볼 수가 없어요."

언제나 그렇듯 이번에도 결국 주적자와의 비무는 왕족쌍과의 말싸움으로 변질되어 버렸다. 그들의 설전은 주적자가 커다란 저택 앞에서 걸음을 멈출 때까지 계속되었다.

"그만 하고 들어가 보아라."

주적자의 낮은 목소리에 그들의 싸움은 금세 멎었다. 왕족발은 담 길이가 이십 장에 달하는 집을 쭈욱 훑어보며 말했다.

"여기가 어디요?"

"정무문 송한성 지부이니 너희들이 가는 곳까지 이곳 사람들이 안내해 줄 것이다."

주적자는 말을 하고 미련없이 담을 따라 발길을 옮겼다.

"이, 이봐요!"

왕족쌍이 황급히 주적자를 쫓아갔다.

"이대로 그냥 가실 거예요?"

"너희와 같이 갈 이유가 없으니까."

"그래도 들어는 가셔야죠."

주적자는 그저 왕족쌍을 바라보았다. 주적자라는 인간은 참으로 이상해서 저렇게 아무 말 안 해도 묻고 싶은 것이 뭔지 알 수 있었다. 왕족발뿐 아니라 왕족쌍도 마찬가지인 모양이다.

"저희에게 빌려준 돈은 받아야 하잖아요. 그러니 잠깐 들렀다 가세요."

주적자는 왕족발을 힐끔 보고 말했다.

"네 오라비한테 진 빚을 갚은 것으로 하지."

왕족발은 잠시 생각하다가 그것이 비로소 욕이라는 것을 깨달았다.

"이봐, 형씨! 내가 은자 백칠십 냥짜리도 안 된……!"

그의 말 사이로 왕족쌍의 날카로운 목소리가 파고들었다.

"넌 좀 가만있어! 열일곱 냥도 아까운 놈아!"

고함을 지른 왕족쌍은 저만치 가고 있는 주적자를 쫓아갔다.

"주 보표님! 저희와 동행을 한다고 나쁠 것은 없잖아요. 왕족발이 비무 신청 못하게 제가 막아놓을게요. 그러니 같이 가요. 네?"

왕족쌍은 주적자 곁에 서서 계속 쫑알거렸다.

"참나, 뭐가 아쉬워서 저렇게 매달리는 거야?"

왕족발의 얼굴이 한순간에 굳어졌다.

"혹시 저 녀석이 주적자를 좋아하는 거 아니야?"

그는 이내 고개를 저었다.

"아니, 그럴 리 없어. 저 계집애가 그토록 환장하는 협객과 주적자는 너무 거리가 멀어."

왕족발이 비 맞은 중처럼 중얼거리고 있을 때 저택의 문이 열렸다. 눈길을 돌리자 낯익은 얼굴이 나타났다. 커다란 고리눈에 주먹코, 먹물에 반짝이를 뿌려놓은 듯 윤기나는 수염을 가진 사람은 분명 왕청원이었다.

"어, 숙부님!"

왕족발만큼이나 왕청원도 놀란 표정을 지었다.

"족발아! 네가 어떻게 여기에……?"

왕청원은 왕족발의 여기저기를 살피며 물었다.

"다친 곳은 없느냐? 왜 갑자기 행방불명이 된 것이냐? 족쌍이는? 족쌍이는 같이 안 왔느냐?"

왕족발은 세 가지 질문 중 대답하기 가장 간단하고 확실한 것부터 알려주었다.

"족쌍이는 저기 주적자를 따라가고 있잖아요."

그의 손가락 끝에 나란히 걸어가고 있는 주적자와 왕족쌍이 걸렸다.

"주적자라니? 혹시 호인불사 주적자를 말하는 것이냐?"

"네, 그 호인불⋯⋯."

그의 말이 끝나기도 전에 왕청원이 땅을 박찼다. 왕청원은 순식간에 주적자를 추월해서 앞을 가로막았다. 서로 고개를 숙여 인사를 하고 뭔가를 이야기하는데 너무 멀어서 잘 들리지 않았다. 아마도 왕청원은 '들어가자', 주적자는 '그냥 갈란다' 정도의 실랑이를 하는 것 같았다.

"주적자, 저 녀석 괜히 빼네. 저러다 숙부가 화나면 어떻게 감당하려고."

매사에 신중하고 치밀한 그의 아버지 왕청일과 달리 왕청원은 성질이 불 같은 사람이었다. '허허' 웃다가도 갑자기 화가 나서 사람 골통을 깬 적도 여러 번 있었다. 천방지축인 왕족발도 그래서 왕청원 앞에서는 비교적 조심하는 편이었다. 아직 힘이 딸리니 눈에 뵈는 것 없이 휘젓는 왕청원에게 한 대라도 맞으면 그만 손해이기 때문이다.

잠시 실랑이를 하더니 주적자도 왕청원의 성질을 아는지 순순히 따라왔다. 역시 이럴 때는 성질이 지랄 같다고 소문나는 것이 편했다.

옆에서 좋아라 웃고 있는 왕족쌍을 보며 왕족발이 중얼거렸다.

"계집애야, 그렇게 좋냐? 입이 찢어진 것이 열두어 바늘은 꿰매야겠군."

빡!

"아이고!"

왕족발은 의자에서 굴러 떨어지며 머리를 감싸 안았다. 역시 왕청원의 주먹은 장난이 아니었다. 순간적으로 세상이 캄캄해지면서 별이 번쩍였다. 하지만 그는 그 와중에도 바닥을 열심히 굴렀다. 이어지는 이차 공격을 피하기 위해서였다.

"이놈! 주 숙부라 불러야 마땅하거늘 감히 주 형이라니!"

천둥 같은 호통 소리에 왕족발은 황급히 일어서서 방어 자세를 취했다. 그의 공력이 그래도 만만치 않아서 눈앞은 순식간에 밝아졌다.

왕청원은 큰 눈을 부릅뜨고 금방이라도 그를 잡아먹을 것처럼 노려보았다.

"전 괜찮으니 참으시죠."

주적자가 말리자 왕청원이 겨우 노기를 가라앉히고 자리에 엉덩이를 걸쳤다. 그런데 왕청원의 사그라드는 성질에 왕족쌍이 다시 불을 지펴놓았다.

"흥! 호칭뿐이면 다행이게요? 여기까지 오는 동안 주 보표, 아니, 주 숙부님께 비무를 하자고 어찌나 졸라대던지 그거 말리느라고 혼났다니까요."

휘익ㅡ!

왕족쌍의 얘기가 미처 끝나기도 전에 찻잔이 허공을 날았다.

픽!

찻잔은 머리를 감싸 쥔 왕족발의 손등에 부딪쳐 산산조각났다.

"아이고! 아이고! 숙부님! 정무문 대를 끊을 생각이십니까?"

왕족발은 충분히 피할 수 있었는데도 일부러 충격이 덜한 손등에 찻잔을 맞고 나뒹굴었다. 정무문의 대를 끊을 생각이냐는 그의 말이 효과가 있었는지 왕청원은 벌떡 일어섰다가 이내 긴 한숨을 내쉬고 자리에 앉았다.

"휴~! 하룻강아지 범 무서운 줄 모른다더니 네가 꼭 그 경우로구나."

왕청원은 주적자에게 고개를 숙이고 사과했다.

"미안하오이다. 형님이 하도 오냐오냐 키우서서 애가 버릇이 없습니다. 젊어서 혈기가 넘친 탓이라 생각하시고 이해해 주십시오."

아무리 왕청원이 저런 행동을 해도 할 말을 못할 왕족발이 아니었다.

"숙부님, 제 무공 성취는 이미 지호당주 백재상을 넘어섰습니다. 누구와 싸워도 지지 않을 정도의 수준은 된다고 생각합니다."

그는 태어나서 처음으로 겸손하게 말했다. 솔직한 심정을 말하라면 지지 않을 수준이 아니라, '주적자 따위는 내 십초지적(十招之敵)도 안 돼요!'라고 했을 것이다. 하지만 왕청원은 그의 생각과 다른 모양이다.

"네가 정녕 오늘 두 다리가 모두 부러져 앉은뱅이가 되고 싶은 모양이구나."

목소리를 낮게 깔아서 말하는 왕청원을 보며 왕족발은 찔끔한 표정을 지었다. 저럴 때가 더 무섭다는 것을 그는 익히 알고 있었다.

'제길! 표사 따위가 무어 그리 대단하다고……'

그는 속으로 구시렁거리며 의자에 털썩 주저앉았다. 왕청원은 또 한 번 한숨을 내쉬었다. 객청이 튼튼하게 지어졌으니 망정이지 부실 공사를 했으면 바닥이 꺼졌어도 열두 번은 꺼졌을 것이다.

왕청원은 불만 가득한 왕족발을 보고는 다시 주적자에게 사과했다.

"어린 녀석의 무례를 참아주서서 고맙소이다. 강호 경험이 일천한 녀석이라 사람 보는 눈이 없어서……"

얄미운 왕족쌍이 또 끼어들었다.

"한마디로 바보죠."

"너……!"

왕족발이 눈을 부라리자 왕족쌍은 혀를 쏙 내밀어 약을 올렸다. 장내의 분위기를 수습하듯 주적자가 입을 열었다.

"그보다 제게 긴히 하실 말씀이 있다고 하셨는데 말씀하시지요."

"네, 그러죠."

왕청원은 생각을 가다듬은 후 입을 열었다.

"중원에 퍼진 황금도에 대한 소문은 주 보표도 익히 들었으리라 생각됩니다."

"……?"

"황금도의 소문이 사실이고 어떤 단체에서 그 황금도를 통째로 손에 넣는다면 그 힘은 상상을 초월할 정도로 거대해질 것입니다. 돈의 위력이란 무서운 것이니까요."

"그렇겠죠."

"정파가 나서는 마당에 우리라고 가만있을 수 없어서 결국 황금섬 문제만큼은 동맹을 맺고 처리하기로 했습니다."

주적자가 고개를 끄덕였다.

"거기까지는 풍문으로 들어 알고 있습니다."

"그러시겠죠. 그런데 엉뚱한 사건이 일어나고 말았습니다. 누구도 예상 못한 일이……."

왕청원은 깨진 자신의 찻잔 대신 왕족발 앞에 놓인 찻잔을 들어 한모금 마신 후 말을 이었다.

"황금섬 때문에 동정호로 가던 정무문의 지호단이 길안현(吉安縣)의 청죽산(靑竹山)에서 단 한 명만 빼고 모두 살해당했습니다."

"네에? 우리와 같이 왔던 지호단이 말입니까?"

왕족발의 말에 왕청원이 고개를 끄덕였다.

"그래."

"어쩌다가요?"

왕청원은 질문을 던진 왕족발이 아닌 주적자를 보고 말했다.

"살아남은 지호단원의 말에 의하면 지호단을 해친 범인은… 호랑이의 머리에 인간의 몸을 가진 자들이었다고 합니다."

왕족발이 다시 물었다.

"호랑이의 탈을 쓴 자들이라구요?"

"탈이 아니라 호랑이 머리라고 하셨잖아."

왕족쌍의 말에 지극히 상식적인 왕족발이 맞받아쳤다.

"세상에 호랑이 머리에 인간의 몸을 가진 동물이 어디 있냐?"

그의 반박을 기다렸다는 듯 주적자가 말했다.

"인호로군요."

눈살을 찌푸리고 둘의 말다툼을 보고 있던 왕청원이 물었다.

"인호라면……?"

"살아남은 지호단원의 말대로 호랑이의 머리에 인간의 몸을 가진 요괴입니다."

"주 혀… 아니… 주 으응… 정말 요괴라는 것이 있소이까?"

그가 호칭을 얼버무린 것이 마음에 안 들었는지 주적자는 그저 고개를 끄덕이는 것으로 대답을 대신했다.

'속 좁은 놈 같으니라구.'

"더 큰 문제는 인호에게 살해당한 사람이 지호단원들만이 아니라는 겁니다. 정천맹을 지원하기 위해 구대문파에서 오던 사람들도 모두 인호의 습격을 받았습니다. 그리고 똑같이 단 한 사람씩만 살아남았죠."

주적자는 별로 놀랍지도 않은 듯 담담한 목소리로 말했다.

"한 사람을 살려준 이유가 있겠군요."

"인호가 사람들을 죽인 후 누군가 나타나 말을 전하라고 했다는군요. '황금도에 절대 오지 마라'."

왕청원은 말을 끝내고 어떤 대답을 기다리는 듯 주적자를 물끄러미 쳐다보았다. 한참 뜸을 들인 주적자가 입을 열었다.

"결국 많은 고수들을 이끌고 황금도로 오라는 소리군요."

왕청원의 고개가 크게 끄덕여졌다.

"우리가 내린 결론도 그것입니다."

주적자는 또 한참 동안 무게를 잡은 후 말했다.

"그런데 그 문제는 저와 별 상관이 없는 것 같습니다만."

왕청원도 주적자 못지 않게 무거운 얼굴을 하고 있다가 불쑥 물었다.

"아직도 탈명침을 쫓고 계십니까?"

주적자의 입가에 의미를 알 수 없는 웃음이 걸렸다.

"그 일은 해결되었습니다."

왕청원이 놀란 표정으로 다시 물었다.

"탈명침을 찾아서 죽였다는 말씀이오?"

"그렇다고 할 수도 있겠죠."

상당히 애매모호한 대답이었다. 왕족발 같았으면 끝까지 캐물어서 사건의 진상을 밝혔겠지만 왕청원은 그냥 두루뭉술 넘어갔다.

"영추치라는 오명을 벗게 돼서 다행이군요. 부탁드리기도 수월하고요."

왕청원은 잔기침을 한 번 터뜨린 후 말했다.

"보아하니 지금 누군가의 호위를 맞고 계신 것 같지도 않으니 이 아이들의 호위를 서주실 수는 없겠소이까?"

그 말에 왕족발이 펄쩍 뛰었다.

"숙부님! 전 열두 살짜리 어린애가……!"

그의 항의가 끝나기도 전에 왕청원의 호통이 떨어졌다.

"넌 가만히 있거라!"

그에게 소리를 친 왕청원은 닭살이 돋을 정도로 나긋나긋한 목소리를 주적자에게 전했다.

"원래는 이 아이들을 다시 정무문으로 돌려보내야……."

말이 끝나기도 전에 왕족발과 왕족쌍의 입에서 동시에 고함이 터져나왔다.

"그건 안 돼요!"

그들을 번갈아 보는 왕청원의 입가에 쓴웃음이 걸렸다.

"이러니 어쩌겠습니까? 다시 돌려보내 봤자 저희들끼리 악양으로 향할 것이 뻔한데. 그러니 주 보표께서 이 아이들을 동정호까지 호위해 주셨으면 합니다. 동정호로 가서서 그곳에 있는 정무문 악양지부의 지부장 철자상(鐵子常)에게 인계해 주시면 됩니다. 원래는 제가 가야 하겠지만 이곳에 중요한 일이 있어서 애들과 동행을 할 수가 없군요."

"쳇! 우리가 무슨 물건인가? 인계를 하게."

왕청원은 그의 투덜거림을 한번의 째려봄으로 응징을 하고, 다시 눈빛으로 주적자의 대답을 재촉했다. 하지만 주적자는 한참을 지나도 입을 열지 않았다. 애가 닳은 왕청원이 다시 말했다.

"별 위험이야 있겠습니까마는 돌아가는 상황이 심상치 않아 이 아이

들만 보내기가 불안하군요. 부탁합니다."

이번에는 고개까지 숙이는 왕청원을 보고도 주적자는 역시 묵묵부답이었다. 왕족발은 근질근질한 입을 혼신의 힘으로 악다물었다. 자칫 잘못했다가는 정무문으로 돌아가라는 말이 떨어질지도 몰랐기 때문이다. 물론 그런다고 돌아갈 그가 아니지만 돈 없이 길을 떠나고 싶지는 않았다.

"그렇게 하지요."

오랜 시간이 지난 뒤 나온 주적자의 말에 왕청원은 함박웃음을 지었다.

"고맙습니다. 이제야 마음이 놓이는군요. 그럼 의뢰비를 말씀하시지요."

"은자 삼십 냥 정도면 적당하겠군요."

"으, 은자 삼십 냥? 이런 날……!"

왕족발은 '도둑'이란 말을 꿀꺽 삼켰다. 하지만 말을 뱉지 않았다고 생각마저 바뀐 것은 아니었다. 돈이 떨어져 쫄쫄 굶은 후에야 돈의 소중함을 안 그에게 삼십 냥은 세상을 모두 살 정도의 거금이었다. 그런데 기껏 동정호까지 같이 가주는 것으로 삼십 냥씩이나 받다니…….

'숙부는 깎자고 할 거야. 저 양반이 얼마나 짠돌이인데.'

그러나 그의 생각은 여지없이 빗나갔다.

"부족한 감이 있지만 주 보표의 뜻에 따르죠."

왕청원은 사람을 불러 은자 삼십 냥을 가져오라고 시켰다. 그사이 왕청원이 지호단과 떨어진 이유와 주적자를 만난 경위를 물었지만 왕족발은 길을 잃었다는 진실과 그 사이에 약간의 거짓을 섞어 훌륭하게 위기를 넘겼다. 왕족쌍도 잘못한 것이 있었기 때문에 가슴 철렁하게 만드는 고춧가루만 조금 뿌렸을 뿐, 그의 다리를 부러뜨릴 정도의 사실을 폭로하지는 않았다.

거금 삼십 냥을 받은 주적자는 돈 떼어먹고 도망치려는 사기꾼처럼 서둘러 일어섰다.

"지금 출발하겠습니다."

왕청원이 따라 일어서며 말했다.

"해가 기울기 시작하는데 하룻밤 묵었다 가시지요."

"실은 저도 동정호에 급한 볼일이 있어서 가는 길이기에 지체할 시간이 없군요."

"뭐야? 어차피 가는 길인데 은자 삼십 냥씩이나 처받았다는 말이야? 이런 순 사기꾼……!"

퍼억!

"으악!"

왕족발은 왕청원의 발길질에 마당으로 뚝 떨어져 데굴데굴 굴렀다. 사랑스런 조카를 옆차기 한 방으로 보내 버린 왕청원은 그에게 눈길조차 돌리지 않고 주적자에게 말했다.

"어린애의 치기에 너무 기분 상하지 않으셨으면 합니다."

"별로 신경 쓰지 않습니다."

왕청원은 그래도 마음이 놓이지 않는지 왕족쌍에게 당부했다.

"만약 족발이가 주 보표께 무례하게 군다거나 하면 나중에 말하거라. 내 정무문의 대만 이을 수 있도록 만들어놓을 테니."

"네. 제가 기억력은 좋으니 걱정 마세요, 숙부님."

유난히 기분 좋아하는 왕족쌍의 대답이었다.

'젠장!'

왕청원은 멀어지는 주적자와 왕족발 남매를 한참 동안 바라보았다.

"좋은 관계를 유지해야 할 텐데……."

그에게 지금 가장 걱정스러운 것은 왕족발 남매의 안위가 아니었다. 주적자가 같이 동행하고 있으니 그들의 안전은 걱정할 필요가 없었다. 가장 중요한 것은 바로 주적자와 왕족발의 관계였다.

"어차피 가실 건데 거금 삼십 냥이나 들여 주적자를 고용할 필요가 있었습니까?"

이십 년 동안 왕청원의 그림자 역할을 했던 전횡(全宏)이 어느새 나타나 말을 걸었다. 세 사람의 모습이 길을 꺾어 보이지 않은 후에도 한참 동안 그대로 서 있던 왕청원이 돌아섰다.

"자네는 주적자를 어떻게 생각하나?"

유난히 검은 얼굴에 태어날 때 어머니 엉덩이에라도 깔린 듯 납작한 얼굴의 전횡은 생각할 필요도 없다는 듯 대답했다.

"무공이 제법 강한 보표죠."

"무공이 제법 강한?"

"네."

왕청원은 미소를 지었다.

"대부분의 무림인들이 주적자를 그렇게 알고 있지. 하지만 칠 년 전 내가 본 주적자는 무공이 제법 강한 보표가 아니었어. 만약 그가 보표가 아닌 무사의 길을 걸었다면 지금쯤 중원에서 가장 강한 승부사(勝負士)라는 이름을 얻었을 거야."

칠 년 전, 마치 혼자 검무를 추듯 검을 휘두르던 주적자의 모습을 생각하자 피부에 잔소름이 돋았다. 그 아비규환의 소용돌이 속에서 한

점 흔들림없이 냉철함을 유지할 수 있는 능력은 아무에게나 있는 것이 아니었다. 그것은 무공과는 다른 특별한 능력이었다. 그런데 거기에 더해서 그때 이미 주적자의 무공은 경악을 금치 못할 정도로 놀라웠다.

물론 무림에 주적자보다 높은 무공을 가진 사람은 얼마든지 있었다. 하지만 주적자와 같은 나이에 그만큼 강했던 사람이 몇이나 될까? 아마 현재 천하제일고수로 불리우는 소림방장조차 스물여섯의 나이에 주적자 정도의 성취를 이루지는 못했을 것이다.

"지금은 어느 정도로 강해졌을까?"

그의 중얼거림에 전위가 물었다.

"누가 말입니까?"

왕청원은 여전히 주적자가 사라진 방향을 보며 물었다.

"자네는 주적자와 겨뤄 이길 자신이 있나?"

질문을 하고 힐끔 본 전횡의 얼굴은 약간 일그러져 있었다. 평소 속내를 얼굴에 잘 나타내지 않는 전횡이었지만 지금만큼은 비교 자체가 기분 나쁘다는 표정이 역력했다.

"역시 자네도 그렇게 생각하는군."

"뭐가 말입니까?"

"주적자를 단지 뛰어난 보표로만 여긴다는 거야. 간혹 주적자가 무림 이십대고수에 들어간다고 말하는 사람이 있으면 그 사람에게 코웃음을 치지. 그렇지 않나?"

전횡의 대답없음은 긍정이나 마찬가지였다. 왕청원은 설레설레 고개를 저었다.

"다들 잘못 알고 있어. 솔직히 말해서 나조차 주적자를 꺾을 수 있을지 장담할 수 없네."

"주군, 주적자를 너무 높이 평가하시는군요. 주군께서는 능히⋯⋯."

"그런 아부는 하지 말게. 내가 천하십대고수와 어깨를 나란히 할 정도의 실력이 되지 않는다는 것은 내가 잘 아니까."

"하지만 그 뒤의 세 손가락 안에 드는 것은 틀림없죠."

"그럴 수도 있겠지. 그리고 주적자 역시 그 정도는 될 거야. 틀림없이!"

그는 자신의 손을 내려다보았다. 물에 담갔다 꺼낸 것처럼 손바닥이 땀에 흥건히 젖어 있었다. 주적자와 앉아 있으면서 아무렇지도 않게 얘기를 했지만 본능이 느끼는 긴장만은 어쩔 수 없었다.

오늘 만난 주적자는 칠 년 전의 그때보다 부드러웠다. 그때는 잘 벼른 검을 보는 느낌이었는데 지금은 거의 아무 느낌도 가질 수 없었다. 평범한 무림인보다 훨씬 더 평범해서 마치 물 같았다고나 할까. 기운만 놓고 본다면 전혀 다른 사람을 앞에 둔 것 같았다.

하지만 왕청원은 본능은 물론 이성으로까지 알 수 있었다. 강함이 극에 다다르면 오히려 부드러워진다는 것을.

"그런데 왜 군이 왕족발 소문주님을 주적자와 같이 가게 하신 겁니까?"

전횡이 아까 했던 물음을 다시 던졌다.

"족발이 남매와 친해지게 하기 위해서지."

그는 집으로 들어가며 말을 이었다.

"만약 주적자가 우리 정무문의 편에 서준다면 웬만한 군소방파 열보다 훨씬 든든한 힘이 될 수 있어. 거기다 아주 긴요하게 써먹을 일도 있고 말이야. 그 가능성을 타진하는 데 은자 삼십 냥이면 그야말로 푼돈이지."

뒤따라오는 전횡이 걱정스런 음성을 뱉어냈다.

"하지만 왕족발 소문주님과 친해질 수 있을까요?"

왕청원의 입에서 긴 한숨이 새어 나왔다.

"사실 그건 별로 기대 안 하네. 내가 진짜 기대하는 사람은 족쌍이지."

"주군……."

왕청원은 씨익 웃음을 지었다.

"족쌍이와 주적자가 잘 어울린다고 생각지 않나?"

제34장

그 섬에 가야 한다

제34장　그 섬에 가야 한다

콰앙!

주루의 문이 거칠게 열렸다. 사도철광은 국수 가락이 걸려 있는 젓가락을 내려놓고 조용한 식사를 방해하는 녀석이 누군지 보았다. 옷뿐 아니라 각반과 신발까지 검은색으로 통일한 일곱 명의 사내가 황급히 들어오고 있었다. 그들 가슴에 새겨진 암(暗)이라는 글자가 한 패거리라는 것을 강조했다.

"시간이 없다! 빨리 조사해라!"

그들은 어리둥절한 얼굴로 계산대를 빠져나온 주인을 밀치고 주루 이곳저곳을 뒤지기 시작했다.

"주방 이상 무!"

이층으로 올라갔던 두 명이 거의 동시에 외쳤다.

"이층 좌측 이상 무!"

"이층 우측 이상 무!"

후원에서도 같은 소리가 흘러나왔다. 코가 하늘로 치솟아 우습게까지 보이는 사내가 사도철광 일행을 의심스러운 눈으로 쳐다봤다. 사도철광은 행여나 소소자가 나설까 봐 참으라고 말하려 했지만 소소자는 그의 생각보다 훨씬 빨리 달아올랐다.

"니미랄! 황제라도 행차하시나? 식사하는데 왜 먼지를 풀풀 날리고 지랄이야?"

거의 소리치다시피 한 말을 사내가 못 들을 리 없었다. 사도철광의 예상대로 사내가 그들에게 다가왔다.

'저놈의 성질머리가 또 안 해도 되는 싸움을 만드는군.'

식사를 하던 두 무리의 손님들은 이상한 낌새를 채고 이미 자리를 뜬 상태였다. 사십 평의 주루에 손님이라고는 사도철광 일행밖에 남지 않았다.

"이름과 행선지를 밝히시오."

사내는 목소리를 낮게 깔아 위협적으로 말했다. 물론 그런 것에 기죽을 사도철광이나 소소자가 아니었다.

"너부터 성명과 종착지를 말해 봐."

대뜸 들려온 소소자의 반말에 사내는 눈썹을 역팔자로 곤두세우고 다시 말했다.

"순순히 이름과 행선지를 밝혀라."

"우린……."

소소자는 대답을 하려는 사도철광을 말리고 자리에서 일어섰다. 여전히 올려다봐야 하는 자세가 그의 기분을 더욱 나쁘게 하는 것 같았다.

"넌 뭔데 얌전히 식사하는 사람을 건드리는 거야?"

"충호(忠護), 뭐냐?"

사도철광은 말이 들려온 쪽을 보았다. 창백한 안색에 눈썹이 하나도 없어서 괴기스럽게까지 보이는 사내가 걸어오고 있었다. 충호라 불리운 사내는 급히 허리를 꺾으며 대답했다.

"저들이 신분과 행선지 밝히기를 거절하고 있습니다, 조장(組長)님."

조장은 눈살을 찌푸리고 소소자를 보았다. 귀찮은 표정이 역력했다.

"그대들은 누군가?"

"허허… 참! 세상이 어떻게 돌아가려고 이러나 그래. 어디서 웃기게 생긴 놈이 나타나 시비를 걸더니, 이젠 귀신 졸개 같은 녀석이 합세해서 겁을 주네."

조장의 눈길이 가늘어졌다. 그때 밖에서 검은 복장의 사내가 뛰어 들어오며 소리쳤다.

"문주님께서 삼백 장 밖에 와 계십니다!"

조장은 허리에 걸린 검을 잡으며 말했다.

"지금 당장 정체를 밝히지 않으면 베겠다."

소소자는 잠시 사내를 보다가 입을 열었다.

"난 너같이 힘없어 보이는 사람들을 함부로 핍박하는 녀석이 제일 싫어. 빌어먹을 흑도인들의 특성을 가장 극명하게 나타내는 행동이거든."

이제까지 조용히 있던 사도철광이 나섰다.

"이봐, 모든 흑도인들이 다 그런 것은 아니라구. 그리고 보아하니 이 자들은 정무문주를 호위하는 암영조(暗影組) 같군. 충분히 다른 자들을 눈 아래 볼 만하지. 웬만하면 조용히……."

그의 말을 소소자가 끊었다.

"나도 이 시커먼 놈들이 정무문의 암영조라는 것은 알고 있소. 하지만 그게 무어 그리 대단하다고 어깨가 빠지도록 힘을 준단 말이오? 하여간 패거리 지어서 힘 키우는 것들치고 생각 제대로 박힌 놈이 드물다니까. 이 녀석들을 보면 문주라는 왕청일의 됨됨이도 뻔하군."

조장의 눈가가 파르르 떨렸다. 분노한 자 특유의 표정이었다.

"죽음을 자초하는구나."

조장의 공격에는 망설임이 없었다. 어깨가 움찔했다고 느낀 순간 검은 이미 소소자의 오른쪽 팔 바로 아래까지 와 있었다. 인간이 낼 수 있는 가장 빠른 발검(拔劍)의 이론을 충실히 따랐지만 그것만으로 소소자를 벨 수는 없었다.

쉬익―

소소자는 검이 나가는 방향으로 회전해 피한 후 한 발짝 다가가며 팔을 쭉 뻗었다.

"헙!"

조장은 다급한 헛바람과 함께 뒤로 물러섰다. 쥐익! 하는 소리와 함께 소소자의 손등에 스친 코에서 피가 튀었다. 조장의 일격이 실패로 돌아가자 암영조 조원 모두가 소소자 일행을 둘러싸고 검을 빼 들었다.

"젠장! 피곤하게 만드는군. 시비는 너희가 걸었으니 죽어도 원망은 말아라."

소소자는 말을 하며 침통을 꺼냈다. 이대로 싸우면 암영조에서 사상자가 나오게 되고 결국 정무문과는 돌이킬 수 없는 관계가 될 것이다. 흡혈야황을 상대하는 데 전력을 다해야 하는 마당에 괜한 강적을 만들

필요는 없었다.

　사도철광은 양쪽 손의 손가락 사이에 여섯 개의 침을 끼우는 소소자에게 말했다.

　"물러나 있게. 아무래도 자네가 나서면 사람이 죽을 것 같군."

　"흥! 저런 버러지 같은 자식들 죽는다고 뭐가 그리 대수겠소?"

　"상황이 악화되어 정무문과 돌이킬 수 없게 된다면 피곤해지지 않겠나?"

　"그깟 정무문이 대수요?"

　"우리 적은 정무문이 아니잖나. 굳이 나서서 적을 늘일 필요는 없지."

　"그래요. 사도 선배께서 해결하시는 것이 좋겠어요."

　나인현까지 나서자 소소자도 마지못한 듯 뒤로 물러섰다. 호미령이 그런 소소자의 팔을 가볍게 다독였다. 그들을 지켜보고 있던 조장의 얼굴이 어느 순간 딱딱하게 굳었다.

　"누구신가 했더니 사지마군 사도철광 선배님이셨군요."

　사도철광의 입가에 엷은 웃음이 걸렸다.

　"오호! 아직도 이 늙은이의 이름이 잊혀지지 않았군."

　"겸손한 말씀을 하시는군요. 사도 선배의 위명이야 후배가 세 살 때부터 귀가 따갑도록 들었는데요. 하지만……."

　조장은 한 호흡 쉰 후 말을 이었다.

　"정무문에 맞서는 것은 아무리 사도 선배라 해도 무모한 짓이지요."

　사도철광은 그 긴 손톱으로 머리를 긁적였다.

　"물론 그럴 수도 있겠지. 나도 정무문과는 별로 싸우고 싶지 않네. 기왕 내 정체도 밝혀졌으니 이쯤에서 싸움을 끝내는 것이 어떻겠나?"

조장은 상처난 코를 스윽 문질렀다.

"그럴 수는 없죠. 암영조장이 코피만 보고 순순히 물러난다면 누가 우리 정무문을 두려워하겠습니까?"

"하! 결국 체면 때문에 하지 않아도 되는 싸움을 해야 한다는 거군. 할 수 없지."

사도철광은 조장을 향해 손가락을 까딱였다.

"오게."

피할 수 없는 상황을 질질 끌기보다는 최소한의 피해로 빨리 끝내고 싶었다.

조장은 아무 말도 하지 않았다. 그에게 개전의 알림은 말보다 행동임에 틀림없었다.

취릿ㅡ! 깡!

공기를 가르는 파공음과 쇳소리는 거의 동시에 울렸다. 허공에서 잠깐 부딪힌 검과 손톱은 멈칫하더니 다시 움직였다. 한 번의 격돌이 신호인 듯 암영조원들이 동시에 공격을 시작했다.

다섯 명이 사도철광의 사방과 공중을 점하고 세 명은 소소자를 견제하기 위해 앞을 가로막았다.

사도철광은 몸을 빙글 돌려 네 개의 검을 쳐낸 후 팔을 위로 뻗어 머리 위로 떨어지는 검을 잡아 아래로 팽개쳤다. 곤두박질치던 조장은 잡고 있던 검을 놓고 공중제비를 돈 후 겨우 중심을 잡았다.

물러났던 암명조원들의 공격이 사방에서 동시에 들어왔다. 사도철광은 앞으로 이동해 찔러오는 두 개의 검 사이로 몸을 집어넣은 후 양쪽으로 손을 펼쳤다.

격유혈(膈兪穴)을 찍힌 두 명이 채 쓰러지기도 전에 검은 머리가 어깨를 향해 떨어졌다. 사도철광은 오른팔을 위로 저어 두 개의 검을 바깥쪽으로 밀면서 몸을 회전시켰다. 휘청이는 암명조원의 등과 옆구리가 눈앞에 드러났다. 그의 손이 움직이자 둘은 나무토막처럼 뻣뻣해지더니 힘없이 바닥으로 쓰러졌다.

조장의 얼굴에는 믿을 수 없다는 생각이 역력히 드러나 있었다.

"이렇게… 사지마군의 무공이 이렇게 강했던가?"

사도철광은 검을 조장의 발치에 던졌다.

"이쯤에서 그만두는 것이 서로를 위해 좋을 것 같군."

그의 이런 말에도 불구하고 싸움은 끝날 것 같지 않았다. 조장은 검을 집어 들어 몸 중앙에 놓았다. 그때 묵직한 목소리가 들렸다.

"무슨 일이냐?"

조장은 황급히 검을 바닥에 놓고 돌아서 한쪽 무릎을 바닥에 댔다.

"문주님을 뵈옵니다."

사도철광은 객잔의 문으로 시선을 옮겼다. 육 척이 조금 안 되는 보통 키에 문사처럼 기른 수염, 하얀 피부에 조금은 큰 눈. 그냥 겉으로 봐서는 학당의 훈장처럼 보이는 사내가 뒷짐을 진 채 서 있었다. 그 뒤로 많은 사람들이 있었지만 벽에 가려 정확한 숫자는 파악할 수 없었다.

'저 사람이 왕청일인가 보군.'

암영조 조장이 문주님이라 칭하는 사람이니 틀림없을 것이다. 왕청일이 움직이자 그 뒤로 이십여 명의 사람들이 따라 들어왔다. 하나같이 기도가 범상치 않은 것이 정무문의 정예임에 분명했다.

'오늘은 길(吉)보다 흉(凶)이 많겠군.'

싸움이 일어난다면 그렇게 될 것이다.

왕청일은 쓰러져 있는 부하들과 사도철광 일행을 한번 훑어본 후 말했다.

"혈도를 풀어줘라."

조장이 고개를 짧게 숙이고 쓰러진 사내들에게 다가갔다. 원래 무공이 일류에 접어들면 웬만한 점혈은 쉽게 풀 수 있는데, 조장은 사내들의 혈도를 풀지 못하고 한참을 헤맸다. 그도 그럴 것이 사도철광의 점혈법은 흔히 쓰이는 타법(打法)이 아니라 당기는 흡법(吸法)이었다. 목의 술법을 익히며 자연스럽게 터득한 점혈법으로 그가 아니면 풀기가 거의 불가능했다.

"내가 풀지."

사도철광은 말을 하고 쓰러진 사내들의 어깨며 허리를 툭툭 건드려 간단하게 혈도를 풀었다. 조장의 얼굴이 수치로 벌겋게 물들었다.

"그렇게 부끄러워할 것 없네. 설사 자네 문주라도 풀지 못했을 테니까."

그는 왕청일을 향해 돌아섰다.

"말은 많이 들었지만 만나기는 처음이구려."

왕청일은 잠시 사도철광을 보다가 물었다.

"저들이 암영조라는 것을 알고 있었소?"

사도철광은 어깨를 으쓱했다.

"물론이오. 누가 저들을 몰라보겠소?"

"결국……."

왕청일은 한쪽에 고개를 숙이고 서 있는 암영조를 한차례 훑어본 후 말했다.

"사도 형은 정무문을 무시한 것이구려."

사도철광이 입을 열기도 전에 소소자의 목소리가 튀어나왔다.

"흥! 그깟 정무문이 무어 그리 대단하다고 위세는 떠는 것인지, 원!"

왕청일은 소소자를 힐끔 보고 곁에 선 초로의 노인에게 물었다.

"저자는 누군가?"

"이봐요! 정무문의 문주 정도 되면 내 얼굴 정도는 알아봐야지!"

초로의 노인이 입을 열려 할 때 왕청일이 손을 들어 막았다.

"됐네, 별로 알고 싶지도 않군."

소소자의 얼굴이 고춧가루를 뒤집어쓴 것처럼 변했다.

"그게 무슨 뜻이오? 설마 날 무시해도 좋다는 것은 아니겠지?"

"빈 수레가 요란한 법이니까."

"빈 수레라니! 천하제일의 반선의가 빈 수레면 꽉 찬 수레는 대체 뭔데?"

왕청일은 정말 저자가 반선의 소소자가 맞느냐는 눈길로 초로의 노인을 보았다.

"외모로 보아 소소자가 틀림없습니다."

"으음… 소문대로 별 볼일 없게 생겼군."

이런 말을 참을 소소자가 아니었다.

"뭐라구! 이 망할 놈의 영감탱이가! 누굴보고 별 볼일 없다는 거야! 그러는 영감탱이는 꼭… 꼭… 그래, 늙어 빠진 기생오라비같이 생겨먹어 가지고!"

사도철광이 발끈해서 나서려는 소소자를 잡는 사이 왕청일도 분노로 부들부들 떠는 부하들을 진정시켰다.

"무공도 모른다고 들었는데 배짱이 좋군."

왕청일의 말에 고개를 숙이고 있던 조장이 말했다.

"고수라고 해도 될 정도의 높은 무공을 가지고 있습니다, 문주님."

그러면서 조장은 자신의 코를 슬쩍 만졌다. 왕청일은 고개를 끄덕이고 새삼스러운 눈으로 소소자를 보았다.

"결국 그동안 무공을 숨기고 있었다는 소리군."

"영감이 상관할 바 아니잖아!"

"물론 얼마 전까지는 그랬지. 하지만……."

왕청일은 한 발짝 뒤로 물러서며 말을 이었다.

"지금은 상관이 있군. 적이 되었으니까."

왕청일이 움직이기를 기다렸다는 듯 두 명이 앞으로 나섰다. 한 명은 찢어진 눈이 귀 위에 얹혀져 있을 정도로 눈꼬리가 올라갔고 다른 한 명은 정반대로 축 처져 있어서 묘한 대조를 이뤘다.

'혈야도(血野刀) 양춘우(梁椿宇)와 절철도(切鐵刀) 강대욱(姜大旭).'

사도철광은 이마에 깊은 주름을 만들었다. 과거 기련성과의 싸움에서 이들 도에 목숨을 잃은 적의 숫자는 적어도 삼백 이상은 될 것이다. 원래 강했을 뿐 아니라 전투를 치르며 단련된 양춘우와 강대욱은 싸움과 무공 어떤 방면으로도 최고라 할 수 있었다.

하지만 정작 그가 걱정하는 것은 양춘우와 강대욱이 아니었다. 저들 정도라면 소소자와 그가 쉽게 상대할 수 있었다. 문제는 뒤에 버티고 선 왕청일과 정무문이었다. 사도철광 일행 넷이서 상대하기에는 정무문이란 그림자가 너무 넓고 무거웠다.

'결국 피할 수 없는 싸움인가?'

사도철광은 미련을 가지고 왕청일에게 물었다.

"꼭 싸워야 하겠소?"

"한 방울의 피는 열 말의 피로 받아낸다. 이것이 정무문의 정신이오."

왕청일의 말에 소소자가 이죽거렸다.

"바느질하다 찔리면 그 피 값은 누구한테 받아내야 하나?"

소소자는 망설이는 사도철광에게 말했다.

"미적거릴 필요 없어요. 패거리만 믿고 설치는 저까짓 정무문 따위 뭐가 겁난다고."

사도철광은 소소자를 보고 고개를 절레절레 흔들었다.

'정무문에 관해서 모르는 것인지 자신감이 넘치는 것인지⋯ 휴~!'

속으로 한숨을 쉬며 본 소소자의 얼굴에는 자신감에 찬 말과 다르게 희미한 긴장이 떠올라 있었다. 하긴 무림초출도 아닌 소소자가 정무문의 힘을 모를 리 없었다. 다만 평생을 가지고 살아온 본능 같은 오기가 자신도 모르게 발동했을 것이다.

"어쩔 수 없군."

이길 수 없을 것이라는 생각은 들지 않았다. 천의지에 들어가기 전이라면 왕청일의 십초지적도 되지 못했겠지만 지금은 달랐다. 천지 만물의 기운을 갈무리해서 익힌 술법은 결국 비약적인 무공의 발전을 가져다 주었다.

내공과는 또 다른 그 기운은 신체의 잔근육 하나까지 의지대로 움직일 수 있는 힘을 주었다. 자신의 몸을 마음대로 통제할 수 있다는 것은 놀라운 경험이었고 그 증거는 인호와의 싸움에서 극명하게 드러났다.

하지만 설사 이 싸움에서 이긴다 하더라도 문제가 해결되는 것은 아니었다. 그 뒤에는 태산처럼 거대한 정무문이 버티고 있으니 끝없는 싸움의 시작일 뿐이었다. 지금 싸움에서 가장 걱정스러운 사람은 나인현과 호미령이었다.

술법을 쓰지 않는다면 보통 사람과 다르지 않은 그녀들이니 자기 한 몸 지키기도 힘들었다. 그나마 다행인 것은 왕청일이 지저분한 흑도 무리가 아니어서 힘없는 여자들은 건드리지 않는다는 것인데, 칼에는 눈이 안 달렸으니 완전히 안심할 수는 없는 노릇이었다.

우웅―!

몸 앞에 곧게 세운 양춘우의 도가 가늘게 떨리며 진동음을 토해냈다. 그 옆에 선 강대욱은 도를 늘어뜨리고 있는데, 태산이 무너져도 꼼짝 하지 않을 것 같은 진중함을 뿜어내고 있었다.

둘 모두 강을 위주로 하는 도법을 쓰고 있는 것이 분명했다. 그의 우측에 선 소소자도 어느새 긴 침을 양손에 들고 싸울 준비를 마친 상태였다. 침에 깨알같이 쓰인 글씨는 괴를 물리치는 효능과 함께 쓰인 대상을 강하게 해주는 금강부(金剛符)였다. 사도철광은 자신의 손톱에도 새겨진 금강부를 문지른 후 양손을 가슴 앞에 교차시켰다.

강을 위주로 하는 도법을 쓰는 상대에게 선기(先氣)를 빼앗기는 것만큼 위험한 일은 없었다. 사도철광은 발가락에 힘을 주었다.

그때,

콰당!

거칠게 문 열리는 소리와 함께 사내의 음성이 울렸다.

"문주님!"

사도철광은 여전히 긴장을 늦추지 않고 문 쪽을 보았다. 전령으로 보이는 사내가 구를 듯이 객잔 안으로 들어오더니 왕청일 앞에서 한쪽 무릎을 꿇었다.

"무슨 일이냐?"

왕청일의 물음에 전령이 머리를 조아리며 대답했다.

"왕족발 소문주님께서 무사하시다는 소식입니다!"

"정말이냐? 어디서 온 연락이냐?"

"네, 송한성에 계신 왕청원 장로께서 전하신 소식에 의하면 주적자 보표와 함께 동정호로 향하시는 중이라 하옵니다!"

주적자라는 이름에 왕청일보다 소소자가 먼저 반응했다.

"지금 주적자라고 했소?"

왕청일의 시선이 소소자에게로 향했다.

"주 보표와 아는 사이인가?"

그 질문에는 사도철광이 대답했다.

"친구요. 그보다 더 자세히 말해 주겠소? 주 아우가 동정호로 향한 것이 확실하오?"

왕청일은 전령에게 눈짓으로 보고를 재촉했다.

"전서구로 전해온 소식에 의하면 주적자가 은자 삼십 냥을 받고 왕족발 소문주님과 아가씨를 동정호까지 호위한다고 합니다."

사도철광은 전령을 보다가 이내 소소자에게 눈길을 돌렸다.

"주 아우가 호위를 위해 동정호로 간다고?"

소소자의 얼굴에도 의아함이 역력했다. 지금 주적자가 누군가의 보표를 해줄 상황이 아니라는 것은 누구보다 그들이 잘 알고 있었다.

"그러게 말이오. 왜 그 녀석이 어린애들 호표를 서고 있을까요? 만나서 물어보면 알겠죠. 빨리 싸우고 동정호로 갑시다."

소소지는 왕청일에게 말했다.

"자, 빨리 끝냅시다."

"자네, 주 보표와 친구가 확실한가?"

"젠장! 내가 주적자와 친구이든 적이든 당신이 상관할 바가 아니잖소?"

왕청일은 고개를 절레절레 저은 후 사도철광에게 다시 물었다.

"정말 주 보표가 그대들의 지인(知人)이오?"

"그렇소. 우리는 지금 주적자를 만나기 위해 가는 길이오."

왕청일은 무언가 생각하는 표정을 짓더니 양춘우와 강대욱에게 말했다.

"이 싸움은 그만두게."

"문주님!"

"주 보표의 지인과 싸울 수는 없는 노릇이지."

사도철광이 물었다.

"왕 문주도 주 아우와 아는 사이오?"

왕청일은 의미 모를 웃음을 지었다.

"그에게 갚을 빚이 있죠."

＊　　　＊　　　＊

"철지부장님께서는 지금 정천맹 사람들이 모여 있는 용두장(龍頭莊)에 가 계십니다."

지부의 무사 말에 주적자는 용두장으로 발길을 돌렸다. 기다려도 되는 일이지만 한시라도 빨리 왕족발 남매를 인계해 주고 황금도로 떠날 배를 구해야 했다.

"젠장! 다리 아파 죽겠는데 그냥 여기서 기다리면 되잖아… 요."

주적자는 왕족발의 투덜거림을 뒤로하고 악양의 번화가를 가로질러 외곽으로 향했다. 용두장은 화산파의 속가제자 구영검(九影劍) 우문탁(宇文卓)의 거처로 무림인들 사이에서는 꽤 유명한 곳이었다. 규모 또한 많은 사람들이 묵기에 좁지 않을 정도로 크니 정천맹이 용두장을 이용하는 것은 당연했다.

용두장은 악양 외곽의 나즈막한 산자락에 자리해 있었다. 산등성이를 깎아 만든 그곳은 족히 사천 평은 되어 보일 정도로 넓었다. 담을 따라 정문을 찾는 데만도 근 일각이 걸렸다.

대문 앞에 놓인 여덟 칸의 계단 양쪽에 돌로 만든 사자상이 자리해 있었다. 주적자는 망설이지 않고 계단을 올랐다.

"멈추시오!"

일 장이나 되는 문 양쪽에 서 있던 경비가 위압적인 목소리로 외쳤다.

"제길! 이곳에는 귀머거리만 사나? 왜 소리를 지르고 난리야?"

계속 삐딱해 있던 왕족발이 이번에도 투덜거렸다. 경비 둘은 동시에 기분 나쁜 표정을 지으며 물었다.

"용두장에는 무슨 일로 오셨소?"

"정무문 악양지부장 철자상을 만나러 왔소."

그들은 가뜩이나 찌푸린 인상을 더욱 우그러뜨리며 말했다.

"당신은 누구요?"

"정무문의 소문주가 왔다고 전해주시오."

〈5권으로 이어집니다〉

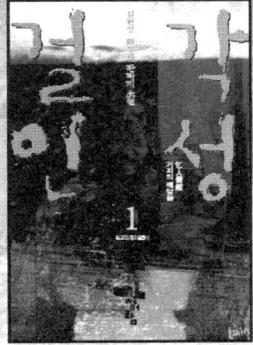

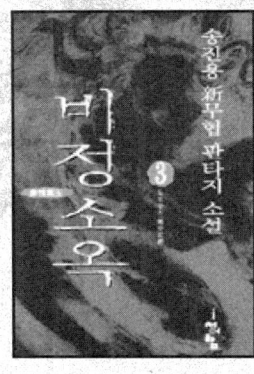

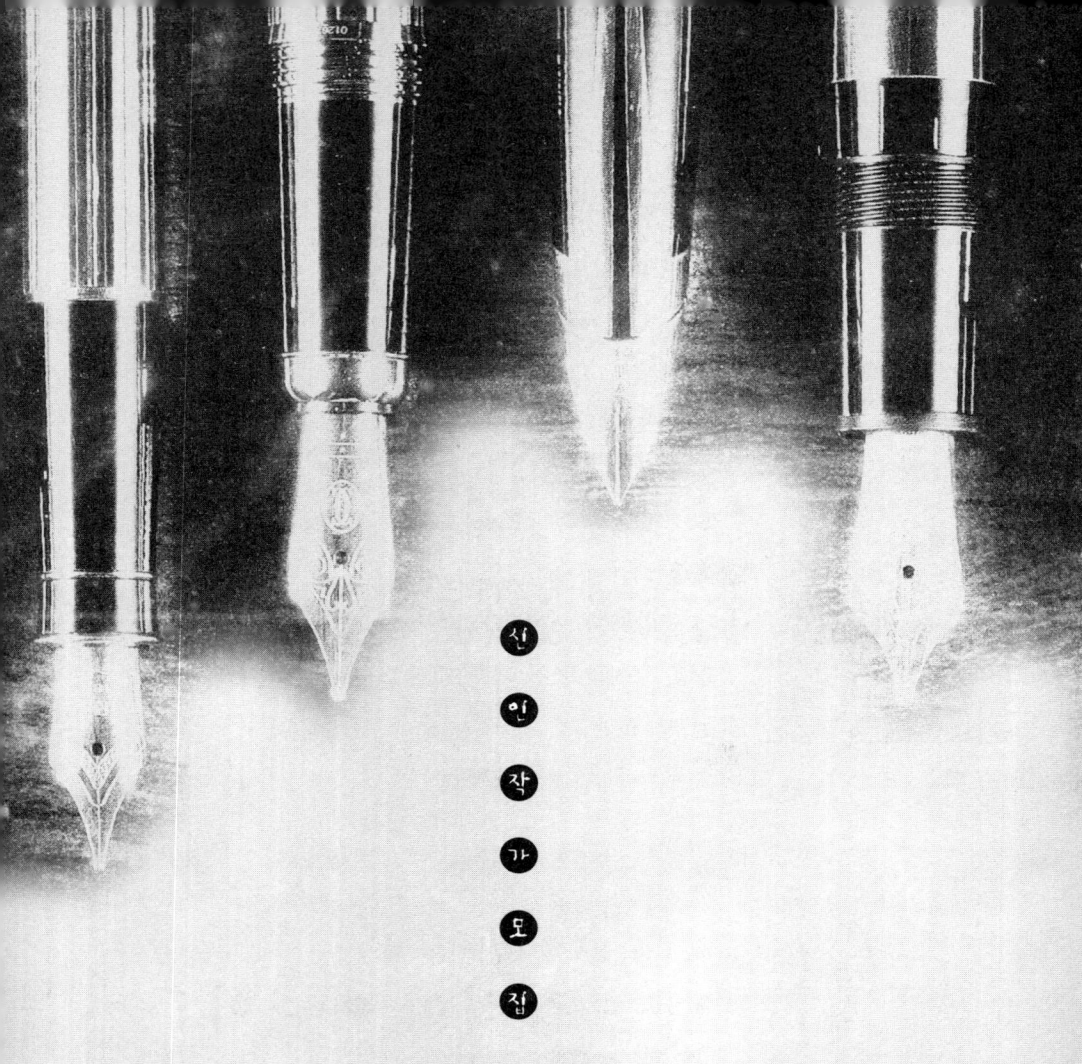